NIGHT WALKER
FRIENDS

나이트 워커 4 프렌즈(Friends)

초판 1쇄 인쇄 / 2011년 11월 21일
초판 1쇄 발행 / 2011년 11월 30일

지은이 / 임동욱

발행인 / 오영배
편집팀장 / 신동철
책임편집 / 박민선
편집디자인 / 신경선
펴낸 곳 / (주)삼양출판사 · 드림북스

주소 / 서울특별시 강북구 송천동 322-10호
대표 전화 / 02-980-2112 팩스 / 02-983-0660
편집부 전화 / 02-980-2116 팩스 / 02-983-8201
블로그 / blog.naver.com/dreambookss

등록번호 / 제9-00046호
등록일자 / 1999년 3월 11일

NIGHTWALKER
임동욱 현대판타지 장편소설
FANTASY STORY & ADVENTURE
나이트 워커
4
프렌즈(Friends)
dream books
드림북스

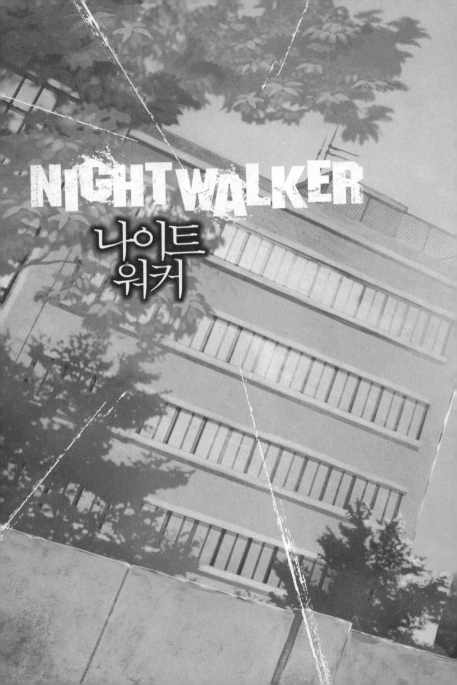

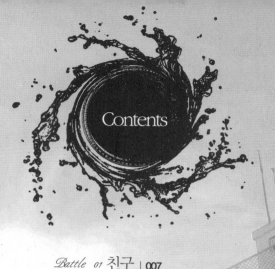

Contents

Battle 01

친구

"안녕하십니까. 가장 빠른 뉴스, 가장 정확한 뉴스. 생방송 9시 투나잇의 김대기입니다. 요즘 대한민국을 들썩이고 있는 나이트 워커와 관련된 소식입니다. 기이한 힘을 사용하는 이들이 놀랍게도 80년대에도 존재했었다는 사실이 밝혀져 많은 이들을 놀랍게 하고 있습니다. 이것이 바로 나이트 워커에 대한 기사가 실린 신문입니다."

좌우 가르마가 적절한 오 대 오를 유지하고 있는 남자 앵커가 신문을 들어 보였다. 신문은 구겨지고 누렇게 얼룩이 져서 그리 상태가 좋지 않았다. 기사는 일 면이 아니라 구석에 조그맣게 실려 있었다.

　기획 특집! 어둠 속의 남자들.
　최근 ○○○경찰서의 김 모 순경은 신기한 현상에 대해 말을
했다. 몇몇 사람들이 경찰서를 찾아와 자신이 과거에 저지른
범죄 사실을 자백한다는 것. 이런 현상이 이어지니 경찰을 비
롯하여 시민들의 의문까지 증폭되고 있다.
　김 모 순경의 말에 따르면 범죄를 자백하는 사람들에게는
하나의 공통점이 있다고 한다. 그들은 자백할 당시 일제히 나
이트 워커라는 말을 중얼거렸는데 그 말의 정체가 확실하게
무언인지에 대해서는 하나같이 묵비권을 행사했다는 점이다.
그들이 중얼거린 '나이트 워커'의 정체는 대체 무엇일까……(생
략).

　　"예. 보시다시피 이렇게 나이트 워커에 대한 기사가 존재합
　　니다. 이 신문 말고도 실제로 나이트 워커를 목격한 적이 있
　　다는 사람들도 있다고 합니다. 저희 생방송 9시 투나잇에서
　　그분들을 직접 만나 인터뷰해 보았습니다."

　화면이 전환되며 모자이크 처리된 남성이 등장했다. 목소리
도 변조되어 우스꽝스러운 음성이 들렸다.

"어릴 때 아버지와 함께 골목을 걷는데 강도를 만났어요. 캄캄하니 어두운 밤이었죠. 그 강도 놈이 복면을 쓰고 시퍼런 칼을 들이미는데 그 자리에서 오줌까지 지렸다니까요? 아버지는 강도를 진정시키며 허둥지둥 지갑을 꺼내셨어요. 근데 지갑을 열어 본 강도가 돈이 얼마 없다고 막 화를 내는 거예요. 흥분한 강도가 칼을 찌르려는데 그때였어요. 별안간 하늘에서 사람이 떨어지더니 순식간에 그 강도를 제압하는 거예요. 강도의 복부를 때리고 뒷목을 가격해서 기절시켰어요. 영화 같았죠. 그러곤 칼을 짓밟아서 순식간에 종이 구기듯이 구겨 버리더라고요. 정말 깜짝 놀랐죠. 그러더니 주머니에서 뭔가를 꺼내 강도의 옷을 벗겨 가슴에 뭔가를 쓰더라고요. 그리고 가 버렸어요. 뒤에 남은 아버지와 제가 그 글을 확인했죠."

"뭐라고 적혀 있었습니까?"

"나이트 워커요. 근데 지금의 나이트 워커와는 스펠링이 달랐어요. 'Night Worker'였거든요."

"야간 노동자군요. 영어에 약했던 걸까요? 아니면 원래 그런 의도로 적었을까요?"

"글쎄요."

*　　　*　　　*

동해는 민철에게서 특훈을 받았다. 미리 몸을 풀어 두는 게 좋을 것 같았다. 사실 기까지 배워 뒀는데 굳이 이럴 필요가 있나 고민됐지만, 한 가지 걸리는 점이 있기 때문이다.

예전에 운이 학교에 찾아왔을 때였다. 이나가 자주 학원을 빼먹는 바람에 수업이 끝나자마자 교실을 찾아왔었다. 그가 이나와 동해를 떼어 놓는 과정에서 동해의 손목을 붙잡았는데, 강한 악력에 의해 손자국이 빨갛게 남을 정도였다. 하루가 지나고 보니 손목이 파랗게 멍들어 있었다.

당장 그와 겨뤄야 하는 입장에서 어딘지 모르게 불길했다.

"무슨 바람이 불어서 뜬금없이 특훈이야? 너 방학 중에 특훈 받은 거 다 끝난 거 아니야?"

"헤헤, 사정이 있어서요."

"무슨 사정?"

민철의 물음에 동해는 뺨을 긁적이며 입술을 달싹거렸다. 뭐라고 거짓말을 하긴 해야겠는데 마땅한 변명거리가 떠오르지 않았다. 있는 사실을 그대로 말하기에는 그 사연이 황당한 감이 있기도 했고.

"어, 음. 그러니까 말이죠. 방학 중에는 기를 중점적으로 수련했잖아요. 이번에는 뭐랄까. 체술 위주로 배우고 싶어서요. 기라는 게 생각보다 빨리 고갈되더라고요. 그러니까 기 없이도 충분히 싸울 수 있게끔 이런저런 기술들을, 음…… 배우고 싶어요."

민철은 의심스럽다는 눈초리로 동해를 빤히 쳐다보았다. 동해는 시선을 피하며 휘파람을 불었다.

"그래? 그렇다면 최소 두 달은 배워야겠네. 너도 알다시피 그런 게 하루 이틀 한다고 깨우쳐지는 게 아니잖냐. 몸에 충분히 익을 만큼 수련을 해야지. 너도 그렇게 생각하지?"

"으음, 조금 긴 것 같기도 한데. 한 달은 안 될까요?"

"중이 싫으면 절이 떠나시던가."

"반대 아니에요?"

"뭐가 됐든, 짜샤."

동해는 울며 겨자 먹기 식으로 민철의 악랄한 상술에 제 발로 들어가야 했다.

동해가 배운 것은 상대를 다치게 하지 않고 쓰러트리는 기술이었다. 주로 손바닥을 이용해 상대를 때리거나 밀치는 식이었다. 동해는 운을 상대하는 데 기를 사용하고 싶지 않았다. 그것은 조금 비겁하다는 생각이 들었다. 그래서 순수한 육체의 힘을 이용해 대련하되, 상대가 부상을 입지 않을 방법을 민철과 함께 고안했다.

"잘 봐봐. 손바닥과 발바닥으로 타격하는 건 사실상 큰 의미가 없어. 그건 쌍방 폭행이 되지 않기 위해 상대를 밀치는 정도라고. 실력 차가 압도적으로 나지 않는 이상 아무런 의미가 없다는 말이야. 그렇다고 압도적인 실력 차에서 오는 우월감으로 상대해서는 안 돼. 상대를 다치게 하지 않고 싸우는 방법은 그 중심에 배려가 있어. 상대를 쓰러트리겠다는 감정이 아니라, 상대가 여기서 그만뒀으면 하는 마음이라 이거지. 명심해 둬라. 대련은 이기고자 하는 게 아니야. 배려하는 것이고 하나가 되는 거다."

"와. 형답지 않게 멋있는 말이에요."

"그치? 역시 난 멋있는, 뭐 인마? 나답지 않다고? 나다운 게 뭔데!"

밤 10시가 되고 나서야 그날의 특훈은 끝났다. 땀범벅이 된 동해는 도장의 창문을 열었다. 창문을 열자 시원한 바람이 이마와 목을 쓸었다. 그 뒤로 민철이 스윽 다가왔다.

"무슨 일인데? 정말 말 안 해 줄 거야?"

"으힉! 놀랐잖아요."

다 포기한 듯 보였으나 민철은 집요했다. 갑자기 왜 특훈을 받느냐며 그 이유에 대해 파고들었다. 동해가 고개를 돌리며 말하길 거부하자 민철은 그의 옆구리 살을 꼬집으며 대답을 요구했다. 동해는 고통을 참으며 고문당하는 독립투사처럼 끝까지 진실을 토로하지 않았다. 민철은 결국 아무런 수확도 얻지 못했다.

민철은 2층 창문을 통해 동해가 돌아가는 모습을 묵묵히 바라보았다. 따지고 보면 무시해도 될 일이었지만 괜히 신경 쓰이고 자신도 모르게 의구심은 커져만 갔다. 이것을 알아내지 못하면 오늘 밤 잠을 자지 못할 것만 같았다.

"한 번 확인해 보지 뭐."

민철은 창밖으로 뛰어내렸다.

알아내는 법은 그리 어렵지 않았다. 동해는 아직 기의 활용이 어설퍼서 여기저기 흔적을 남기고 다닌다. 모든 사람들이 기의 흔적을 남기지만, 민철은 동해의 기를 잘 기억하고 있었기에 다른 사람들과 헷갈릴 일은 없었다. 민철은 동해의 기를 쫓아 어두운 거리를 걸었다.

흔적이라는 것은 시간이 지나면 사라지지만 3, 4일은 유지가 된다. 그 흔적을 통해 그가 언제 그 장소에 왔는지도 알 수 있다. 동해는 하루 사이에 돌연 특훈을 해야겠다며 민철을 찾아왔다. 즉, 그동안 무슨 일이 있었다는 증거일 터. 민철은 어제 동해가 흘린 기의 흔적을 따라갔다.

"이건 뭐야?"

고층 빌딩이었다. 동해가 남긴 기의 흔적은 건물 안까지 이어져 있었다.

'이 자식이 이런 곳에는 무슨 볼일로 온 거지? 전혀 접점이 없어 보이는데.'

조금은 난감한 일이었다.

일단 장소를 찾았는데 그렇다고 안으로 들어가기가 뭐했다. 이러지도 저러지도 못하고 우물쭈물거리는데, 건물 정문에서 누군가 걸어 나왔다. 높은 직책으로 보이는 중년 남자와 그를 경호하는 세 명의 보디가드였다. 대철과 보디가드 삼인방이었다. 정문 앞에서 대기 중이던 민철은 본의 아니게 그들의 앞을 가로막는 모양이 되었다.

"남민철?"

"어라? 신대철?"

대철과 민철은 서로를 가리키며 눈을 크게 떴다.

대철은 보디가드들을 먼저 집으로 보내고 자신은 민철과 근처 술집으로 향했다. 곧장 룸을 잡고 들어가 반갑게 술잔을 기울였다. 민철은 술을 원샷하며 기쁘게 웃었다.

"뭐 하면서 사나 궁금했는데 그런 좋은 곳에 취직하다니. 이야, 쥐구멍에도 볕들 날이 있나 보다. 그치?"

민철의 말에 대철은 작게 웃었다.

"그러는 너야말로 아직까지도 용케 안 죽고 살아 있구나."

"자식이 험담은."

"그곳에 취직한 게 아니라 거기가 내 회사다."

"뭐라고? 맙소사."

민철은 손바닥으로 이마를 때리며 놀라워했다.

"한 기업의 회장이 되기에는 너무 젊지 않나? 대체 무슨 수를 쓴 거야?"

"별거 없어. 너도 충분히 가능한 일이지."

대철의 말에 민철은 입을 다물었다. 잠시 침묵하고 이내 알았다는 듯이 입을 뗐다.

"기를 사용했군."

"그래. 기를 쓰면 상대방의 마음을 읽을 수 있지. 손을 대지 않고 물건을 움직일 수도 있고, 며칠간 잠을 안 잘 수도 있어. 엄청난 체력을 가질 수도 있지. 활용하기에 따라 무궁무진하고 불가능한 것은 없어. 과거의 우리는 너무 한정적으로만 생각했을 뿐이야."

"그건 반칙이야. 불공평한 거라고."

"우리가 예전에 했던 일들도 반칙이고 불공평한 거지. 다를 게 대체 뭐야? 그리고 우리는 원해서 이런 힘을 타고 났나? 그런 게 아니잖아. 세상은 원래 불공평한 거야. 모자란 놈은 모자란 만큼 남들보다 두 배, 세 배 노력해야 해. 타고난 놈도 뒤처지지 않기 위해 계속해서 자신을 갈고 닦아야 한다고. 세상은 원래 그런 거야. 자넨 아직도 그걸 모르겠나?"

"젠장."

대철과 민철은 서로 혀를 차며 술을 들이켰다. 두 사람은 빈 잔을 동시에 탁 하고 테이블에 내려놓았다. 입맛을 다시며 대철이 말했다.

"자넨 요즘 뭐 하면서 지내나?"

"나? 나 뭐, 그냥 그렇지."

민철은 웅얼거리며 제대로 말을 잇지 못했다. 기분이 더럽기도 하고 창피하기도 했다. 민철은 대철과 똑같은 기 능력자이다. 그런데 누구는 기를 이용해 재벌이 되고 누구는 조그마한 도장을 운영하며 근근이 먹고산다는 게 언짢았다.

물론 이 현실은 그가 스스로 자초한 일이었다. 얼마든지 할 수 있는데 하지 않았다. 적당히 먹고살 만큼 능력을 사용할 수도 있었지만 하지 않았다. 왠지 모르게 양심에 가책이 느껴졌기 때문이다. 책임을 따진다면 그건 다른 누구도 아닌 민철 자신에게 있었다.

술잔에 술을 따르며 민철은 자조하듯 중얼거렸다.

"그래. 옛날이 좋았지. 먹고사는 문제, 주변 사람 문제. 그런 거 아무것도 신경 안 쓰고 앞만 보고 달렸으니까 말이야. 그때처럼 아무것도 모를 때가 가장 좋았어."

"사람마다 가는 길이 다른 법이니까. 하지만 자네도 대비해 두는 게 좋을 거야."

"대비하라니, 뭘를?"

대철은 사뭇 진지한 어투로 작게 속삭였다.

"놈이 돌아왔어."

그 짧은 한마디에 술잔을 들던 민철의 손이 멈추었다.

"놈이라니, 설마?"

민철의 물음에 대철은 대답대신 고개를 끄덕였다.

"내 앞으로 편지가 왔더군."

대철은 그리 말하며 품에서 편지를 한 장 꺼내 보여 주었다. 민철은 손바닥 크기의 작은 편지지를 펼쳐 봤다. 편지에는 그림이 한 장 그려져 있었다. 한때 굉장히 유행했던 스마일 표

시였다. 두 눈이 지워진 스마일 표시. 뒷면에는 짧은 글귀가
적혀 있었다.

네가 사랑한 모든 것들이 사라질 거야.

"개자식. 협박 한번 소름끼치게 잘 하네."

"뭘 그리 놀라고 그래. 이미 예전부터 예고된 일이었는데.
꽤 늦었지만 언젠가 다시 만날 운명이었어. 그에 대비해서 나
는 힘을 비축해 두었어. 어떤 상황이 닥쳐와도 막아낼 수 있
게끔 말이야. 100퍼센트 대비한 거 같진 않지만 말이야."

"대비라면 어떤?"

"크게 회사를 차린 거지. 요컨대 재력이라는 거야. 그리고
보디가드의 대부분을 기 능력자로 선별해 놨지."

"열성적이군. 난 내 몸 말고는 딱히 지킬 게 없어서 잘 모르
겠네."

"그런가? 그래도 조심하는 게 좋을 거야. 내가 자네니까 해
주는 말인데. 난 그 녀석 때문에 이혼까지 했어."

순간 민철의 뇌리에 민서의 얼굴이 스쳐 지나갔다. 하지만
일단은 모르는 척 시치미를 뗐다.

"대단하군. 그 여자는 대체 무슨 죄냐."

"따지고 보면 내가 잘못했지. 나 자신을 믿지 못한 거니까.
웃긴 게 뭔지 아나? 그렇게 사랑하는 여자를 떠내 보냈는데

결국 또 다른 인연이 찾아왔다는 거야. 결국 재혼했지."

허탈하게 말하는 대철. 그에 민철은 헛웃음을 지었다.

"이야, 그렇게 안 봤는데 너 진짜 쓰레기구나?"

짧은 순간이나마 민철은 진심을 내뱉었다. 민철의 비꼼에 대철은 호탕하게 웃으며 긍정했다.

"틀린 말은 아니군. 내가 생각해도 정말 쓰레기 같아."

대철은 과거를 떠올리듯 술잔 속의 술을 바라보며 중얼거렸다.

"사람 일은 정말 한 치 앞도 내다볼 수 없는 거야. 그 친구가 그렇게 될 줄 누가 알았겠느냔 말이지."

두 사람은 그간 못 나눴던 대화를 실컷 나눈 뒤 술집을 나왔다. 양주를 얼마나 마신 건지 어마어마한 금액이 나왔고 민철은 슬금슬금 대철의 눈을 피했다.

"너 잘살잖아. 이 정도 아무것도 아닌데 뭘 생색이야? 나중에 내가 쏘면 될 거 아니야."

결국 술값은 대철이 전부 냈다.

"자네도 조심하는 게 좋을 거야. 내 말 명심해."

대철의 말에 민철은 괜찮다는 듯 손을 흔들었다.

"니 걱정이나 하세요. 그럼 잘 들어가라."

민철은 대철에게 인사하고는 어두운 밤거리를 걸었다. 10분 정도 걷고 나서야 한 가지 깜빡한 것을 기억해 냈다.

"아 참. 동해가 거길 왜 들어갔나 알아본다는 걸 말 안 했네. 이놈의 정신머리 하고는."

민철은 아무래도 좋다는 듯 머리를 벅벅 긁고는 가던 걸음을 재촉했다.

꽤나 미묘한 기분이었다. 오랜만에 동창을 만난다는 것은 기쁜 일이었지만, 반갑게 느끼기에는 썩 뒷맛이 좋지 않았다. 민철, 민서, 그리고 대철. 세 사람은 서로 간에 꽤나 미묘한 위치였다. 민서와 대철은 과거 부부였던 사이이고, 대철과 민철은 어릴 때 친하게 지냈던 동창이다. 그리고 현재 민철은 민서에게……

'그냥 생각을 말아야지. 내가 신경 써서 뭘 어쩌겠어. 이미 다 끝난 일이기도 하잖아? 민철아, 어른스럽게 생각하자. 살다 보면 사귈 수도 있고 결혼할 수도 있고, 이혼할 수도 있고, 뭐 재혼할 수도 있고 그런 거지. 다 그런 거 아니겠어?'

민철은 술에 취해 비틀거리며 달을 바라보았다.

'옘병할 보름달, 더럽게 밝네.'

민철은 달을 바라보던 눈을 잠시 감았다. 눈을 감으며 자신의 어린 시절을 떠올려 보았다.

*　　　　*　　　　*

민철이 태어나서 가장 많이 울었던 때가 있다.

중학교 2학년생이던 시절. 힘겹게 사 모은 만화책을 부모님이 몰래 내다 버렸을 때다. 책상 밑에 고이 모셔 두었던 만화책들이 하루아침에 사라졌다는 걸 안 민철은 그날 저녁부터 다음 날 아침까지 꺼이꺼이 울어 재꼈다.

"우와아아! 엄마, 어떻게 그럴 수가 있어!? 내 소중한 보물들을 버리다니. 진짜 너무해!"

"인석아, 그만 울어라. 비 오겠다."

"으아아앙!"

민철은 그만큼 만화 보는 걸 좋아했다. 그중에서도 약한 주인공이 강해지는, 혹은 히어로들이 도시를 위협하는 악당들과 싸우는 부류의 만화를 좋아했다. 나쁜 짓을 용서하지 않는 정의로운 주인공의 모습이 너무 멋있었다. 만화는 민철에게 재미뿐만이 아니라 성격 형성에도 지대한 영향을 끼쳤다. 옳지 않은 일을 보면 그냥 넘어가지 못했으며 혹여나 다른 학생이 누군가를 괴롭히면 다가가서 말리다가 싸우기를 밥 먹듯이 했다.

그런 민철에게는 친구이자 라이벌이 존재했다. 대철이었다. 방방 날뛰는 민철과 달리 대철은 조용하고 차분한 성격이었다. 민철이 불이라면 그는 얼음과도 같았다. 처음부터 둘이 친했던 것은 아니다. 둘의 시작은 신경전이었다.

"야, 4반이랑 축구 시합한데. 지는 쪽이 돈 걷어서 아이스크림 사야 해."

민철은 대철과 같은 5반이었다. 두 사람은 서로 성격이 달랐지만 운동을 잘한다는 공통점이 있었다. 당연히 4반에 대항하기 위해 선수로 뽑혔다. 민철은 의욕에 가득 차 콧김을 씩씩 내뿜었으며 대철은 귀찮아하면서도 은근슬쩍 참여 의사를 밝혔다.

5번 학생들은 자신감에 가득 차 있었다. 다른 누구도 아닌 결전병기, 민철과 대철이 있었기 때문이다. 하나 누구도 그 두 사람 때문에 경기가 패하리라곤 예상치 못했다. 전반전만 해도 아무 위기 없이 압도적으로 경기를 이끌었다. 점수는 3 대 1. 이대로 방어 위주로 안전하게 경기를 이끌면 지고 싶어도 질 수 없는 상황이었다.

"야! 이쪽으로 패스해! 패스!"

대철은 외곽으로 파고드는 중이었고 민철은 중앙으로 파고들었다. 공은 대철에게 있었으며 좋은 지점을 선점한 민철은 목청껏 공을 넘기라고 외쳤다.

대철은 훗 코웃음을 치며 무시했고 스스로 정면을 돌파했다. 그리고 힘껏 강슛을 날렸지만 골키퍼의 펀칭에 허무하게 기회를 날렸다.

"야 이, 멍청아! 패스하라니까 뭐하는 짓이야! 덕분에 기회를 날려 먹었잖아. 다음부터는 내가 패스하라면 패스해!"

"시끄러워."

"뭐라고? 내가 지금 조용하게 생겼어? 다 잡은 고기를 놓친 게 누구 때문인데?"

"어차피 이기고 있잖아. 패스를 하든 안 하든 그건 내 선택이라고."

대철은 시크하게 받아치며 보란 듯이 귀를 후볐다.

경기가 다시 진행되었지만 상황은 비슷했다. 우연인지 대체로 공을 점유하는 건 대철이었고 민철은 그 주변을 빨빨거리며 패스하라고 외쳤다.

"신대철! 패스해! 이쪽! 이쪽!"

"......"

"대철아! 이쪽이라고! 인마! 야! 안 들리냐!"

"......"

"패스해! 지금이 기회야! 여기! 여기라고 자식아!"

"......"

"야이 시발롬아! 패스 좀 하라고!"

대철은 대철대로 성질이 나서는 얼굴이 시뻘게져 있었다. 자꾸 옆에서 날파리처럼 알짱거리는 민철에게 화가 났다. 분신술을 쓰듯이 주변을 왔다 갔다거리며 꽥꽥대는 통에 귀가 따가울 정도였다. 그것뿐만이 아니라 자신의 공격이 번번이 실패로 돌아간다는 것이 분했다.

"야이 새끼야! 내가 안 보이냐! 그딴 개발 집어치우고 내게 넘겨! 시발롬아 귓구멍 막혔냐! 패스해!"

참다 참다 울컥한 대철이 축구공에 회전을 먹여 강슛을 날렸다. 그야말로 폭풍 같은 슛이었다. 근데 어째 방향이 이상하다. 골대 방향이 아니었다.

"엉?"

민철이 서 있는 방향이었다. 그것은 크로스도 아니고 다분히 악의적인 숏이었다.

퍼엉!

"끄억!"

공에 얼굴을 얻어맞은 민철은 기이하게 목이 꺾이며 나동그라졌다. 일격에 정신을 잃은 민철은 양호실로 실려 갔고 대철은 스스로 경기를 포기했다. 5반으로서는 매우 절망적인 상황. 결국 반에서 아무나 데리고 와 경기를 속행했으나 두 명의 빈자리를 메우기에는 역부족이었다. 그렇게 반 대항전 축구 경기는 4 대 3으로 역전패 당했다.

그날 이후 대철과 민철은 서로 눈만 마주쳐도 으르렁거리는 앙숙이 되었다. 실제로 몇 번 싸우기도 했다. 둘 다 운동신경이 뛰어나고 싸움을 제법 했기에 승부는 나지 않았다. 싸우다가 주변 친구들이 뜯어말리거나, 아니면 교사가 와서 흐지부지되는 것이 보통이었다.

"으앗!? 대체 네가 여기 왜 있는 거야?"

"그러는 너야말로 왜 여기 있는 거지? 질리는군."

"어휴, 그 유치한 말투 좀 어떻게 할 수 없어? 고등학생이면 고등학생답게 굴어야지."

"신경 거슬리게 하지 마."

"me too."

"이럴 땐 you too라고 하는 거다."

"아, 그래?"

고등학생이 되어서도 두 사람의 라이벌 혈전은 계속되었다.

민철에게는 한 가지 고민이 있었다. 그에게는 남들에게는 없는 독특한 힘이 있었다. 그것을 알아챈 것은 중학교 3학년 말이었다. 그전까지는 그냥 자신이 남들보다 운동 신경이 뛰어난 거라고 여겼다. 그러나 점차 시간이 흐르자, 그 생각이 틀렸다는 것을 알게 됐다.

특별한 힘.

그것은 특별하다고밖에 설명할 수가 없었다. 어떤 알 수 없는 힘이 자신의 몸 안에서 꿈틀거렸다. 그것은 아지랑이처럼 눈에 보였으며 마치 몸에 물이 닿듯이 뚜렷하게 느낄 수 있었다. 미지의 힘을 깨달았을 때 민철은 가슴이 벅차올랐다.

예전부터 만화를 좋아하던 그였다. 만화 속에 나오는 정의로운 주인공들처럼 살고 싶었다. 자신에게 특별한 초능력이 생긴다거나, 혹은 비현실적인 일들이 벌어지기를 바라왔다. 그리고 그것이 현실이 되었다.

"이 힘으로 무엇을 하면 좋을까?"

악당들을 물리쳐 도시를 지키는 일?

"그런데 현실에는 마왕이라거나 악당이랄 게 없잖아?"

정말로 없을까?

"아니지. 잠깐만."

민철은 잠시 생각해 보았다. 현실 세계의 악당이 과연 누가 있을까를 말이다. 거리의 불량배, 학교에서 약한 친구들을 괴롭히는 양아치들, 범죄자, 자기 잇속만 챙기는 정치인들……

따지고 보면 많았다.

하지만 자신의 능력이 어느 정도 선까지 가능한지를 파악해야 한다. 자신의 초능력이 대단한 건 사실이었지만 그렇다고 해서 전지전능한 수준까지는 아니었기 때문이다. 하늘을 날 수도 없고 손에서 에너지 파가 나가는 것도 아니다.

"아무래도 상관없어. 적어도 동네 양아치들이나 조폭들, 범죄자들만 줄여도 나는 만족할 수 있어."

민철은 그날부터 한 가지 계획에 착수했다. 자신이 직접 히어로로 분하여 도시의 악당들을 직접 물리치겠다는 생각이었다.

민철은 생각했다. 도처에는 어긋난 폭력이 넘쳐나고 있었다. 자신의 힘을 사용하면 조금이라도 주변에 죄 없이 고통받는 사람들을 구원할 수 있으리라고 말이다. 유치한 발상이다. 너무나도 유치하고 심지어 창피할 수도 있는 발상이다. 그렇기 때문에 누구도 하지 않는다. 하지만 민철은 고상한 척하고 싶지 않았다.

유치하다고 아무도 하지 않는 일을 바로 자신이 하겠다고 다짐하는 순간이었다.

그때부터가 변화의 시작이었다.

민철은 우선 마스크를 하나 구입했다. 이제부터 할 행동은 너무 눈에 띌 테니 얼굴을 가려 줄 필요가 있었다. 그다음으로는 목표를 골랐다. 우선적으로 선택한 건 학교의 양아치들이었다. 악당을 굳이 멀리에서 찾을 필요가 없었다.

악당은 우리 곁의 가까운 곳에 존재했으니까.

힘이 세다고 으스대는 존재들은 어디를 가나 존재했다. 놈들은 늘 교실 구석의 창가 자리에 앉았으며 수학여행을 갈 때 버스 안에서는 맨 뒷자리를 선호했다. 무서운 교사 앞에서는 말 잘 듣는 척 조용히 지내고 만만한 교사는 무시했다. 괜히 마음에 안 드는 학생이 있으면 단체로 몰려가 괴롭혔으며 심부름을 시키기도 했다. 민철은 그놈들을 우선적으로 선도하기로 마음먹었다. 학교가 끝날 때마다 민철은 놈들을 한 명씩 습격했다.

"우왓! 너 이 자식! 정체가 뭐야?"

"반 친구들을 괴롭히지 말라고? 이게 무슨 헛소리야? 너 미쳤어? 싸이코야?"

"으윽! 너 마스크 벗어. 어디 면상 한 번 보자!"

다들 반응은 비슷비슷했다. 그들에게 대꾸하는 민철의 대답 역시 같았다.

"나는 나이트 워커다. 이름 따윈 없다. 네놈들의 썩어 빠진 근성머리를 고쳐 주러 왔다."

상대가 몇 명이 됐든 개의치 않았다. 민철은 폭풍 같은 움직임으로 양아치들을 쓰러트렸다. 그리고 반드시 사인펜으로 놈들의 이마나 가슴에 'Night Worker'라는 글을 남겼다. 나이트 워커는 민철이 지은 예명이었다.

이유가 어쨌든 폭력이라는 것은 그릇된 방법이다. 하지만 이렇게라도 해야 한다고 민철은 생각했다. 사회체제는 허점이 너무 많았고 약자들은 자신을 지킬 수가 없다. 누군가는 어둠 속에서 그릇된 방법을 써서라도 약자들을 지켜야 한다고 여겼다. 그래서 나이트 워커라는 새로운 분신을 만들어냈다.

민철이 열심히 뛰어 준 덕에 그가 다니는 고등학교에서는 학교 폭력을 찾아볼 수가 없었다. 나이트 워커에게 당한 학생들이 몸을 사리기 시작한 것이다. 그 덕에 해당 고등학교는 학교폭력추방위원회에서 주최하는 '올해의 청정 학교상'을 타기도 했다.

학교의 양아치들을 갱생시킨 이후 민철은 거리로 나갔다. 직접 거리를 돌며 활동 범위를 넓히려는 것이다. 그러다가 운명적인 만남을 가지게 된다.

민철은 오밤중에 소매치기를 쫓고 있었다. 그는 예사롭지

않는 몸놀림으로 미꾸라지처럼 골목골목을 누볐다. 일반인치
고는 날랜 편이었지만 그래도 민철에게는 상대가 되지 않았
다. 다리에 기를 활성화시켜 속도를 올린 민철은 금방 그의
뒤를 추격했다.

"젠장! 대체 넌 뭐하는 자식이야! 그만 쫓아와!"

"웃기고 있네. 앙탈은 적당히 부리고 그만 잡혀라."

민철은 몸을 날려 소매치기의 등에 드롭킥을 먹였다. 소매
치기의 등에 민철의 발바닥이 닿는 바로 그때였다. 어디선가
나타난 또 다른 남자가 소매치기의 목에 클로스라인을 날렸
다.

"큭! 켁!"

1초 사이에 2단 콤보를 맞은 소매치기는 허공을 두 바퀴
돌며 나자빠졌다. 숨넘어가는 괴상한 소리와 바닥에 엎어지
는 소리의 협연이 무척이나 처절했다. 민철은 몸을 추스르며
클로스라인의 주인공을 바라보았다.

"어라, 너?"

"뭐야? 남민철?"

클로스라인의 주인공은 다름이 아니라 바로 대철이었다.
대철은 후드를 머리끝까지 뒤집어쓰고 있었다. 대철과 민철은
상대를 손가락질하며 깜짝 놀라는 중이었다. 그러다가 골목
뒤에서 사람들이 다가오는 것을 느끼고는 두 사람은 일단 다
른 곳으로 자리를 피했다.

인적이 드문 곳으로 자리를 피한 민철이 불만 가득한 눈초리로 대철을 노려보았다.

"무슨 생각이야? 갑자기 튀어나와서는 클로스라인이라니. 깜짝 놀랐잖아."

"그러는 너야말로 도망가는 소매치기한테 드롭킥을 날리다니, 무식한 건 무슨 불치병이냐? 고쳐지질 않네."

대철과 민철은 티격대며 서로 눈치를 살폈다. 둘은 서로 비슷한 생각을 하고 있었다.

민철은 대철을 보며 어디서 이렇게 갑자기 튀어나온 걸까 의아해했다. 대철은 민철을 보며 그렇게 열성적으로 소매치기를 쫓은 이유를 궁금해했다. 복장도 미묘하게 수상했다. 민철은 마스크를 끼고 있었으며 대철은 후드를 꾹꾹 눌러쓰고 있었다. 잠시 침묵하던 두 사람은 서로 가리키며 동시에 말했다.

"너 혹시?"

"설마 너?"

그것은 기묘한 인연이었다.

민철과 마찬가지로 대철 역시 신분을 감추고 나이트 워커로 활동 중이었다. 사실 먼저 행동한 것은 대철이었다. 다만 적극적으로 자신을 알리려 한 민철과 달리 대철은 자신을 꽁꽁 감추었다. 그 때문에 먼저 활동했지만 누구도 알지 못했던 것이다.

"이야. 진짜 신기하네. 어떻게 이럴 수가 있지?"

민철은 대철을 보며 황당하다는 듯 웃었다. 대철 역시 모르는 척 외면했지만 입은 슬그머니 웃고 있었다.

어찌 보면 두 사람이 라이벌 관계를 유지했던 건 예정되어 있었던 걸지도 모른다. 보통 인간에게는 없는 힘을 두 사람은 가지고 있었다.

"대철아, 근데 너는 언제 그 힘에 대해서 알게 됐냐?"

"알게 된 건 중학생 때였나? 그때부터였을 거야. 농구를 하든 축구를 하든 뭔가 좀 이상한 기분이 들더라고. 뭔가 내 몸이 너무 가볍고 빠르다는 느낌을 받았지. 그래서 직접 시간을 재고 100미터 달리기를 해 봤어."

"그랬는데?"

"7초가 나왔어."

"아하하!"

민철은 배꼽을 잡으며 웃었다. 7초면 100미터 세계신기록을 아득하게 넘어가는 수치다. 조그만 나라의 일개 고등학생이 100미터 달리기 세계신기록을 냈다니. 누구도 믿어 주지 않을 것이다.

"그럼 너는 언제 알았는데?"

이번에는 대철이 물었다. 민철은 코끝을 긁적이며 기억을 더듬었다.

"얼마 안 됐어. 밤에 심부름 가는 길에 횡단보도를 건너는

데 자동차가 다가오더라고. 너무 **빨랐고** 미처 피하기는 힘들었지. 그래서 어깨를 움츠리고 가만히 있는데 차가 내 몸에 맞고 찌그러지더라고. 너무 놀라서 그대로 집으로 달음박질쳤지. 위기의 순간에 본능적으로 깨우쳤나 봐. 그게 한 반년 전 일인가?"

대철의 눈이 동그래진다.

"뭐라고? 1년도 안 된 주제에 그렇게 까불고 다녔던 거냐?"

"까분다니! 말이 좀 심하네. 난 정의를 위해서 움직인 거라고."

"에라이, 미친놈아."

"어쭈?"

두 사람은 금방 티격태격거렸다. 그렇지만 이내 서로를 보며 피식, 웃어 버렸다. 어느 날 갑자기 자신에게 이상한 힘이 생겼다. 그것은 놀랍고 경이로운 힘이었다. 이 힘을 활용하면 원하는 것을 얼마든지 손에 넣을 수 있다. 무엇이든 될 수 있으며 무엇이든 할 수가 있었다. 하지만 두 사람 다 그런 건 원치 않았다.

이 힘은 선물과도 같았다. 그리고 이유 없는 선물은 없다. 대철과 민철은 이 힘이 남들을 돕기 위해 주어졌다고 생각했다. 자신이 아닌 남을 위해 힘을 쓰기로 자신과 약속을 한 것이다. 그 결과물이 바로 나이트 워커였다.

어둠 속을 걸으며 정의를 지키는 영웅! 그날 이후 대철과 민철은 상대에게 힌트를 얻어 복장을 통일했다. 후드를 덮고 마스크를 써서 얼굴을 가리는 것이다. 그리고 누가 활약을 했던 똑같이 나이트 워커라는 표식을 남겼다. 그렇게 두 사람은 학생과 영웅을 넘나들며 바쁜 나날들을 보냈다.

그러던 중 민철은 한 소년과 만나게 된다.

"괜찮나?"

학교 근처의 골목길.

한 소년이 엉망이 되어 쓰러져 있다. 교복 여기저기에 흙과 먼지가 묻어 있으며 입술은 터져 붉게 피가 흘러나오고 있었다. 그 앞에는 민철이 서 있었다.

"넌 누구?"

"나? 교복 보니까 우리 학교 학생 같은데, 나 몰라? 되게 시끄럽고 까부는 애 하나 있잖아. 그게 나야."

소년은 같은 학교 불량배들에게 얻어맞고 있었다. 그것을 민철이 나서서 구해 준 것이다. 소년은 민철의 손을 잡고 자리에서 일어났다.

"이름 들어 본 적 있어. 남민철 맞지?"

"그래. 뭘 그렇게 맞고만 있는 거야. 너도 반격을 해. 넌 손이 없냐 아니면 발이 없냐? 팔다리 다 멀쩡하잖아?"

"난 너처럼 강하지 않아. 못 싸워."

"누군 날 때부터 잘 싸웠냐. 그리고 저런 놈들에게 대항하는 건 이기고 지고의 문제가 아니야. 네 의지를 충분히 보여 준다는 것에 의미가 있는 거야. 멍청하게 당하고만 있으면 안 돼. 가만히 있으면 절대 바뀌는 건 없다고."

민철은 그리 말하면서도 약간은 부끄러운 마음을 느꼈다. 사실 자신이 두려움 없이 싸울 수 있었던 데에는 기의 힘이 컸다. 물론 그전부터 민철은 겁이 없었지만 그것은 성격 차이 문제도 있다. 사람이 모두 같을 수는 없으니까. 민철은 호탕하게 웃으며 소년의 등을 두들겼다.

"하하! 그렇게 너무 우울해지지 말자고. 근데 넌 이름이 뭐냐?"

"내 이름은 요환이야."

소년은 자신의 이름을 말하며 작게 웃었다. 아주 잠깐이었지만, 민철은 그 소년의 미소가 무섭다는 기분이 들었다. 입이 커서 귀에 걸칠 듯한 미소였다.

*　　*　　*

민철은 멍하니 달을 바라보다가 고개를 털었다. 술기운에 마치 꿈을 꾸듯 과거를 회상했다. 오래된 일이었지만 손 내밀면 닿을 듯 생생했다. 대철과 함께 나이트 워커로 활약했던 일, 친하게 지내며 겪었던 추억들.

"그리고 그 녀석."

민철은 으득, 어금니를 깨물었다. 그때만 해도 모든 것이 가능하리라 믿었다. 불가능한 건 없다고 생각했고 마음만 먹으면 뭐든지 할 수 있을 것만 같았다. 세상이 바뀌리라 믿었다. 그런데 정신을 차리고 보니 파도를 맞은 모래성처럼 모두 허물어졌다. 신기루처럼 말이다.

어쩌다가 이렇게 된 걸까.

그들은 영웅이 되고 싶었다. 세상을 바꾸고 싶었다. 그러나 한 명은 돈 벌기에 급급하고 다른 하나는 아무런 의욕도 없이 그냥 되는대로 살고 있다. 그리고 또 다른 친구는 도무지 짐작도 할 수 없는 일을 꾸미고 있다. 세 친구는 모두 바뀌었고 세상은 그대로다.

결론적으로 그들은 세상을 바꾸지 못했다. 당시 나이트 워커의 등장은 잔잔한 파장이었지만, 고작해야 수면 위에 작은 돌멩이가 떨어진 정도였다. 소년의 꿈은 술안주가 되었고 추억이 되어 버린 지 오래였다.

"아, 왠지 슬프네."

민철은 털레털레 도장으로 향했다.

Battle 02

결전

결전의 날이 밝았다.

대철이 말한 운과 동해가 대련을 벌이는 날이다. 동해는 덤덤한 표정으로 학교로 향했다. 사실 속으로는 많이 떨렸지만 최대한 내색하지 않았다.

동해는 대철이란 사람이 어떤 사람인지 알지 못했다. 하지만 그가 한 아이의 아버지라는 점을 감안해 그 사람을 한번 믿어 보기로 결정했다. 분명 아무 생각 없이 이런 일을 벌이지는 않았으리라.

오늘은 토요일이다.

오전 수업만 하면 모든 수업이 끝난다. 동해는 학교가 끝나는 즉시 대철의 빌딩으로 갈 생각이었다.

"그런데 얘는 어딜 간 거야 대체?"

이나가 보이지 않았다. 더군다나 아현도 교실에 없었다. 이나에게 휴대폰으로 문자를 했지만 답장은 오지 않았다. 그래서 이번에는 아현에게 전화를 해 보았다. 의외로 아현은 쉽게 연결이 되었다.

"아현아, 지금 어디야? 혹시 이나랑 함께 있어?"

〈으응.〉

"뭐하는 거야. 학교는 왜 안 나왔어?"

〈이나가 오늘 하루만 학교 가기 싫다고, 자기랑 함께 있어 달라고 했어. 아무래도 네 얼굴 보기가 좀 그런가 봐.〉

동해는 이나의 마음을 이해했다는 듯 고개를 끄덕였다.

"그래도 다음부터는 학교 빼먹지 마. 이나한테 너무 걱정하지 말라고 전해 줘. 그리고 그렇게 미안해할 필요 없다고."

〈알았어, 동해야.〉

통화를 끊은 동해는 쓴 입맛을 다시며 창밖의 먼 산을 바라보았다.

철광은 쉬는 시간에 동해를 찾아 기합을 불어넣어 줬다. 자신이 따라가서 응원하고자 했지만 동해는 그냥 혼자서 갈 거라고 말했다. 철광은 아쉽지만 동해의 뜻에 따르기로 했다.

이상한 일이었다. 이나와 아현과 더불어서 성주도 학교에

오지 않았다. 갑작스럽게 몸이 안 좋아서 하루 쉬기로 했다고 한다. 이상한 일이었지만 동해는 그럴 수도 있다고 생각했다. 어차피 다른 일 때문에 성주의 결석에 깊게 생각할 여지가 없었다.

학교가 끝나자마자 동해는 집에서 옷을 갈아입고 대철의 회사로 향했다. 혼자서 가려니 어색한 기분도 들었지만 달리 생각해 보면 차라리 혼자 가는 게 나았다. 친구들이 지켜보는 가운데 대련하는 것도 생각해 보면 꺼림칙하니까. 이나도 그런 이유에서 일부러 학교를 빠진 걸지도 모른다.

'좋아. 마음 단단히 먹자.'

동해는 두 뺨을 찰싹찰싹 때리고는 건물 안으로 들어갔다. 학교에서는 아무 생각이 없었는데 엘리베이터에 탑승하니 뒤늦게 긴장되었다. 동해는 괜히 이리저리 몸을 움직이며 근육과 뼈를 풀었다.

'가볍게 생각하는 거야. 민철이 형이랑 자주했던 대련이라고 생각하자.'

펜트하우스에 도착하자 대철이 웃으며 동해를 반겼다. 그의 옆에는 경직된 표정의 진운이 서 있었다.

"안녕하세요."

"이나랑 다른 친구들이 안 보이는군."

그에 동해는 뒷머리를 긁적이며 답했다.

"이나는 저랑 형이 싸우는 거 보기 싫다고 다른 곳에 친구들이랑 있어요."

"그런가."

대철은 그럴 수도 있다는 듯 고개를 끄덕였다. 동해가 물었다.

"대련은 어디에서 하죠?"

"어디긴 어딘가. 자네가 지금 있는 이곳이지."

"여기요?"

동해는 당황해하며 주변을 둘러보았다. 전에 왔을 때와 하나도 달라진 것이 없는 없었다. 따로 링이 설치 된 것도 아니고 바닥에 매트가 깔린 것도 아니었다. 공간은 충분히 넓었으나 중간에 분수도 있고 기둥도 있었다. 사람이 살기엔 황송할 정도로 좋았지만 대련을 펼치기에 좋은 장소는 아니었다.

동해는 코끝을 긁적이며 식은땀을 흘렸다.

"하지만 여기는 대련하기에 별로 좋은 장소가 아닌 것 같아요."

"대련? 난 대련이라고 한 적이 없어."

"뭐라구요?"

동해는 당황하여 더욱 식은땀을 뻘뻘 흘렸다.

"대련이 아니면 뭐죠?"

"싸움이네. 말 그대로 싸움."

"싸움이요? 아니, 잠깐만요. 아무리 그래도 전 그냥 고등학생인데 어떻게 경호하는 사람이랑 싸움을 하겠어요."

대철은 동해에게 다가가 두 어깨에 손을 얹었다. 대철의 키는 상당히 컸기에 그는 내려보고 동해는 올려다보는 구도가 되었다.

"동해 군, 나에게 뭔가를 감출 필요는 없네."

"그게 무슨 말이죠?"

"나는 다 알고 있단 말이야. 가령, 자네가 어떤 '힘'을 가지고 있다는 것까지."

그 말에 동해의 눈이 큼직해졌다. 대철이 말한 '힘'이 설명하는 건 한 가지밖에 없었다. 동해가 기를 사용한다는 걸 알고 있는 의미였다. 동해는 자신의 은밀한 비밀을 들킨 사람처럼 당황했다.

대철은 계속 말했다.

"그리 놀랄 것도, 경계할 것도 없네. 나는 이미 다 알고 있으니까. 그리고 내가 자네의 비밀을 알았다고 해서 크게 달라질 것도 없어. 왜냐하면 자네가 하는 일은 나와 아무 상관이 없는 문제니까."

대철은 동해의 귓가에 입술을 가져갔다. 낮지만 명확한 발음으로 속삭였다.

"능력자가 어디 자네뿐인 줄 아는가. 이 세상엔 자네 말고도 기 능력자가 많아."

대철은 동해로부터 떨어져 두 손을 활짝 펼쳤다.

"어디 한번 보자는 걸세. 자네의 능력이 어느 정도인지 말이야. 어차피 이곳은 보는 눈도 없으니 마음껏 기를 쓰기에 충분하겠지. 아래로 다섯 층이나 비워 놨으니 걱정하지 말게."

"하지만."

"정 능력을 개방하기 싫다면 마음대로 하게. 하지만 한 가지만 알아 두게. 옆에 있는 진운 군은 사력을 다해 싸울 테니까."

동해는 진운을 바라보았다. 동해의 눈에 진운은 씁쓸한 표정을 지으며 시선을 피했다.

대철이 말했다.

"우리 이나와 진운 군은 함께 지낸지 무척이나 오래 됐다네. 이 못난 애비보다는 어쩌면 진운 군이 더 아버지 같고 오빠 같고 그럴 거야. 진운 군 역시 마찬가지야. 몇 년이나 옆에서 보살피며 지내왔는데 덜컥 떠나야 한다니. 절대 그러고 싶지 않을 거야. 그런데 웬 고등학생 녀석과 싸워서 지면 곁을 떠나야 한다니. 진운 군도 아마 사력을 다해 싸울 걸세. 말하자면 서로들 물러설 수 없는 싸움이라는 거지. 싸우기 싫으면 싸우지 말게. 대신 소중한 것을 포기해야 할 거야. 안 소중하다면야 아무래도 좋은 거겠지만."

대철은 나이답지 않게 비아냥거리며 자신의 책상 자리로 돌아갔다. 의자에 기대앉으며 책상에 다리를 올렸다. 그리고 시가를 꺼내 불을 붙였다. 시가 향을 맡으며 대철은 손바닥을 마주쳤다.

"시작."

너무나 급작스러운 시작이었다. 동해는 아직 마음의 준비가 되지 않았다.

"자, 잠깐만요."

허나 진운은 기다려 주지 않겠다는 듯 성큼성큼 다가왔다. 표정에는 잔뜩 어둠이 내려앉아 있었고 감정이 배제되어 있었다.

"운 형? 잠깐만요."

진운은 동해의 손목을 휘어잡고는 뒤로 이동했다.

"큭."

팔이 꺾이자 동해는 고통에 입술을 깨물었다. 진운은 잠시 고민하는가 싶더니, 이내 팔꿈치를 날카롭게 세웠다.

"진운이 형?"

진운은 자신의 팔꿈치로 동해의 팔꿈치 뒤를 가격했다. 빠각! 뼈가 부러지며 팔이 반대로 꺾였다. 처음 느껴 보는 감각에 동해의 눈이 큼지막해졌다.

*   *   *

아현과 이나는 공원에 와 있었다.

학교도 일찍 조퇴한지라 마땅히 갈 곳이 없었다. 그렇다고 노래방이나 오락실 같은 곳에 가서 마냥 시간 죽이는 것도 흥이 나지 않았다. 무엇보다 동해가 지금 처한 상황 때문에 뭘 해도 손에 잡히지 않았다. 결국 이나는 정처 없이 이리저리 돌아다니며 푹푹 한숨만 뿌려댔다.

그러기를 한참, 이나와 아현은 쉴 곳을 찾아 걸음을 옮겼다. 계속 걷다 보니 다리도 아프고 피곤해서 근처에 있는 공원을 찾았다. 계속 끌려다니는 아현에게 미안했는지 이나는 아이스크림을 사 주었다.

"고마워, 이나야."

"아니야. 내 멋대로 이리저리 끌고 다녀서 미안해. 나 때문에 수업도 못 받고."

"괜찮아. 나 수업 빼먹어 본 적 이번이 처음이거든. 의외로 기분 좋다."

"으이그."

이나는 웃으며 아현의 머리칼을 거칠게 헝클어트렸다.

"헤헤."

"그리 좋냐."

"좀 전에 철광이랑 연락했어. 이쪽으로 온대."

"걔는 또 왜 불렀어?"

"혼자보단 둘이, 둘보단 셋이 낫잖아."

"하이고."

이나는 어이없다는 듯 실소했다. 비록 입은 웃고 있었지만 마음까지 웃을 수는 없었다. 그녀의 가슴속은 여전히 불편했고 꺼림칙했다. 자신 때문에 진운과 동해, 두 사람이 싸워야 한다는 걸 이해할 수가 없었다.

대체 왜 두 사람이 싸워야 하는가. 그들이 대체 무엇을 잘 못했다고. 자기가 유학 가는 것과 두 사람이 싸우는 것에 대체 무슨 연관이 있는 건지, 아버지는 또 무슨 생각인지 머리가 혼란스러웠다.

머리가 혼란스러워질수록 아버지에 대한 원망도 커져만 갔다. 그전까지는 그냥 애정이 부족한 사람 정도로 생각했지만 이번 일은 달랐다. 이번 일은 아무리 아버지라고 해도 미쳤다고밖에 표현할 수가 없었다.

"가 봐야 하는 거 아닐까?"

아현의 말이었다. 한창 다른 생각을 하고 있던 이나는 그녀의 말에 고개를 돌렸다.

"뭐라고?"

"동해에게 가 봐야 하는 거 아니냐구."

"몰라. 못 보겠어. 못 가겠다고."

"그래도 동해는 널 위해서 직접 약속까지 했어. 어쩌면 지금 그 키 큰 아저씨랑 싸우고 있을지도 몰라. 물론 대련 정도의 수준일 거야. 그래도 동해가 널 위해서 다 큰 어른이랑 싸우고 있잖아. 거기서 네가 모른 척하면 어떻게 해."

아현은 여리지만 또박또박하게 말했다.

"우씨. 조그만 게 어디서 훈장질이야? 내가 알아서 해. 내가 다 알아서 할 거라고."

"그냥 조언이야. 선택은 네가 하는 거지. 우리 중에서 지금 선택할 수 있는 사람은 너밖에 없잖아."

"선택?"

이나는 머리카락을 비비 꼬며 생각에 잠겼다.

그녀는 어려서부터 두렵고 조급한 감정이 있었다. 그것은 자신이 모든 일에 무능력하다는 생각 때문이었다. 실제로 그녀는 잘하는 것, 할 줄 아는 것이 없었다. 그나마 고액과외와 학원을 다녀서 상위 성적을 유지했지만 그것만으로는 부족했다. 그냥 시켜서 하는 것 말고는 아무런 재주가 없었다.

음악이면 음악, 운동이면 운동, 그림, 글. 그 어떤 것도 잘할 수가 없었다. 그나마 좋다는 성적조차도 전체적으로 보면 특출나게 잘하는 것도 아니었다.

무재능.

그것이 그녀를 초조하게 했다. 차라리 아무런 기대를 받지 않는다면 좋으련만……. 시간이 지남에 따라 그런 감정은 분노로 딱딱해졌다. 그리고 종국에는 허무함으로 가루가 되어 흩날렸다. 아무래도 좋았다. 될 대로 되라는 식으로 살았다.

차라리 평범한 집에서 태어났다면 그런 중압감 따윈 없었을 것이다. 허나 아버지는 대한민국에서 손꼽는 기업의 회장이고 자신은 그의 외동딸이었다. 기업을 잇지는 못하더라도 최소한 부끄럽지 않은 딸이 되어야 한다는 강박관념 같은 게

있었다. 하나 자신은 그의 기준에 손톱만큼도 미치지 못했고
그러한 점이 그녀를 안에서부터 갉아 먹었다.

'난 아무것도 할 수 없어.'

자신에 대한 부정은 시도조차 가로막는다.

시작도 해 보기 전에 실패를 두려워하는 것이다. 아무것도
안 하지만 실상은 도망치는 것이었다. 시작과 시도, 도전, 선
택에 대한 도망.

하지만 지금은 선택을 해야 했다. 이나는 유학 따윈 가고
싶지 않았다. 친구들과 떨어지고 싶지 않았다. 파란 눈의 외
국인들에게 둘러싸이는 건 싫었고 목적도 없는 막막한 공부
같은 건 하고 싶지 않았다. 동해가 다치는 것 역시 싫었다. 진
운이 다치는 것도 싫었다. 두 사람이 싸운다는 건 더더욱 싫
었다. 중요한 건 그거였다.

이나는 벤치에서 벌떡 일어났다.

"이나야?"

그녀의 돌연한 행동에 아현은 깜짝 놀라 먹고 있던 아이스
크림을 얼굴에 묻혔다.

"왜 그래."

"아현아, 우리 돌아가자. 지금 당장 가야 해."

"결정한 거야?"

"그래. 확실하게 정했어. 아빠의 머릿속에 어떤 멍청한 생각
이 들어 있는지는 나도 잘 모르겠어. 하지마 어쨌든 내가 아

끼는 사람들이 조롱당하는 건 참을 수 없어. 이게 도발이라면 받아들이겠다 이거야. 어디 누가 이기나 한번 해 보자 그래."

"잘 생각했어."

이나와 아현은 서로의 손을 잡고서 걸음을 재촉했다.

"……?"

순간 아현과 이나의 눈빛이 달라졌다. 그녀들은 뭔가 신기한 걸 발견한 듯한 표정이었다.

"저거 뭐야?"

그녀들의 앞에는 높은 가로등이 있었다. 가로등의 끝에는 한 남자가 웅크리고 앉아 있었다. 그는 목에 붉은색 목도리를 두르고 있었는데, 그 끝을 한쪽으로 길게 늘어트리고 있었다. 그 모습이 흡사 붉은색 꼬리가 달린 것 같았다.

"흠."

그는 사뿐히 뛰어 밑으로 착지했다. 괴한의 등장에 아현은 이나의 팔을 끌어안았다.

"당신 뭐하는 사람이야. 왜 앞길을 막아?"

처음 보는 얼굴이었다. 그래도 이나는 전혀 기죽지 않고 특유의 카랑카랑한 목소리를 냈다. 겁먹은 모습을 보이느니 차라리 배짱이라도 부리는 게 나으리라.

"나랑 같이 가자."

붉은 목도리 사내는 손을 까딱이며 건조하게 말했다.

"뭔 소리야? 미친놈."

이나는 코웃음 치며 아현을 반대쪽으로 이끌었다.

"……."

붉은 목도리를 한 사내 신성주는 어금니를 세게 깨물었다. 성주의 가슴속에는 온통 분노뿐이었다. 자신과 어머니를 버린 인간에 대한 분노, 그리고 그 아버지 밑에서 아무 걱정 없이 잘 먹고 잘 살았을 이나에 대한 질투. 이 증오를 해소시키기 위해서라면 무슨 짓이든 할 수 있을 것만 같았다.

마침 이나가 한 행동은 타오르는 분노의 불길에 기름을 붓는 격이었다. 지금의 성주는 영웅 검은 꼬리가 아니었다. 복수에 눈이 먼 '붉은 꼬리'였다.

현재 성주는 기로 외모를 바꾼 상황이라 이나와 아현에게 정체를 들키지 않았다.

"거기 안 서!"

붉은 꼬리는 오른발로 힘껏 바닥을 찍었다.

콰과광!

붉은 꼬리가 발로 바닥을 찍자 거칠게 바람이 불었고 날카롭게 파편이 튀었다. 엄청난 파괴력이었다. 쩌적 하는 소리와 함께 균열이 퍼졌다. 빠르게 걸어가던 이나와 아현은 천천히 고개를 뒤로 돌렸다.

"저게 뭐야. 어떻게 사람이……."

믿을 수가 없는 광경에 그녀들은 숨을 멈추었다. 이나는 입술을 떨며 침을 꿀꺽 삼켰다.

"도망쳐!"

붉은 꼬리는 빠르게 앞서서 그녀들을 막아섰다. 손을 뻗어 아현의 목을 붙잡았다.

"커헉!"

"넌 볼일 없으니까 비켜."

그리고는 훌쩍, 옆으로 밀쳤다. 아현의 몸은 가볍게 날아가 옆에 있던 가로수에 부딪쳤다. 그녀는 비명조차 지르지 못하고 그대로 정신을 잃었다. 힘없이 날아간 아현을 바라보며 이나는 눈을 부릅떴다.

"이게 무슨 짓이야! 다, 당신 뭐야! 대체 뭔데 우리한테 이러는 거야!"

"시끄러워. 귀 따가워 죽겠네."

붉은 꼬리는 인상을 구기며 이마와 관자놀이를 주물렀다. 머리가 너무 아팠다. 눈에 뭔가가 낀 것처럼 시야가 검게 물들었다.

"따라와."

이상한 감각이었다. 뇌에 물이 가득 들어차 출렁이는 것만 같았다. 술을 잔뜩 마시고 취한 기분이었다. 그래도 이거 한 가지만은 확실했다.

가슴 안에서 불꽃이 타올랐다. 그 불꽃은 전신을 태워 버릴 만치 뜨거웠고 또 격정적이었다. 참을 수 없는 갈증과도 닮아 있었다.

'제기랄, 크윽!'

붉은 꼬리는 이나의 멱살을 붙잡았다.

"무슨 짓이야! 이거 안 놔!"

어찌나 거칠게 잡았는지 셔츠의 단추가 투두둑 뜯어졌다. 뜯겨 나간 단추들이 우수수 바닥에 떨어졌다.

"이거 놓으라고 자식아!"

"닥치고 따라와."

"으윽!"

이나가 말을 듣지 않자 붉은 꼬리는 손찌검을 했다. 뺨을 얻어맞은 이나는 입술과 입 안쪽이 터져 피를 흘렸다. 비릿한 피 맛과 충격에 이나는 멍한 표정을 지었다.

"어디 계속 개겨 봐. 아주 피떡을 만들어 줄 테니까. 잔말 말고 따라와."

붉은 꼬리는 그리 말하며 이나의 머리칼을 붙잡았다.

"이익."

머리채를 붙잡고 끌고 가려는 그때였다.

"그 손 당장 놔."

제삼자의 목소리가 울렸다.

붉은 꼬리는 힐끔, 소리가 난 쪽으로 시선을 돌렸다. 그곳에는 키가 크고 탄탄한 근육을 가진 박철광이 서 있었다.

철광은 빠르게 주변을 살폈다. 이나는 괴한에게 머리채를 붙잡혀 있고 그 옆으로는 아현이 쓰러져 있다. 기껏 연락을 받고 옷까지 갈아입고 왔건만 이런 광경이라니, 당황스럽기 그지없었다.

"너 뭐하는 자식이냐. 깡패야?"

머리채를 붙잡혀 고개를 숙이고 있는 이나가 외쳤다.

"철광아 조심해! 이 사람 이상해! 이상한 힘을 쓴다고!"

"이상한 힘?"

철광은 피식 코웃음 쳤다. 철광은 상대가 누가 됐건 힘에서는 자신이 있었다.

'전에 나이트 후드에게 당하긴 했지만 그건 상대가 나이트 후드였으니까 그랬던 거야. 다른 녀석들이라면 자신 있어.'

철광은 힐끔, 아현을 바라보았다. 그녀는 여전히 바닥에 쓰러져 정신을 못 차리고 있었다.

"이 자식이 감히 아현이에게 손을 대? 정체가 뭔지는 모르겠지만 아주 묵사발을 내 주마."

붉은 꼬리는 일단 이나의 머리를 놓아 주었다.

"정말 짜증 나네."

그는 욕을 중얼거리며 순간 기를 뿜었다. 그러자 공원 전체에 광풍이 몰아쳤다. 그에 머리카락이 펄럭이고 주변에 있던 가로수가 흔들거릴 정도였다. 게다가 공원의 중앙에 있는 분수에서 뿜어지는 물줄기의 방향이 바뀌었다.

"……."

철광의 눈이 동그래졌다.

사람이 대체 뭘 어떻게 해야 주변에 바람을 불게 할 수 있는지 곰곰이 생각했다. 물론 답은 나오지 않았다. 사람은 절대로 저런 능력을 쓸 수 없었다. 혹은 사람이 아니라거나.

'이런 비슷한 기분. 전에도 느껴 본 적 있어.'

나이트 후드가 보여 주었던 기이한 힘도 이와 비슷한 느낌이었다.

'젠장! 이거 잘못 걸렸네. 설마 저 인간도 나이트 워커 중 하나인가? 근데 왜 여기서 이러고 있는 거야? 미치겠네.'

나름대로 멋지게 등장했지만 상대의 힘을 파악한 철광은 비 오듯이 식은땀을 흘렸다.

붉은 꼬리의 손에서 벗어난 이나는 냉큼 철광의 뒤로 몸을 숨겼다. 그래도 일단 이나는 여자였고 자신은 남자였다. 어떻게든 싸우고 막아내야 했다. 남자는 등을 보여서는 안 된다.

"이나야. 일단 넌 도망쳐."

"어디로?"

"나도 몰라. 경찰서가 됐든 아니면 너네 아빠 회사로 가든 어디가 됐든 일단 여길 벗어나. 아현이는 내가 나중에 챙길게. 경찰에 신고하는 것보다 일단 도망치는 게 더 빠를 거야."

"알았어. 조심해야 해."

이나는 철광의 등을 토닥이며 뒤로 도망쳤다.

붉은 꼬리는 상관없다는 듯 신경 쓰지 않았다. 철광은 스텝을 밟으며 허공에 주먹질과 발길질을 했다. 과장된 동작으로 관절과 팔 다리의 근육을 풀었다.

"네놈이 뭐하는 녀석인지는 나도 몰라. 하지만 넌 여자에게 폭력을 썼다. 어떤 이유가 있었다 하더라도 그건 용서할 수 없는 일이야. 네가 어떤 이상한 힘을 갖고 있는 건지는 모르겠지만 날 무시했다간 큰코다칠걸? 난 전에 자동차도 뒤집은 적이 있다고. 이번에는 어떻게 요리해 줄까. 전신주를 뽑아서 홈런을 날려 줄까? 응?"

덩치에 안 맞게 상당히 촐싹거리며 말이 많다. 철광답지 않은 모습이었지만 이유가 있었다. 우선 이나가 도망칠 시간을 충분히 벌어야 했다. 온갖 허세를 다 부렸지만 철광은 자신이 이길 수 있으리란 생각은 하지 않았다. 그러니 최대한 시간이라도 벌어야만 했다.

"다 떠들었어?"

붉은 꼬리는 천천히 철광에게 다가왔다. 자신만만하던 철광은 계속 스텝을 밟으며 은근슬쩍 뒤로 물러났다.

'미치겠네, 진짜!'

철광은 이마의 식은땀을 닦으며 격투 자세를 취했다. 그리고 그 순간, 철광은 땅과 하늘이 뒤집히는 경험을 했다. 붉은 꼬리가 스쳐 지나가자 철광의 몸이 허공에 떠올랐다가 바닥에 떨어졌다. 과격한 충격에 철광은 눈이 뒤집혔다. 다 죽어가는 개구리처럼 몸을 떨던 철광은 이내 축 늘어졌다. 아무리 철광이라고 해도 기 능력자 앞에서는 평범한 인간이었다. 1분,

아니 10초도 버틸 수가 없었다.

철광을 쓰러트린 붉은 꼬리는 금방 이나를 따라잡았다.

"꺄악!"

그의 붉은 목도리가 날카로운 채찍처럼 이나를 덮쳤다.

*   *   *

팔이 부러진 동해는 참지 못하고 비명을 질렀다. 동해는 경악에 찬 눈으로 부러진 팔을 확인했다. 팔이 자신의 의지대로 움직이지 않고 연체동물처럼 흐물거렸다.

"아아악! 끄악!"

진운은 동해를 절대 가볍게 여기지 않았다. 동해가 충격에 버둥거리자 이번에는 정강이를 힘껏 걷어찼다. 정강이의 뼈가 부러진 동해는 허공을 한 바퀴 돌아 자리에 쓰러졌다. 어찌나 아픈지 이번에는 비명조차 지르지 못했다. 부러진 팔과 다리를 덜덜덜 떨며 거칠게 호흡했다.

진운은 동해가 고등학생이라고 절대 봐주지 않았다. 동해가 기 능력자이며 실은 나이트 후드라는 건 예전부터 알고 있었다. TV나 인터넷을 통해 나이트 후드의 활약상을 지켜보았고 충분히 뛰어난 능력자라는 사실을 인지했다. 쉽게 생각하고 봐줬다간 금방 역전될 수 있는 것이 기 능력자들 간의 싸움이었다. 진운은 조금도 방심하지 않고 처음부터 전력을 다

해 상대했다.

"크윽. 하아, 하아."

이미 끝난 게임이나 다름없었다. 한쪽 팔과 다리가 부러졌다. 그 상황에서 동해가 할 수 있는 것은 아무것도 없었다.

진운은 다 끝났다는 듯 주머니에 손을 넣으며 대철을 바라보았다. 대철은 킬킬거리는 표정으로 계속 시가를 태웠다.

"끝났습니다, 회장님. 만족하십니까?"

대철은 미묘한 표정을 지으며 대답하지 않았다. 이상함을 느낀 진운은 뒤를 돌아보았다. 놀랍게도 동해가 천천히 몸을 일으키고 있었다. 부러진 다리로 몸을 지탱하고 있는 것이다.

"아직 안 끝났어요."

그것은 동해 본인의 한계를 뛰어 넘는 일이었다. 극한까지 기를 끌어 올려 부서진 뼈를 끼워 맞춘 것이다. 충분히 놀라운 일이었지만 여전히 진운의 표정은 심드렁했다.

"너무 무리하는군."

"크앗!"

동해는 부러진 팔을 휘둘렀다. 그러자 뿌드득 하는 섬뜩한 소리와 함께 팔이 제 위치를 되찾았다. 그쯤 되니 진운도 살짝 놀랍다는 반응을 보였다.

"생각 이상이군. 내가 널 너무 과소평가 했나보구나. 이제부터는 본격적으로 상대하마. 날 원망하지는 마라."

동해는 고통에 눈물을 찔끔 흘리며 하하 웃었다.

"형을 원망하지는 않아요. 형도 이나가 소중한 거잖아요. 헤어지고 싶지 않은 거잖아요."

"……."

동해는 부러졌다가 다시 붙은 팔과 다리를 훌훌 털었다.

"다시 한 번 해 보자고요."

이번에는 동해가 먼저 달려들었다.

"하얏!"

민철에게 배운 대로 열심히 손과 발을 뻗었지만 진운은 가벼운 동작으로 모두 막아냈다. 동해의 공격은 대체로 직선적이었다. 주먹을 찌르고 발로 차는 식이었다. 진운은 살짝만 몸을 틀어 공격을 피하고 앞으로 나온 팔과 다리를 쳐낸 뒤 반격에 들어갔다.

"큭!"

진운의 공격은 무척이나 잔인하고 확실했다. 동해가 공격을 헛치면 팔이나 다리를 붙잡고 부러트렸다. 그럴 때면 동해는 비명을 지르며 나가떨어졌고 다시 근성으로 일어났다. 팔이 부러지건 다리가 부러지건, 갈비뼈가 나가건 동해는 기합으로 부서진 뼈를 다시 붙였다.

진운은 좀비처럼 일어나는 동해를 보며 혀를 찼다. 사실 처음에는 별로 싸우고 싶지 않았다. 어린 친구와 싸운다는 일에 수치심이 들었으며 동해에게 악감정이 없었기 때문이다.

하지만 생각하면 할수록 이나의 곁을 떠나고 싶지 않았다.

그렇게 오랜 세월 웃고 울며 함께 지냈는데, 이제 고작 몇 개월 만난 어린 녀석에게 이나를 뺏긴다는 기분이 들자 참을 수가 없었다.

친오빠가 아니라는 것은 알고 있다. 그래서 더욱 억하심정이 들었을지도 모르겠다. 여하튼 빨리 싸움을 끝내 버리고 싶었다. 그래서 그렇게 지독한 방법까지 쓴 것이다.

하지만 계속 이런 상황이 반복되다 보니 이젠 놀랍다 못해 징그러웠다.

"으으."

물론 부서진 뼈가 도로 붙었다고 해서 고통이 없는 것은 아니었다. 동해에게 뼈가 부러지는 경험은 이번이 처음이었다. 그 섬뜩하며 기이한 감각은 동해의 머리칼을 쭈뼛 서게 만들었다. 오뚝이처럼 벌떡벌떡 일어났지만 제정신을 유지하기가 힘들었다.

"이제 그만 포기해. 너한테는 무리야."

"아니요. 절대 포기 안 할 거예요."

"넌 안 된다고. 네가 백날 그렇게 일어나 봐야 날 이길 수는 없어. 여기서 그만 포기해. 아가씨가 이민을 가는 것도 아니잖아. 유학이라고. 금방 돌아올 거야. 다시 만날 수 있어."

"형은 포기할 수 있어요? 간절한 것이 있는데 쉽게 포기할 수 있냐고요."

동해의 말에 운은 흠칫 놀라 움직임을 멈췄다. 동해도 자기가 말해 놓고 쑥스러운지 얼굴을 붉혔다. 잠시 정적이 흘렀고, 그 침묵을 대철의 웃음소리가 깨트렸다.

"하하하! 이거 걸작이군! 동해 군, 이건 내 딸에 대한 고백으로 받아들여도 되는 건가?"

"그, 그런 건 아닌데."

대철의 난입으로 고조되던 분위기가 흐트러졌다.

대철은 껄껄대며 웃었고 동해는 사춘기 소녀처럼 창피해했다. 진운은 그런 동해를 바라보며 어금니를 깨물었다. 가득 쥔 주먹을 부르르 떨었다.

진운은 순간이동을 하는 것처럼 빠르게 동해의 뒤로 이동했다.

"어?"

동해가 미처 반응하기도 전에 진운은 양손을 교차해 목을 졸랐다.

"컥!"

진운은 뼈를 부러트려서 빠르게 전의를 상실시킬 심산이었다. 허나 아무리 뼈를 부숴도 동해는 계속 일어났다. 그렇다면 방법은 하나. 기절시키는 것이다. 제아무리 기에 능통한 자라도 산소가 모자라면 정신을 잃는다. 아무리 근성으로 버틴다고 해도 참을 수 있는 것에는 한계가 있는 법이다.

"컥! 크윽!"

목이 졸린 동해는 몸부림쳤지만 그럴수록 목은 더욱 강하게 조여 왔다. 얼굴이 빨개진 동해는 점점 정신이 아득해지는 것을 느꼈다.

"으윽!"

거의 정신을 잃어가던 동해는 마지막 힘을 쥐어짰다. 동해는 뒷걸음질로 그를 밀어내 기둥으로 몰아붙였다. 허나 진운은 기둥에 등을 부딪혀도 손을 놓지 않았다. 아무 소용이 없자 동해는 두 발로 지면을 힘껏 밀치며 뛰어올랐다. 허공으로 떠오른 두 사람은 천장에 부딪쳤고 다시 바닥에 떨어졌다. 이번 충격만큼은 진운도 무시할 수 없었다. 진운은 그만 손을 놓쳤고 동해는 간신히 숨을 쉴 수가 있었다.

"하아! 하아!"

동해는 거의 바닥을 기다시피 하며 진운과 거리를 벌렸다. 진운은 정장을 털며 자리에서 일어났다. 그리곤 아무 일 없었다는 듯이 동해에게 다가갔다. 그러다가 갑자기 먼 산을 바라보며 걸음을 멈췄다. 운의 시선은 유리벽 너머를 향해 있었다. 그 상태로 미동도 하지 않자 이상한 기분을 느낀 동해도 뒤를 돌아보았다.

"어?"

동해는 자신의 눈을 믿을 수가 없었다. 주인 없는 오토바이가 이쪽을 향해 날아오고 있었다. 진운은 빠르게 대철에게 다가가 그를 감쌌다. 한 박자 늦은 동해는 두 손으로 머리를 가리고서 몸을 숙였다.

와장창!

오토바이는 펜트하우스의 유리벽을 깨부수며 안으로 치고 들어왔다. 동해는 온몸으로 유리 파편을 맞으며 신음했다. 유리 파편의 폭풍이 가시자 동해는 고개를 들었다. 그리고 오토바이가 날아온 방향을 살펴보았다.

"누구지?"

멀리 떨어져 있는 맞은편 건물의 옥상. 그곳에 사람이 서 있었다. 거리가 멀어서 제대로 된 인상착의는 알 수 없었다. 하나 바람에 펄럭이는 붉은 목도리 만큼은 인상적이었다.

'검은 꼬리? 아니야. 목도리 색깔이 틀리잖아. 설마 저 녀석이 오토바이를 던진 거야? 저기에서!?'

진운 역시 대철을 계속 감싼 채로 붉은 꼬리를 주시했다. 그에게 보호를 받고 있는 대철은 찌푸린 표정을 지으며 탄식했다.

"드디어 놈이 나타난 건가."

잠시 뒤로 무르던 붉은 꼬리는 전속력으로 옥상 위를 달렸다. 그리고 난간을 훌쩍 뛰어 넘어 대철의 펜트하우스를 향해 몸을 던졌다. 새처럼 날아오른 그는 오토바이가 부순 유리벽을 통해 펜트하우스 안으로 들어왔다.

타앗.

바닥을 미끄러지던 붉은 꼬리는 손바닥으로 땅을 짚어 멈춰 섰다. 머리카락을 털며 동해와 진운, 그리고 그 뒤에 있는 대철을 바라보았다.

"역시 여기 있었네."

대철은 미간을 찌푸리며 붉은 꼬리를 자세히 살폈다. 인식 장해술을 걸었기에 정체를 알 수는 없었지만 적어도 그가 알고 있는 '친구'는 아니었다.

"놈이 아니잖아. 넌 대체 누구냐?"

붉은 꼬리는 대답대신 비웃음을 흘렸다. 복수를 하러 직접 이렇게 찾아왔는데 정작 얼굴을 알아보지 못하다니. 그래도 상관없었다. 일단 주변에 보는 눈을 없앤 다음 찬찬히 정체를 밝힐 심산이었으니까.

"정체를 밝혀라."

대철의 앞을 가로막으며 진운이 말했다. 붉은 꼬리는 웃음으로 대신했다. 그 미소는 성주의 웃음과는 근본적으로 달랐다. 죽 찢어져 귀까지 걸치는 섬뜩한 미소. 그 누군가를 닮은 미소였다. 붉은 꼬리는 기를 방출했다.

콰과광!

기가 폭발하자 펜트하우스의 유리벽이 전부 깨졌다. 묵직한 폭발음과 함께 파편이 사방으로 튀었다. 거리를 걷던 사람들은 갑자기 떨어지는 파편에 소리를 지르며 혼비백산했다.

Battle 03

나이트 후드 VS
붉은 꼬리

동해는 사방으로 퍼지는 먼지에 기침을 했다. 펜트하우스를 뿌옇게 채우던 먼지가 사라지니 그때서야 주변이 드러났다. 붉은 꼬리는 주먹을 뻗고 있었으며 진운은 그 공격을 두 손으로 막고 있었다. 단 일 합으로 이런 후폭풍을 만들어낸 것이다.

진운은 공격을 막아냈지만 간신히 막은 것이었다. 단 한 번의 공격에 진운의 이마에는 땀이 가득했으며 다리가 떨리고 있었다.

"막았어? 그럼 이것도 막아 보지 그래."

붉은 꼬리의 주먹이 위에서 아래로 채찍처럼 휘둘러졌다. 진운은 팔을 들어 공격을 막았다.

쿠드득!

공격을 막은 것까지는 좋았는데 다음이 문제였다. 바닥이 힘을 견디지 못하고 무너져 내린 것이다. 붉은 꼬리와 진운의 몸이 밑으로 훅 꺼졌다.

동해는 구멍이 난 바닥 쪽으로 향했다. 아래를 살펴보니 밑으로 몇 개나 더 구멍이 나 있었다. 계속 밑으로 뚫고 들어간 것이다.

다행히 대철은 별다른 피해가 없었다. 그와 눈이 마주친 동해는 고개를 끄덕였다. 당장 머리 위로 후드를 덮고 주머니에서 마스크를 꺼내 썼다.

시간이 얼마나 지났을까. 내려갈 땐 두 명에서 내려갔지만 올라올 때는 한 명만 올라왔다. 붉은 꼬리, 그 혼자 올라왔다. 붉은 꼬리는 옷에 묻은 먼지를 털며 대철을 바라보았다. 대철은 그 앞에서 조금도 주눅 들지 않았다. 오히려 새 시가를 꺼내 여유롭게 불을 붙였다.

"흥미롭군. 자넨 대체 누구지? 내가 이 정도로 원한을 살 사람은 하나밖에 없는데."

"내가 그 하나라는 생각이 안 드나 보지?"

"아니. 자넨 아니야."

"그럼 당신은 날 모르고 있다는 이야기군. 내가 누군지, 내가 뭐하는 사람인지 말이야."

붉은 꼬리는 입을 가리고 있는 목도리를 밑으로 내렸다. 그리곤 인식 장해를 풀었다. 눈동자와 피부, 코와 입이 변하며 신성주 본연의 모습으로 돌아왔다.

대철의 옆에서 지켜보던 나이트 후드는 깜짝 탄성을 질렀다.

"신성주!"

하지만 대철은 성주의 얼굴을 보며 고개를 갸웃했다.

"자네는 전에 보았던 이나 친구가 아닌가. 자네가 기 능력자였다니, 놀랍군. 그런데 이곳에서 대체 뭘 하는 거지?"

성주가 허탈하게 웃으며 말했다.

"다시 인사드리죠. 오랜만이네요, 아버지."

붉은 꼬리의 말에 대철이 당혹스럽다는 표정을 지었다.

"왜요, 너무 놀라워서 말이 안 나오시나요?"

놀란 건 동해 역시 마찬가지였다. 성주가 기 능력자였다는 건 꿈에도 알지 못했다. 자신의 주변 사람이 기 능력자라는 사실만 해도 충분히 놀라웠다. 그런데 더 놀라운 건, 그가 대철의 아들이었다는 것이다.

성주는 어깨를 으쓱이며 천천히 펜트하우스 안을 걸었다.

"솔직히 말하면 조금 놀랐어요. 나와 어머니를 버리고 떠난 인간이 어떻게 사는지 궁금했거든요. 생각지도 못했어요. 가족을 버리고 떠난 인간이 이렇게 잘살고 있었을 줄이야. 누가 생각이나 했겠어요?"

대철은 피다 만 시가를 집어던지고는 책상 서랍을 뒤져 그 안에서 서류 뭉치를 꺼냈다. 이나와 관련된 사람들에 대한 인적 사항이 적힌 서류였다. 빠르게 그 안에서 신성주의 프로필을 찾았다.

해당 프로필에는 당사자만이 나와 있는 게 아니었다. 당사자의 가족 관계에 대해서도 자세하게 나와 있었다. 성주의 프로필에는 나민서의 사진과 그녀에 대한 사항도 자세하게 적혀 있었다.

"나민서……."

대철이 어머니의 이름을 부르자 성주는 거칠게 손짓했다. 그러자 서류 뭉치가 발기발기 찢겨졌다. 찢겨진 서류 너머로 성주는 화난 표정을 짓고 있었다.

"그 이름 부르지 마. 당신은 자격이 없으니까."

"성주야."

"닥쳐. 내 이름도 부르지 마. 한 번만 더 나나 어머니 이름을 불렀다간 입을 찢어 버리겠어."

성주는 죽일 듯이 대철을 노려보았다. 점점 분위기가 험악해지는데 누군가가 문을 열고 들어왔다. 검은 양복을 입은 사내들이었다.

"회장님! 괜찮으십니까!"

"얼간이들아, 여길 들어오면 어떻게 해! 나가!"

하나 그들의 직업은 대철을 보호하는 것이었다. 그들은 대철을 위협하는 성주에게 달려들었다.

"지금 나한테 덤비겠다고? 네 까짓 것들이?"

성주도 주먹을 쥐며 그들에게 덤볐다. 보통 인간과 기 능력자의 싸움이었다. 성주가 주먹만 휘둘러도 그들은 살이 찢어지고 뼈가 부러질 것이다. 그뿐만이 아니라 주먹에 맞아 건물밖으로 튕겨져 나갈지도 모를 일이었다.

콰앙!

성주와 보디가드들이 충돌하려는 찰나, 그 사이를 누군가가 가로 막았다. 나이트 후드였다.

"비켜."

"아니. 안 비킬 거야. 성주야, 이러지 마."

"이거 놔. 너랑 싸우고 싶지 않아."

"이게 도대체 무슨 일이야. 설명을 해 줘. 무슨 일인지는 몰라도 이건 옳은 일이 아니야. 그만해."

"비키라고!"

동해와 성주는 서로 손을 깍지 끼고서 힘겨루기를 했다. 성주의 힘은 진운을 압도했다. 진운에게조차 밀린 동해가 이길 수 있는 상대가 아니었다. 실제로 동해의 손이 점점 꺾여 가고 있었다.

"으윽. 그만해!"

동해는 고통에 차올라 인상을 잔뜩 구겼다. 손목이 점차 꺾이고 있었다.

"신성주!"

성주의 눈이 점차 검게 물들어 가고 있었다.

"성주야?"

스멀스멀 차오르던 검은 기운은 이내 성주의 전신을 뒤덮었다. 그 모습에 동해는 눈썹을 꿈틀거렸다.

저 모습, 어디선가 본 적이 있었다. 아니, 본 적이 있는 게 아니라 동해도 겪어 본 일이었다. 갑자기 몸 안에서 검은 기운이 퍼지는 현상.

검은 기운에 잠식당하면 잠시나마 이성을 상실하게 된다. 마치 다른 이가 자신의 몸을 조종하는 것처럼 말이다. 그 현상이 지금 성주에게 일어나고 있었다.

"정신 차려, 성주야!"

"끄으으!"

성주는 고통에 찬 신음을 하며 손에 힘을 주었다. 그러자 동해의 오른 손목이 섬뜩한 소리를 내며 부러졌다. 동시에 성주의 발이 동해의 가슴을 걷어찼다. 자동차에 치인 듯 동해의 몸이 뒤로 날아갔다.

"크윽!"

뒤로 날아가던 동해는 부러지지 않은 멀쩡한 손을 뻗어 성주의 목도리를 붙잡았다. 그 탓에 성주까지 동해와 함께 끌려가야 했다.

"아."

동해는 문득 주변이 휑하다는 느낌을 받았다. 성주의 공격을 받고 날아가다가 결국 건물을 벗어나 버린 것이다. 동해는 힐끔 아래를 내려다보았다. 사람들은 깨알같이 작아서 제대로 보이지 않았고 자동차는 장난감처럼 보일 지경이었다. 모든 건물의 정수리가 한눈에 보였다.

목도리를 붙잡혀 끌려 나온 성주 역시 마찬가지였다. 두 사람은 허공을 날았고 이내 중력에 의해 밑으로 떨어졌다. 엄청난 풍압에 눈도 못 뜰 정도였다. 성주는 동해가 붙잡고 있는 목도리를 잡아당겼다. 동해는 계속 목도리를 붙잡고 있던지라 그대로 끌려 들어갔다.

"크윽!"

성주는 끌려오는 동해의 얼굴에 주먹을 날렸다. 타격을 받은 동해는 손에서 목도리를 놓았고 성주로부터 멀찌감치 떨어져 날아갔다.

어느 회사의 사무실 안.

넓은 사무실에는 많은 사람들이 있었지만 꽤나 조용했다. 다들 잡담 같은 건 나누지 않고 자신의 업무에 열중하였다. 누구는 자신의 책상에 앉아 키보드를 두들겼고, 누구는 서류 뭉치를 들고서 빠르게 움직였다. 그리고 누구는 일하는 척하며 몰래 인터넷을 즐겼다. 어떤 이는 몸이 찌뿌드드한지 자리에서 일어나 전면 유리 앞에 서서 목을 풀고 허리도 돌리고 손가락을 풀었다.

"어라? 저게 뭐지."

밖을 보며 열심히 몸을 푸는데 이상한 것이 보였다. 작은 새 같은 것이 이쪽을 향해 날아오고 있었다.

"새? 아닌 것 같은데."

그것은 가까워지면 가까워질수록 점점 덩치가 커졌다. 이내 사람 크기만큼 커지며 가까워졌고, 남자는 그것이 사람 크기의 뭔가가 아니라 진짜 사람이라는 것을 깨달았다. 나이트 후드였다.

"으악!"

남자는 자리에 웅크렸다.

그와 동시에 나이트 후드의 몸이 전면 유리를 깨부수며 안으로 들어왔다. 동해는 사무실의 책상을 부수고 밀어트리며 안을 엉망진창으로 만들었다. 업무를 보던 직원들은 소스라치게 놀라며 우왕좌왕했다.

단 몇 초 만에 평화로운 사무실은 쑥대밭이 되었다. 사무실 직원들은 숨죽이며 동해의 근처로 모였다. 동해는 바닥에 쓰러진 채 꿈틀거렸다.

"주, 죽은 건가?"

"움직이는 거 보니까 살아 있는 거 같아."

"왜 사람이 하늘에서 떨어진 거지?"

"일단 살아 있으니까 119에 신고하자."

"잠깐만. 저 해골 마스크, 나이트 후드 아니야?"

"에이, 설마. 요즘 애들이 나이트 후드 놀이를 얼마나 많이 하는데. 아니겠지."

"그렇지만 보통 사람이 하늘에서 떨어질 일이 어디 있어?"

"아, 몰라. 일단 신고하자."

누군가가 휴대폰을 열어 119를 누르는 순간, 동해가 천천히 몸을 일으켰다.

"살아 있어?!"

상태가 많이 안 좋기는 했지만 어쨌든 살아 있었다. 온몸이 쓰리며 뻐근했지만 못 움직일 정도는 아니었다. 동해는 벗겨진 후드를 덮어서 다시 나이트 후드로 돌아왔다. 나이트 후드는 힘이 잔뜩 빠진 눈으로 사무실 직원들을 훑어보았다. 그리고 짧게 말했다.

"죄송합니다."

건조한 목소리로 사과한 나이트 후드는 출구 쪽으로 걸음을 옮겼다.

"저기요."

한 여성이 그를 불렀다. 나이트 후드가 돌아보자 그녀는 어딘가를 가리켰다.

"그쪽이 아니라 이쪽……."

나이트 후드는 어찌나 정신이 없는지 계단이 아니라 화장실로 들어가려 했다. 그는 그녀에게 꾸벅 고개를 숙이고는 다시 계단 쪽으로 걸음을 옮겼다.

나이트 후드가 계단 밑으로 사라질 때까지 사무실 직원들은 그의 뒷모습을 묵묵히 바라보았다.

"시, 신고해야 하나?"

나이트 후드는 계단에서 엘리베이터에 탑승했다. 엘리베이터 안에는 이미 다른 사람이 타고 있었다. 여성용 정장을 입은 회사 직원이었다.

"어?"

그녀는 나이트 후드가 엘리베이터 안으로 들어오자 어쩔 줄을 몰라 하였다. 나이트 후드는 어색한 표정으로 그녀에게 눈인사를 했다. 당황스러웠지만 여성도 일단은 인사를 받아주었다.

"……."

엘리베이터가 1층에 도착할 때까지, 그렇게 두 남녀는 서로 다른 곳을 바라보며 어색한 분위기를 연출했다.

*　　*　　*

허공에서 떨어지던 성주는 무방비하게 도로 한가운데로 추락했다.

콰직!

도로가 부서지며 지진이라도 난 것처럼 아스팔트가 깨지고 갈라졌다. 갓길에 세워진 자동차가 흔들릴 정도였다. 길을 지나던 자동차들은 급히 운전대를 꺾으며 이리저리 방황했다. 그러다가 어떤 차는 가로수를 들이받고, 어떤 차는 서로 머리를 박았다.

성주는 손을 덜덜 떨며 그 안에서 천천히 기어 나왔다. 아무리 뛰어난 기 능력자라고 해도 30층이 넘는 빌딩에서 떨어졌으니 무사할 순 없었다. 그나마 몸을 움직일 수 있는 것이 기적에 가까웠다.

"크으."

옷과 목도리는 누더기가 돼 있었다. 몸 여기저기에는 상처가 나 있었으며 울컥 피를 토했다. 잠시 주변을 둘러보곤 성주는 목도리를 입까지 끌어 올렸다.

"하하. 저번에 한 번 겪어 봐서 그런가? 그때만큼 아프지는 않네."

큰 부상을 입었지만 그의 몸은 급속도로 회복했다. 자신의 기가 아니라 이질적인 기운이었지만 아무래도 좋았다. 붉은 꼬리는 깊게 고민하지 않았다.

빠아아앙!

붉은 꼬리의 정면으로 트럭이 다가왔다. 뒤에 나무를 실은 덤프트럭이었다. 트럭 운전수는 눈을 감으며 급히 브레이크를 밟았다. 끼이이익! 하지만 속도가 줄기도 전에 트럭은 붉은 꼬리의 코앞까지 접근했다.

"흥."

붉은 꼬리는 귀찮은 것을 대하듯 트럭을 발로 찼다. 그러자 트럭의 머리가 움푹 들어가며 멈추었다. 그러나 트럭 운전수는 안전벨트를 하고 있지 않았다. 그는 반동에 의해 앞 유리를 깨부수며 앞으로 튕겨져 나갔다.

트럭도 충격을 받으며 뒷바퀴가 들렸다. 트럭이 크게 흔들리자 나무를 묶고 있던 벨트가 풀리며 거대한 나무들이 우르르 쏟아졌다.

"으아악!"

"꺄악!"

"사람 살려!"

거대한 흉기가 된 나무들은 인도와 상가, 도로를 덮쳤다. 거리의 가로수를 부수고 전신주를 파괴했다. 가로등을 구부러트렸다. 나무 파편과 아스팔트 파편이 튀었다. 유리창이 깨지고 건물이 부서지고 먼지가 안개처럼 주변을 뒤덮었다.

"허억, 허억."

겨우 1층으로 내려온 나이트 후드는 건물 밖으로 나왔다. 그의 눈에 비친 거리는 아비규환, 그야말로 전쟁터 한가운데였다. 불행 중 다행인 것은 그래도 사람이 많이 지나다닐 시간은 아니었다는 것이다. 오후 6시나 7시 경이었다면 엄청난 대참사가 벌어졌을 것이다. 물론 지금도 충분히 대참사이긴

하지만.

"신성주!"

나이트 후드는 부들부들 떨며 그를 불렀다.

뿌연 안개의 중심에 붉은 꼬리가 서 있었다. 그가 고개를 돌리자 검은 눈빛이 유독 강조되어 보였다. 뜨거운 유황불의 수증기 안에 악마가 서 있는 듯한 모습이었다.

"대체 무슨 짓을 한 거야! 당장 그만두지 못해!"

"나이트 후드!"

붉은 꼬리는 실실 웃으며 나이트 후드를 반겼다. 그는 매우 즐거워보였다. 마치 수십년지기 친구를 오랜만에 만난 듯 두 손 들어 그를 맞이했다.

"이것 좀 봐. 다 내가 한 거야. 나 혼자서 해낸 거라고. 믿겨져? 사람 하나가 이런 난장판을 만들 수 있다는 게 말이야. 아하하."

나이트 후드는 인상을 구기며 고개를 저었다.

저건 성주의 모습이 아니었다. 그가 알고 있는 성주는 절대 저런 모습이 아니었다. 감춰졌던 내면이 깨어난 게 아니었다. 그것은 누가 봐도 다른 뭔가에 쓰인 듯한 모습이었다.

"성주야, 정신 차려! 너 대체 왜 이러는 거야."

붉은 꼬리는 이마를 긁적이며 잠시 먼 산을 바라보았다.

'잠깐만. 그러고 보니 내가 왜 이러고 있는 거지? 내 목표는 여기 있는 사람들이 아니잖아?'

성주는 자신이 떨어졌던 건물의 꼭대기를 올려다보았다. 건물의 안에서는 대철이 밑을 내려다보고 있었다.

"그래. 내 목표는 저 인간이었어. 신대철."

"대체 왜? 왜 저분에게 이러는 건데. 이유를 설명해 줘."

"너는 아직 모르려나. 내가 전에 말했잖아. 아버지가 우리 가족을 버렸다고. 나중에 알고 보니까 저 인간이 그 인간이더라고. 생각해 봐. 버림받은 사람들은 괴롭고 슬퍼하는데, 부인이랑 자식 버린 놈은 배부르고 떵떵거리면서 잘 지내고 있잖아. 이건 있을 수 없는 일이야. 절대로 있을 수 없는 일이라고. 저 사람은 사과해야 해. 나한테는 안 해도 상관없어. 하지만 내 어머니에게는 무릎 꿇고 사과해야 할 거야."

"하지만 이런 건 옳지 않아. 잘못된 방법이야."

나이트 후드의 말이 끝나는 순간이었다. 붉은 꼬리가 폭발적인 속도로 앞에 다가와 멱살을 휘어잡았다.

"이건 옳지 않다, 저것도 옳지 않다. 그럼 대체 뭐가 옳은 건데! 이것저것 다 따지면 나보고 뭘 어쩌라고! 나쁜 새끼잖아. 충분히 나쁜 새끼니까 나이트 워커가 나서는 건 당연한 거잖아."

붉은 꼬리의 목소리가 점점 커질수록 그의 눈빛도 더욱 검게 물들었다. 검은 동공이 흰자위를 모두 덮으니 무시무시한 모습이었다.

동해는 그런 붉은 꼬리를 안쓰러운 듯 바라보며 말했다.

"그래도 그러면 안 돼. 아무리 그래도 네 아버지잖아. 널 있게 해 준 아버지라고. 그리고 지금 이러는 건…… 영웅이 아니잖아."

"영웅!? 다 집어치우라 그래! 그딴 식으로 팔다리 다 묶어 놓으면 뭘 어떻게 하라고! 그런 게 영웅이면 영웅 안 해! 그래. 좋아. 다 좋다고. 난 악당이 되겠어. 지금 내가 하는 짓이 악당이라면 난 그냥 악당이 될 거야. 그게 낫겠어. 이것저것 따지는 거 다 귀찮아. 그리고."

붉은 꼬리는 한 호흡 쉬고는 이렇게 말했다.

"나한테 이래라저래라 하지 마. 네가 뭔데?"

"우린 친구잖아."

나이트 후드의 말에 붉은 꼬리의 표정이 경직됐다. 경직된 붉은 꼬리를 향해 나이트 후드는 희미하게 웃었다. 그 미소에 붉은 꼬리도 미소로 화답했다.

퍼억!

기습처럼 그의 주먹이 나이트 후드의 복부에 직격했다. 공격을 당한 나이트 후드는 두 발로 바닥을 그으며 멀찌감치 날아갔다. 죽 날아가다가 갓길에 세워진 자동차와 충돌했다. 자동차는 충격에 찌그러지며 바닥을 굴렀고, 나이트 후드는 허공을 빙글빙글 돌아 바닥에 떨어졌다.

"쿨럭! 쿨럭!"

뱃속에서 불덩이가 끓어오르는 느낌이었다. 기침을 하던 나이트 후드는 이윽고 뜨거운 것을 토해냈다. 그것은 피였다. 마스크를 덮고 있는지라 피는 마스크를 적시며 천천히 투과했다. 마스크를 통과한 묽은 피는 아스팔트 위로 점점이 떨어졌다.

나이트 후드와 붉은 꼬리와의 거리는 50미터 남짓. 주먹 한 방에 여기까지 벌어진 것이다.

붉은 꼬리가 말했다.

"친구 좋아하고 자빠졌네. 적당히 해. 너랑 싸우고 싶지 않아."

"크흑. 나, 나도 너랑 싸우고 싶지 않아. 하지만 네가 잘못된 선택을 한다면 싸울 거야."

"또 이런 식이군. 너는 정말이지 질리지도 않냐, 이 고집쟁이야. 이번에는 사정 안 봐줄 거야. 한 방에 끝내 주겠어."

붉은 꼬리는 오른손에 기를 모았다.

전에 검은 꼬리로서 만났을 때 사용했던 그 기술이다.

작은 구체였던 빛 덩어리는 시간이 지날수록 그 크기를 더해 갔다. 크기가 커질수록 주변에 더욱 강한 바람이 몰아쳤다. 최종적으로 빛의 구체는 성인 남자가 다 끌어안지도 못할 정도로 거대해졌다.

아직 피신하지 않은 사람들은 붉은 꼬리가 만들어낸 것을 보며 놀라움을 금치 못했다. 두렵다거나 공포스러운 게 아니라 성스러운 것을 보는 듯했다. 그만큼 빛 덩어리는 아름답다 못해 찬란했다.

나이트 후드는 구체를 보며 고개를 절레절레 저었다.

'저런 걸 당해낼 수 있을 리가 없잖아. 저걸 어떻게 막아!'

붉은 꼬리가 구체를 던지기 직전이었다. 순식간에 하얀 구체가 검은색으로 돌변했다.

"뭐지?"

검은색으로 변한 구체는 입을 쩌억 벌리고 붉은 꼬리를 집어삼켰다.

"성주야!"

나이트 후드는 깜짝 놀라 그쪽으로 달려갔다.

"어?"

이상한 일이었다.

거대한 검은 기운이 붉은 꼬리를 집어삼키고는 곧바로 연기처럼 사라졌다. 그의 몸에는 아무런 하자가 없었다. 하지만 그것은 눈에 보이는 차이점이 없다 뿐이지 기 능력자인 나이트 후드는 확실하게 알 수 있었다.

지금의 그는 뼛속까지 완전히 다른 사람이었다.

"신성주?"

"신성주라고? 그게 누구지? 난 그런 이름을 가지지 않았어."

붉은 꼬리의 몸에서는 수증기처럼 검은 연기가 뿜어져 나오고 있었다. 붉은 꼬리는 이리저리 자신의 몸을 훑어보았다.

"뭔지는 모르겠지만 정말 마음에 드는군. 몸에서 기운이 솟는다고."

"제발 정신 차례!"

붉은 꼬리는 나이트 후드를 향해 웃었다.

*　　　*　　　*

대철은 건물 안에서 바깥의 상황을 계속 지켜보는 중이었다. 그의 옆에는 대머리 쌍둥이 형제가 대기하고 있었다. 왼쪽의 쌍둥이는 나이트 후드의 말을, 오른쪽의 쌍둥이는 붉은 꼬리의 말을 대철에게 전달해 주었다. 그들의 뒤에는 검은 정장이 엉망이 된 진운이 서 있었다. 많이 지쳐 보이긴 했지만 두 발로 서지 못할 정도는 아니었나 보다.

"저 아이가. 내 아들이란 말인가……."

대철의 표정은 자괴감에 일그러져 있었다. 자신이 뿌린 씨앗이니 언젠가는 마주쳐야 할 일이라고는 생각했지만 이건 좀 부자연스러웠다. 누군가의 작위적인 손길을 탄 것처럼 느껴졌다.

"여."

누군가의 목소리가 위에서 들려왔다. 대철은 고개를 갸웃했다. 자신들이 있는 곳은 건물에서 제일 꼭대기 층에 위치한 펜트하우스였다. 그런데 그보다도 더 높은 곳에서 목소리가 들려온 것이다.

목소리를 들은 보디가드들과 대철은 서로의 눈을 바라보았다.

"저희가 확인하고 오겠습니다."

"아니야. 같이 올라가지."

대철과 보디가드 삼인방은 건물의 옥상으로 향했다.

옥상의 문을 열고 들어가자 휑한 공간이 드러났다. 옥상 입구의 맞은편 끝에 한 남자가 있었다. 그는 옥상 난간에 엉덩이를 걸치고 앉아 손을 까딱였다.

"오랜만이네."

대철은 미간을 찌푸리며 넥타이의 조임을 풀었다.

"오요환."

"많이 늙었네, 신대철."

"그러는 넌 하나도 안 늙었군."

진운과 쌍둥이 형제는 두 사람이 무슨 대화를 나누는지 몰라 그저 두 사람을 번갈아 가며 쳐다보기만 했다. 대철과 요환이 나누는 대화는 친구들 간의 대화와 닮아 있었다. 하지만 둘이 친구라기에는 나이 차가 너무 많아 보였다. 대철은 슬슬 주름지며 흰머리가 나고 있는데 반해 저쪽에 있는 이는 이제 스무 살 정도로밖에 안 보였다.

"진짜 오랜만이야. 반가워서 눈물이 다 나려고 하는군."

"개자식. 네놈이 꾸민 일이라는 건 짐작하고 있었지. 이제야 모습을 드러내는구나."

"꾸미다니, 내가 뭘? 난 아무 짓도 하지 않았어."

대철은 목소리가 바로 옆에서 들려오는 걸 느꼈다. 고개를 돌려 보니 요한이 바로 옆에 있는 것이 아닌가. 대철은 깜짝 놀라 뒷걸음질을 쳤다. 진운과 쌍둥이 형제는 곧장 격투 자세를 취했다.

"밑에 있는 저 친구는 전부터 너에 대해서 악감정을 품고 있었어. 나는 단지 곁에서 살짝 위로해 줬을 뿐이야. 선택은 저 친구가, 네 아들이 한 거지."

요환은 그리 말하며 난간 쪽으로 걸어가 반대편으로 몸을 던졌다. 난데없는 자살행위에 네 사람은 입을 크게 벌렸다.

"그러게 남자가 조심했어야지. 함부로 그렇게 씨를 뿌리고 다니면 쓰나."

건물 밑으로 떨어졌던 요한은 놀랍게도 옥상의 문을 열고 나오며 모습을 드러냈다. 괴이한 마술에 네 사람은 눈을 끔뻑거렸다.

요한은 다시 문을 닫으며 모습을 감췄다.

"이게 왜 내 탓이냐 이 말이지. 네가 잘못해 놓고 나한테 덮어씌우기야? 이거 너무하는군."

문 안으로 사라졌던 요환은 처음의 위치로 되돌아왔다. 그는 여전히 난간에 앉아 두 발을 동동 굴렸다. 요한의 말에 대철은 이를 갈았다.

"내가 왜 내 자식을, 그녀를 버린 건데! 네놈 때문이잖아!"

"왜?"

"네놈의 협박 때문이지. 지금도 이렇게 내게 압박을 가하고 있잖아."

"너도 날 죽이려 했잖아."

요환의 말에 대철은 입을 다물었다. 그 틈에 요환은 계속해서 말을 이었다.

"약속했잖아. 비겁한 어른은 되지 말자고. 그런데 이게 뭐야. 우리들이 어린 시절 욕했던 게 바로 지금의 네 모습 아닌가? 참 아이러니하네."

"네놈을 절대로 용서하지 않아. 반드시 내 손으로 널 죽이고야 말겠어."

"어디 할 수 있으면 해 봐. 얼마든지 맞아 줄게. 아 참. 자네 아들내미는 저 밑에서 친구와 싸우고 있군. 애송이 영웅 따위에게 질 거라고는 생각 안 하지만 저대로 두었다간 아마 큰일이 날 거야. 한 가지 더, 자네 딸내미는 지금 어디서 뭘 하고 있을까? 잘 한 번 생각해 보라고."

그 말을 끝으로 요한의 몸은 검은 안개가 되어 바람에 흩날렸다. 진한 검은 안개는 공기 중으로 흩어져 이내 사라졌다. 대철은 귀신에 홀린 사람처럼 이마의 식은땀을 훔쳤다.

'망할 자식. 이나에게 대체 무슨 짓을 한 거지?'

대철은 진운과 쌍둥이 형제에게 말했다.

"요원들을 전부 풀어. 이 동네를 이 잡듯이 뒤져서 그 아이를 찾아낸다."

"알겠습니다."

진운과 쌍둥이 형제는 고개를 끄덕이고는 급히 아래로 내려갔다.

대철은 일그러진 인상을 하고서 까마득한 건물 아래를 내려다보았다. 그곳에서는 전쟁이라도 발발한 듯 아수라장이 되어 있었다. 나이트 후드 혼자서는 불가능한 일이었다. 애초에 그에게는 이만한 힘이 없었다.

'그렇다면 성주 녀석이 벌인 짓이란 말인가.'

과거, 민철과 대철은 이런 대화를 나눈 적이 있었다. 기 능력자가 자식을 낳으면 기에 대한 소질이 유전될까 하는 대화였다. 그 해답이 바로 저기에 있었다. 성주는 대철의 기 능력을 고스란히 이어받은 것이다.

'그렇다고는 하지만 너무 강해. 내 전성기 시절에도 저 정도까지는 아니었어. 이건 뭔가 이상해.'

*   *   *

붉은 꼬리는 짐승처럼 빠르게 이동했다.

갓길에 세워진 자동차를 짓밟았고 가로등을 박차며 날아올랐다. 건물의 외벽을 타고 이동했다. 사방에서 공격은 정신없이 이어졌다. 그 엄청난 속도와 파괴력 앞에 나이트 후드는 넝마가 되었다.

"정신 차려, 제발……."

"정신? 무슨 정신. 난 멀쩡해. 멀쩡하다고. 돌아 버릴 정도로 멀쩡하다고! 아주 명쾌해!"

붉은 꼬리는 축구공처럼 나이트 후드를 걷어찼다. 그러자 나이트 후드는 멀찍이 상가 건물 안쪽으로 날아갔다. 안에 처박히는 게 아니라 건물을 뚫고 반대편으로 튀어 나갔다.

"와아악!"

가게 안에 있던 종업원들은 머리를 감싸며 이리저리 도망다녔다.

붉은 꼬리는 점프하여 건물 옥상으로, 옥상에서 뒤편으로 이동했다. 그곳에 나이트 후드가 널브러져 있었다. 붉은 꼬리는 나이트 후드가 채 자세를 고쳐 잡기도 전에 주먹으로 복부를 쳐올렸다.

"컥!"

나이트 후드의 두 발이 땅에서 떨어졌다. 중력이 뒤집힌 것처럼 그의 몸이 허공으로 붕 떠올랐다. 내장이 뒤집히는 충격에도 나이트 후드는 작은 틈을 놓치지 않았다.

허공으로 떠오르는 와중에도 손을 뻗어 붉은 꼬리의 목도리를 붙잡았다. 허공으로 떠오르는 힘으로 목도리를 붙잡아 끌어 올리려는 속셈이다. 대철의 펜트하우스에서 딸려 나갔을 때와 같은 상황이었다.

"훙!"

붉은 꼬리는 똑같은 방법으로 두 번 당하지 않았다. 하늘로 딸려 올라가기 직전, 그는 자신의 목도리를 잡고 밑으로 끌어 내렸다.

"으윽!"

허공으로 떠오르던 나이트 후드가 반대로 바닥을 향해 추락했다. 붉은 꼬리는 급속도로 떨어지는 나이트 후드의 목에 클로스라인을 걸었다.

"크악!"

숨 막히는 고통과 함께 나이트 후드는 추하게 고꾸라졌다. 목이 꺾이고 허리가 꺾여 바닥에 떨어진 나이트 후드는 몸을 부르르 떨었다.

"이 정도면 만족해? 아직 부족하다면 더 놀아 줄 수도 있어."

붉은 꼬리는 쓰러진 나이트 후드의 등을 짓밟으며 한껏 승리감을 만끽했다. 거리의 사람들은 저마다 자동차나 가로수, 전신주 뒤에 몸을 숨기고서 상황을 지켜보았다. 전처럼 가까이 다가오지 못했다. 그만큼 두 사람의 싸움은 치열했고 범접할 수 없는 과격함을 보였다. 물론 그 와중에도 몰래 몰래 휴대폰으로 사진이나 동영상을 담는 이들이 있었다.

찰칵 찰칵.

그 찰칵거리는 소리와 플래시가 붉은 꼬리의 신경을 긁었다. 별안간 붉은 꼬리를 중심으로 검은 기운이 파도처럼 퍼져 나왔다. 그 기운에 근방의 모든 전자기기들이 먹통이 됐다. 휴대폰이 고장 나고, 전자제품 매장의 쇼윈도 안에 있던 TV가 꺼졌다. 거리에 세워져 있던 자동차들이 갑자기 경보와 경적을 울려댔으며 가로등이 켜졌다 꺼지기를 반복했다. 어떤 이는 너무 놀라서 들고 있던 휴대폰을 떨어트리기까지 했다.

"당신들 뭐야?"

붉은 꼬리가 사람들에게 말했다.

"당신들 뭐냐고."

한 명이 아닌 지켜보고 있는 모두에게 하는 말이었다. 당연히 구경꾼 중 어느 누구도 물음에 대답하지 않았다. 아니, 못했다.

"지금 당신네들 영웅이 당하고 있잖아. 영웅이 악당에게 처맞고 있잖아. 나이트 후드가 뭐야? 지금까지 당신네들을 지켜주고 도와주려는 영웅 아니었어? 그럼 당신들은 대체 영웅에게 무슨 존재인데. 아무것도 아니잖아. 너희들은 그냥 아이돌 쫓아다니는 빠순이들 정도밖에 안 되는 거잖아. 나이트 후드는 영웅이 아니라 동물원 원숭이고 말이야. 너희 쓰레기들이 위기에 처하면 영웅들이 나서서 해결해 주지? 그럼 영웅이 위험하면 누가 도와줄까? 에라이 씨."

붉은 꼬리는 분노가 차오르는 걸 느꼈다. 이가 갈리고 몸이 덜덜덜 떨릴 만큼 주체할 수 없는 분노였다. 당장 달려가서 저 겁쟁이들을 모두 부서 버리고 싶었다.

"……?"

발밑에서 뭔가 움직이는 걸 본 붉은 꼬리는 고개를 숙여 아래를 확인했다. 그림자였다. 발끝을 따라 바닥에 길게 이어진 그림자가 손을 흔들며 움직이고 있었다. 그 모습이 마치 인사를 하는 듯했다.

'어이, 어이. 신성주 정신 차리라고.'

"정신을 차리라니. 그게 무슨 말이지?"

'네가 분노했다는 건 잘 알고 있어. 하지만 그 상대가 잘못됐다고. 어차피 저 사람들은 전에도 겁쟁이였고 앞으로도 겁쟁이일 거야. 날파리 같은 것들 신경 쓰지 말자고. 처음의 목표를 떠올려. 네가 왜 화가 났는지, 그 대상이 누구였는지 잊으면 곤란하다고.'

"목표."

성주는 머리를 긁적이며 생각을 정리했다.

'그래. 저 녀석들이 내 목표는 아니었지. 내 목표는…….'

붉은 꼬리는 문득 이유 없이 웃었다. 웃고 있는 그의 뒤에는 대철이 서 있었다.

"이제 그만하거라."

대철은 주변에 사람이 많은지라 성주의 이름을 언급하지는 않았다. 붉은 꼬리 역시 아버지라 부르려다가 입술을 다물었다.

　"그만둘 거야. 당신하고의 일만 끝마치면 돼. 늘 가슴속 한쪽이 불편했어. 뭔가 심하게 뒤틀리고 꼬인 느낌이었지. 알 수 없는 불만, 갈증 같은 거였어. 사람들 앞에선 실실 웃으면서 좋은 사람인 척했지만 미치겠더라고. 다 짜증 나고 역겨워서 말이야. 사실 부족한 것도 없었어. 모자란 것도 없었지. 그런데도 늘 뭔가가 거슬렸단 말이야. 그게 뭔지 당신을 만나고 나서야 알았지. 내 목구멍을 꽉 틀어막고 있는 건 바로 당신이었어. 당신이 사라지면 다 잘 될 거야. 날 짜증 나게 했던 모든 감정의 시작은 당신이니까. 당신이 사라지면 될 거야. "

　"그래. 다 내 잘못이구나. 요환도 너도 내가 이렇게 만든 거야."

　"쿨한 척하기는."

　"미안하구나."

　붉은 꼬리의 눈이 검게 물들었다. 기운을 모아서 단숨에 뛰어가려는데 누군가의 손이 그의 발목을 붙잡았다.

　"뭐야."

　나이트 후드였다. 그는 제 몸도 제대로 못 가누면서 붉은 꼬리의 발목을 잡고 늘어졌다.

　"이거 놔."

"싫어."

"안 놓는다면 여기서 당장 널 죽여 버릴 거야. 이건 농담이 아니야."

"넌 나를 죽일 수 없어."

"어째서?"

"우린 친구니까."

붉은 꼬리는 볼을 빵빵하게 부풀리며 웃음을 참았다. 어떻게든 참아 보려 했으나 결국 참지 못하고 크게 웃음을 터트렸다. 허리를 숙이며 비틀거리고, 표정이 일그러질 만큼의 광소였다.

"이게 무슨 헛소리야. 친구라니. 착각하지 마. 난 너를 친구라고 생각해 본 적 없어."

"상관없어. 네가 날 인정 안 해도 나는 널 친구라고 생각하니까."

붉은 꼬리는 나이트 후드의 머리 앞에 쪼그려 앉았다.

"어이. 아무리 친구라고 해도 너처럼 이렇게 무식하게 행동하지는 않아. 남의 가정사에 끼어들지 말라고. 너는 너고 나는 나야. 자신의 영역이라는 게 있다고."

"아니. 친구가 옳지 못한 선택을 하려는데 그걸 지켜보고만 있을 수는 없어. 잘못된 건 바로 잡아야 해. 싸워서라도 말릴 거야. 네가 어긋난 길을 가지 않도록 할 거야. 우린 친구잖아. 친하게 지내기로 했잖아."

나이트 후드는 붉은 꼬리를 올려다보며 힘없이 미소 지었다. 붉은 꼬리도 따라 입꼬리를 올렸다. 허나 나이트 후드의 미소와는 그 색깔이 달랐다. 잔인하고 표독스러운 표정이었다.

"이 새끼 이거 아주 독종이네. 그럼 죽어."

붉은 꼬리는 주먹을 하늘 높이 치켜들었다. 그리고는 나이트 후드의 등을 내리찍었다.

"커헉!"

나이트 후드의 등이 움푹 들어가며 그의 몸을 중심으로 아스팔트가 갈라졌다. 나이트 후드는 고통에 몸부림치며 몸을 뒤집었다. 붉은 꼬리는 멈추지 않았다. 망치로 내려찍듯이 주먹으로 나이트 후드의 가슴을 내리쳤다. 한 번씩 주먹을 찍을 때마다 아스팔트의 균열이 심해졌다. 공기가 울릴 만큼 위력적인 힘이었다.

"그만둬! 신성주!"

대철이 외쳤지만 붉은 꼬리는 신 나게 웃으며 더욱 힘과 속도를 올렸다. 과격한 폭력에 구경하던 사람들의 얼굴에선 핏기가 싹 가셨다. 몰래 뒤에 숨어서 히히덕거리던 사람들도 그 엄청난 힘과 폭력 앞에 숨을 죽였다. 계속 얻어맞던 나이트 후드는 이제 완전히 보이지 않을 만큼 땅속에 파묻혔다.

붉은 꼬리는 마지막 주먹을 장전하며 힐끗 대철을 바라보았다. 그의 눈은 완전히 어둠에 물들어 있었다. 인간을 벗어난 짐승의 눈이었다.

"당신이야. 당신 때문이라고. 나이트 후드가 죽는 건 당신 때문이야. 당신이 죽인 거야!"

"그만해!"

붉은 꼬리의 주먹이 가차 없이 나이트 후드의 가슴팍을 내리쳤다. 나이트 후드의 가슴팍은 이미 뼈가 부러져 움푹 들어가 있었으며 피투성이였다. 이미 정신을 잃고서 눈을 감고 있었다.

콰드득—!

마지막 일격에 지진이 일어난 것처럼 지축이 흔들렸다. 아스팔트가 완전히 무너졌고 붉은 꼬리와 나이트 후드가 밑으로 떨어졌다. 그 밑으로는 지하철 플랫폼이 존재했다. 도로를 뚫고 지하철 플랫폼으로 떨어진 것이다. 다행히 그곳에서 열차를 기다리는 사람은 많지 않았다. 소수의 사람들이 있었고 나이트 후드와 붉은 꼬리가 떨어진 장소에서 멀찌감치 떨어져 있었다.

난데없이 천정이 무너져 내리자 사람들은 혼비백산하여 주저앉거나 도망쳤다. 그냥 천정이 무너진 것만 해도 놀랄 일인데 그 틈으로 사람 둘이 떨어져 놀라움을 가중시켰다.

추하게 바닥에 엎어진 나이트 후드와는 달리 붉은 꼬리는 가뿐하게 바닥에 착지했다. 붉은 꼬리는 나이트 후드를 발로 툭툭 건드렸다. 하지만 축 늘어진 그의 몸은 움직일 생각을 하지 않았다. 궁금해진 붉은 꼬리는 인중에 손가락을 얹어 호흡을 확인해 보았다.

숨을 쉬지 않는다.

목에 손가락을 얹어 맥박을 확인해 보았다. 맥박 역시 뛰지 않았다. 숨도 쉬지 않고 맥박도 뛰지 않는다. 신성주가 지금까지 폭력적으로 활동해 온 것은 맞지만 사람을 죽여 본 적은 없다. 저번에 자동차에 구겨 넣고 한강에 빠트린 녀석도 사실은 죽지 않았다.

그러나 이번은 다르다. 만약의 여지도 없이 완벽하게 죽어 버렸다. 가까스로 아직 살릴 수 있는 여지가 있다 하더라도 그것만으로는 역부족이었다. 단순히 완전히 죽지 않았다는 사실만으로는 붉은 꼬리를 이길 수 없었다. 이길 수 없다면 죽음에서 깨어나건 뭘 하건 아무런 의미가 없었다.

"이쪽은 끝났군. 저쪽도 마저 끝내러 가야지."

그는 나이트 후드, 동해의 죽음에 아무런 감정을 느끼지 않았다. 마치 길을 걷다가 보도블록 사이의 잡초를 밟은 정도의 반응이었다.

붉은 꼬리가 사람들을 무시하고 계단을 오르려는데 그의 앞을 가로막는 자들이 있었다. 권총을 앞세운 경찰들이었다. 그 숫자가 제법 되는지라 붉은 꼬리도 의외라는 표정을 지었다.

"조금 늦었지만 경찰들이 오긴 왔네. 근데 여길 와서 뭘 어쩌겠다고?"

"꼼짝 마! 손 들어! 너를 기물파손 및 폭행 현행범으로 긴급 체포하겠다!"

"오호, 그러셔? 요즘 경찰들이 실탄을 사용하던가?"

"첫 번째는 공포탄이지만 지금은 실탄으로 돌려 놨다. 못 믿겠으면 한번 시험해 보던지."

"아이고, 무서워라. 이거 무서워서 어디 경찰들 믿을 수가 있겠나. 실탄을 빵빵 쏴대는 경찰이라니."

경찰관은 말도 더듬지 않고 또박또박 자신의 의사를 전달했다. 그렇지만 이미 겨드랑이와 등, 이마는 식은땀으로 축축하게 절어 있었다. 이미 도착하기 전에 상황을 전해 들었으며 현장을 확인한 후였다.

한 인간이 고층 빌딩에서 추락했는데 멀쩡하고, 기합으로 전자기기를 무력화시키고, 그거로도 모자라 주먹으로 지하철 플랫폼까지 뚫고 들어오다니. 이건 사람이 아니라 괴물이었다. 경찰도 고작 권총 하나로 이런 괴물을 상대할 수 있으리라 기대는 하지 않았다.

"정말 짜증 나네. 이놈이고 저놈이고 다 나를 귀찮게 해."

붉은 꼬리의 몸에서 검은 기운이 수증기처럼 뿜어져 나왔다. 그것은 마치 악마의 꼬리, 악마의 날개와도 같은 모습이었다.

"왜 다들 내 앞길을 막냐고. 나한테는 분노할 권리도 없는 거야? 그런 거냐고!"

붉은 꼬리는 차오르는 분노를 억누르지 않고 그대로 폭발
시켰다. 검은 폭발이 일어나는 가운데 휘날리는 붉은 목도리
가 유독 선명했다.

콰아앙!

*　　　*　　　*

'여긴 어디지?'

동해가 눈을 떴을 땐 고통으로부터 완전히 해방된 이후였
다. 찢어진 가슴과, 부러진 뼈, 그 뼈가 장기를 찌르는 고통이
느껴지지 않았다. 동해는 이리저리 몸을 훑어보았다. 상처가
지우개로 지운 듯 말끔했다.

'그런데 여긴 어디지?'

정신을 잃기 전에는 도로 한복판이었다. 그런데 깨고 보니
전혀 엉뚱한 곳에 와 있는 게 아닌가? 이곳은 어둠 그 자체였
다. 우주 속에 던져 놓고 반짝이는 별들만 싹 지운 듯한 모
양새였다. 바닥도 천정도 존재하지 않는 아무 것도 없는 세
상. 그 와중에 자신의 육체만은 뚜렷하게 볼 수 있었다.

"이게 뭐야. 뭐가 어떻게 된 거지?"

당황한 동해는 후드와 마스크를 벗고서는 어둠 속을 허우
적거렸다.

'여긴 너의 공간이야. 네 내면.'

의문의 목소리가 들려왔다. 동해는 목소리가 들려온 쪽으로 고개를 돌렸고, 그 실체를 확인하는 순간 경직되었다.

그곳에는 자신과 똑같이 생긴 존재가 서 있었다. 엄밀히 따지면 미묘하게 달랐다. 지금의 동해는 본연의 모습이라면 '또 다른 동해'는 나이트 후드의 모습을 하고 있었다.

"넌 뭐지? 왜 나랑 똑같이 생긴 거야?"

'난 너야. 말하자면 너의 또 다른 내면이라고 할 수 있지.'

동해는 아직 상황 파악이 안 되는지 섣불리 말을 꺼내지 못했다. 지금 상황이 어떻게 돌아가는 건지 영 감이 잡히지 않았다.

나이트 후드가 말했다.

'이제 그만 포기해. 넌 신성주를 이길 수 없어.'

"아니야. 아직 끝나지 않았어."

'아니, 끝났어. 넌 끝났다고.'

"웃기는 소리! 난 아직 끝나지 않았어. 이대로 포기할 수 없어!"

나이트 후드는 미간을 씰룩거리며 동해의 멱살을 휘어잡았다.

'이 얼간아. 제발 현실을 파악해. 이 세상에는 불가능한 것도 있기 마련이야. 한 인간이 해낼 수 있는 일은 한정돼 있다고. 이제 그만 인정해. 네가 성주를 막는 건 불가능해.'

자신과 똑같이 생긴 존재에게 그런 말을 듣는 것은 썩 유쾌한 기분이 아니었다. 하지만 자신의 멱살을 붙잡고 있는 것은 환상 따위가 아니었다. 자신의 가슴속 깊숙한 곳에 숨겨져 있던 또 다른 내면이다. 즉, 지금 나이트 후드가 하는 소리는 동해가 말하는 것과 다를 것이 없다는 의미다.

　'그래! 자신감 있는 것 좋지. 난 할 수 있다! 뭐든지 할 수 있다! 인간에게 불가능이란 없다! 노력하면 다 이룰 수 있다! 바꿀 수 있다. 좋아. 아주 좋다고. 하지만 말은 그렇게 하더라도 현실을 대할 때는 다른 자세가 필요해. 가슴은 뜨겁게, 머리는 차갑게라는 말 몰라? 막말로 안 되는 건 안 되는 거라고. 대체 멍청하게 왜 이러는 거야? 자신의 한계를 모르고 무작정 달리기만 하는 것은 정말 바보 같은 짓이야. 한심해 죽겠다고. 세상에 불가능이란 없단 그런 멍청한 생각은 대체 어디서 나오는 거야?'

　"난 나를 믿으니까. 그리고 반드시 해내야만 하니까."

　'인생은 벽의 연속이야. 그 벽을 뛰어 넘고, 또 뛰어 넘고, 계속 뛰어 넘어야 하지. 하지만 언젠가는 뛰어 넘지 못할 벽을 만나기 마련이야. 인간이 언제 껍질을 벗고 탈피하는지 알아? 언제 어른이 되는지를 말이야. 그건 자신이 더 이상 넘을 수 없는 벽이 존재한다는 사실을 실감했을 때야. 그때야 비로소 자신이 어른이 됐다는 걸 알아. 한계를 인정해야 어른이 될 수 있어. 그렇지 않으면 넌 평생 어린애로 남아 있겠지. 그저 철없는 생각 짧은 어린애. 누구에게나 넘을 수 없는 벽이 존재해. 인간은 성별을 뛰어 넘을 수 없어. 인간은 나이를 뛰어 넘을 수 없어. 인간은 학력을 뛰어 넘을 수 없어. 인간은 재력을 뛰어 넘을 수 없어. 인간은 사회를 뛰어넘을 수 없어. 인간은 인종을 뛰어 넘을 수 없고 국가를 뛰어 넘을 수 없어! 유전자를 뛰어 넘을 수 없어! 세상을 뛰어 넘을 수 없어! 인간은 인간을 뛰어넘을 수 없어! 그것은 분명해! 분명한 한계야! 0.0001퍼센트라도 가능성이 존재하는 게 아니라 명백한 불가능이라고! 0퍼센트!'

"그럼 난 모든 걸 뛰어 넘을 거야. 너희가 불가능하다고 여기는 것들, 나는 모두 해 보이겠어. 시도가 두려워서 못 하고, 후회가 두려워 아무것도 안 하는 겁쟁이들에게 보여 줄 거야."

나이트 후드는 잡았던 동해의 멱살을 놓아 주었다. 한껏 달아오른 흥분을 죽이고는 동해의 귓가에 입술을 가져갔다.

'잘 들어. 넌 아무것도 할 수 없어. 왜냐고? 넌 이미 죽었거든.'

"……"

'죽었다고. 심장 박동이 멈추고 호흡이 멈추었어. 몸이 차갑게 식어 가고 있다고. 그런데 뭘 할 수 있다는 거야?'

쩌적.

나이트 후드의 말에 동해의 얼굴에 금이 갔다.

"죽었다니? 내가? 죽어?"

'그래.'

나이트 후드는 손으로 자신의 목을 그으며 꽉 하는 소리를 냈다.

'이 바보야. 주변을 둘러봐. 대체 네가 이룬 게 뭐야? 그렇게 영웅이 되고 싶다고 설레발을 치더니 결과가 이게 뭐냐고. 아무것도 이뤄 놓은 게 없잖아. 넌 대체 무엇을 위해 고생을 해 온 거야?'

동해는 비틀거리며 머리를 긁적였다. 스스로에게 물었다.

나는 왜 영웅이 되려 한 걸까? 무엇을 원했던 걸까. 무엇은 바랐던 걸까. 대체 무엇을 위해 이렇게 몸을 던지고 고생했던 걸까.

'아니. 친구가 옳지 못한 선택을 하려는데 그걸 지켜보고만 있을 수는 없어. 잘못된 건 바로 잡아야 해. 싸워서라도 말릴 거야. 네가 어긋난 길을 가지 않도록 할 거야. 우린 친구잖아. 친하게 지내기로 했잖아.'

세상이 크게 바뀌리란 기대는 하지 않았다.

'비는, 언젠가 그치게 돼 있어……'

그렇지만 가만히 지켜볼 수만은 없었다. 강자는 약자를 짓밟고, 약자는 계속 약자일 수밖에 없고, 세상은 바뀔 기미가 안 보였다.

누구도 바꿀 생각을 하지 않는다. 처음부터 자신의 운명인 것처럼 받아들인다는 미명 아래 모두 포기를 한다. 용기를 가진 사람은 나타나지 않고 모두가 쉬쉬할 뿐이다. 입을 닫고, 귀를 닫는다, 눈을 감는다.

'빌어먹을! 사람이 사람을 돕고 싶다는 데 무슨 이유가 필요하다는 거야!?'

아무도 안 하겠다면 자신이 직접 하겠다고 생각했다. 비록 어리석다는 말을 듣더라도, 그 누군가는 자신의 마음을 알아주지 않을까 싶었다.

'너희도 그래, 이게 재밌어? 흥미로워? 너희도 잘못됐어. 누가 당하든 그저 지켜보기만 하고, 나만 아니면 되는 건가? 그런 문제야? 이건 너희 스스로 해결해야 할 문제야! 남한테 기대하지 말라고!'

영향을 받은 그 극소수의 사람들이 다시 다른 사람들에게 영향을 끼치고, 그 현상이 퍼지면 그렇게 세상이 바뀌지는 않을까 하는 순진한 생각.

　'이 겁쟁이 새끼들아! 그렇게 무섭냐! 아닌 건 아닌
거잖아! 여럿이서 한 사람 괴롭히는데 나서서 막는 내
가 이상한 거냐! 겁 처먹고 가만히 있는 니들이 더 이
상해! 이 비겁한 새끼들아!'

　동해는 다시금 자신에게 되물었다. 나는, 왜, 어째서, 영웅
이 되려 했을까? 고민하던 동해의 머릿속에 한 가지가 스쳐
지나갔다. 그것은 손바닥 두 개를 합친 것보다 약간 큰 물건
이었다. 사각형이며 안에는 그림과 글자들이 들어차 있다. 어
이없게도 이 순간 동해의 머릿속에 떠오른 것은 만화책이었
다.
　지구 영웅 언데드맨.
　동해는 어이없음에 피식 코웃음을 흘렸다.
　그랬다. 동해를 바꾼 것은 보잘 것 없는 싸구려 만화책 한
권이었다. 죽지 않는 남자가 도시를 위협하는 악당에 맞서 싸
우는 내용이다.
　언데드맨은 이름 그대로 무슨 일이 있어도 죽지 않는다. 어
떠한 위협, 갈등 속에서도 부활하고 계속 부활한다. 꺼지지
않는 촛불, 사라지지 않는 희망처럼.
　만화책, 소설, TV 프로그램, 연예인, 영화 속 히어로 등. 시

작은 볼품없고 아주 보잘 것 없다. 하지만 그 작은 씨앗이 터지고 발아하여 커다란 나무로 성장하는 것이다. 나비의 날갯짓이 지구 반대편에서 태풍을 불러일으킨다는 나비 효과처럼.

'어이. 내 말 듣고 있어? 너 죽었다고.'

나이트 후드는 동해를 보며 비아냥거렸다. 그런 나이트 후드를 향해 동해가 말했다. 주먹을 가득 쥐며.

"그럼 난 죽음마저 뛰어넘겠어."

당황한 건 오히려 나이트 후드였다. 나이트 후드의 얼굴은 이내 괴물처럼 일그러졌다. 당장이라도 동해를 죽일 것만 같은 표정이었다.

쩌저적!

어두운 공간에 균열이 일어났다. 껍질이 깨지듯 금이 퍼지더니 그 사이로 하얀 빛이 쏟아졌다. 빛이 폭포처럼 떨어지자 나이트 후드는 신음하며 손으로 눈을 가렸다.

'이건 말도 안 돼! 불가능해!'

"난 해낼 거야. 구석에서 웅크리고만 있지 않을 거라고. 어쩔 수 없다는 말, 별수 없었다는 말. 그런 말 따위 다 집어치우라 그래."

'넌 할 수 없어!'

순간 어둠 속에서 검은색 쇠사슬이 촉수처럼 날아들었다.

동해의 팔과 다리를 묶어 움직이지 못하게 했다. 쇠사슬이 몸을 묶을 때마다 동해는 몸을 움직였다. 팔을 움직이면 팔을 묶던 사슬이 끊어졌고 다리를 움직이면 다리를 묶던 사슬이 끊어졌다. 아무리 그를 붙잡고 묶어 봐야 소용없었다. 동해가 몸을 움직일 때면 단단한 쇠사슬은 얇은 실처럼 힘을 잃었다.

"날 막지 마!"

'막는 게 아니야! 너에게 현실을 가르쳐 주는 거라고! 눈을 뜨고 현실을 보라고! 넌 나중에 분명 큰 시련 앞에 좌절하게 될 거야! 충격을 완화하기 위해서는 현실을 직시하는 것이 필요해! 제발 정신 차려!'

"아니야. 넌 나야. 나의 또 다른 마음이라고. 사람을 가로막는 건 다른 무엇이 아니야. 바로 자기 자신이야. 난 나에게 지지 않을 거야. 다른 무엇도 아닌 내 자신에게 설득당하지 않을 거라고. 보여 줄게. 보여 줄 거야. 포기하지 않는다면 뭐든지 다 가능하다는 걸 말이야!"

균열은 이내 걷잡을 수 없이 퍼졌다. 검은 파편은 너덜거리며 떨어졌고 사방에서 하얀 빛이 쏟아졌다.

콰지직!

어두웠던 공간은 완전히 하얀색으로 물들었다. 동해와 나이트 후드는 서로를 바라보았다. 나이트 후드가 마스크를 턱 밑으로 내리며 말했다.

'잘했어. 그 마음, 계속 간직했으면 좋겠어. 기억해 둬. 누구도 태어날 때부터 계산적이고 현실적이진 않아. 다만 나이를 먹어 가며 자신의 한계를 절감하게 되고, 결국 자기도 모르는 사이에 변질되는 거야. 넌 그들을 이해해야 해. 그들을 미워하고 이해 못 한다고 손가락질하면 안 돼. 꿈을 저버린 자들을 진심으로 이해하게 된다면 넌 지금보다 훨씬 더 강해질 수 있을 거야.'

나이트 후드의 말에 동해는 고개를 끄덕였다. 그에 나이트 후드는 희미하게 미소를 지었다. 그리곤 갑자기 동해를 껴안았다.

'잠깐만, 무슨?'

나이트 후드가 빛이 되어 동해의 가슴속으로 녹아들었다.

Battle 04

오멘

"후우."

이곳은 한강 다리의 중간 지점.

회색 양복을 입은 남자가 난간에 기대어 담배를 태우고 있었다. 출렁이는 한강물을 바라보는 남자의 표정은 그리 좋지 않았다. 그는 절반쯤 태우던 담배를 밑으로 버렸다. 바람을 타고 훌훌 날던 담배가 강물 위로 떨어졌다.

"……"

남자의 뒤로는 자동차들이 빠르게 지나쳤다. 자동차가 지나칠 때마다 단추를 채우지 않은 그의 양복이 흩날렸다. 남자의 푸석푸석한 머리칼이 휘날렸다.

그는 쯧, 혀를 차고는 난간에 두 손을 얹었다. 그러더니 난
간 위로 두 발을 올렸다. 자신이 조금 전에 버렸던 담배처럼
되기 위함이다. 그는 난간을 붙잡고 건너편으로 넘어갔다.

"으으."

이제 손을 놓기만 하면 된다. 난간을 붙잡은 손을 놓는다
면 강물 위로 떨어질 수 있다. 더 이상 밥벌이의 서러움도, 대
부 업체의 빚 독촉도, 대인 관계의 어려움도 모두 떨쳐 버릴
수 있다. 하지만 사내는 쉽게 손을 놓지 못했다. 막상 떨어지
려니 다리가 떨리고 머리가 핑핑 돌았다. 그렇게 돌아오지도
못하고 떨어지지도 못한 어정쩡한 자세로 난간에 붙어 있을
때였다.

"아저씨, 죽지 마세요."

어디선가 카랑카랑한 소녀의 외침이 들려왔다. 황당한 점
은 목소리가 들려온 방향이 정수리 위였다는 점이다. 남자는
고개를 들어 하늘을 올려다보았다.

"저게 뭐야?"

다리의 아치 꼭대기에 검은 뭔가가 살랑거렸다. 중년 남성
은 미간을 찌푸리며 고개를 쭉 빼 보았다. 뭔가 했더니 사람
이었다. 아치 꼭대기에 사람이 서 있는 것이다. 긴 머리의 소녀
였다.

"맙소사!"

황당한 건 그녀, 신이나 역시 마찬가지였다. 붉은 꼬리에게

납치당하고 끌려온 곳이 바로 현 위치였다. 그는 그녀를 이곳에 남겨 두고는 훌쩍 사라져 버렸다. 높은 곳에 마땅히 의지할 곳도 없이 이나는 몇 분째 계속 이러고 있어야 했다. 높은 곳이라 바람도 무척 심했다. 이나는 아래를 내려다보며 꿀꺽 침을 삼켰다.

*   *   *

붉은 꼬리는 기를 끌어모으는 것을 잠시 멈췄다. 당장 눈앞의 경찰들을 찢어발기려는데 등 뒤로 기이한 힘이 느껴졌다. 붉은 꼬리는 기를 모으던 일을 멈추고 뒤를 돌아보았다. 그곳에는 조금 전까지 숨이 끊어져 있던 나이트 후드가 두 발로 서 있었다. 붉은 꼬리는 고개를 갸웃했다.

분명 가슴이 피투성이에 갈비뼈가 모조리 부러졌다. 그 부러진 파편에 폐가 찔리고 심장이 찔렸건만 다시 일어난 것이다. 그냥 일어난 게 아니라 나이트 후드의 가슴이 멀쩡하게 복원되어 있었다.

"뭐야. 어떻게 된 거야."

나이트 후드는 조금은 힘겹게 웃으며 말했다.

"뭐긴 뭐야 이 차 전이다. 나 아직 안 쓰러졌어."

나이트 후드는 몸 안에서 기이한 힘이 끓어오르는 것을 느꼈다. 몸 안에 기가 충만했다. 예전에도 명상을 통해 몇 번이나 기를 가득 채운 적이 있었지만 지금은 그때와는 달랐다. 기를 담는 그릇이 훨씬 더 커진 느낌이었다. 그리고 시간이 지날수록 계속 그 부피가 늘어난다는 기분이 들었다. 물이 계속 부어지니 컵이 더더욱 커지는 것이다.

붉은 꼬리는 이를 악물며 나이트 후드에게 덤볐다.

"하앗!"

붉은 꼬리의 주먹이 나이트 후드의 얼굴에 직격했다. 정통으로 맞은 나이트 후드는 멀찍이 날아가 온몸이 기둥에 부딪혔다. 성인 남자 여럿이 뭉쳐야 겨우 둘레를 두를 수 있을 만큼 두꺼운 기둥이었다. 그러나 기둥은 나이트 후드와 충돌하자 스티로폼 부서지듯이 손쉽게 무너졌다.

붉은 꼬리는 연달아 몰아쳤다. 쓰러져 있는 나이트 후드의 복부를 걷어찼다. 공격을 받은 그의 몸이 붕 떠올라 천정에 부딪쳤다. 발길질에 한 번, 천정에 부딪치며 두 번, 마지막으로 바닥에 떨어지며 세 번의 충격을 받아야 했다.

"다시 살아났냐? 그럼 다시 죽여 줄게. 계속 깨어나 봐! 그때마다 몇 번이고 죽여 줄 테니까!"

붉은 꼬리는 나이트 후드를 붙잡아선 막무가내로 집어던졌다. 나이트 후드는 무기력하게 날아가 벽에 처박혔다. 단둘이 싸우는데 지하철 플랫폼 이곳저곳이 부서지고 난리도 아니었다. 붉은 꼬리가 하나가 아니라 둘이 있었다면 진즉에 이곳은 무너져 내렸을 것이다.

아까 전부터 와서 대기 중이던 경찰들은 영혼이 반쯤 빠져나간 표정으로 상황을 지켜보았다. 일단 두 사람을 체포하는 것이 일이었지만 함부로 끼어들 엄두가 나지 않았다. 세다고 알려진 나이트 후드조차 장난감처럼 저렇게 당하는데 일반인인 자신들이 끼어든다면 어찌될지 상상조차 되지 않았다. 어차피 둘 다 체포해야 하는 입장으로서 두 사람이 싸우는 것은 나쁠 것 없었다. 둘이 싸운 후 지쳐 있을 때 기습하면 될 테니까.

하지만 이건 뭔가 아닌 것 같았다. 나이트 워커도 폭력을 사용했지만 이런 무지막지한 식은 아니었다. 권총을 들고 있던 형사는 불현듯 붉은 꼬리에게 총구를 겨눴다. 직접 맞출 생각은 없었다. 약간 옆으로 틀어서 위협사격을 가했다.

탕!

단순히 위협사격이었건만, 붉은 꼬리는 귀찮은 파리를 쳐내듯 손을 휘둘렀다. 그러자 손등에 맞은 총알은 튕겨져 나가 옆에 있던 기둥에 처박혔다.

"어……?"

"뭐하는 짓이지?"

붉은 꼬리는 검게 물든 눈동자로 경찰들을 노려보았다.

"당신들 뭐야. 나랑 싸우고 싶다는 거야?"

"으으."

"이것들이 죽고 싶어서 환장했나."

붉은 꼬리가 그들에게 다가가려는 찰나였다. 벽에 처박혔던 나이트 후드가 가뿐하게 몸을 빼고 추스렸다. 그의 얼굴에서는 조금 전까지 얻어맞았다는 고통을 발견할 수 없었다. 오히려 무척이나 평안한 표정이었다.

"너 뭐야. 그렇게 얻어맞아 놓고 어떻게?"

"계속해야지. 다른 사람에게 한눈팔지 말라고."

멀쩡한 나이트 후드를 보며 붉은 꼬리는 뺨 근육을 씰룩거렸다.

"이 자식이!"

화가 머리끝까지 오른 붉은 꼬리는 폭풍처럼 공격을 퍼부었다. 나이트 후드는 작은 동작으로 그의 공격을 막았다. 팔로 공격하면 팔로 막았고 다리로 공격하면 다리로 막았다. 잡아서 매치려 하면 힘으로 버틴 다음 잡기를 풀었다.

처음 붉은 꼬리를 대면했을 때, 그는 끝을 알 수 없는 산처럼 보였다. 절대로 넘을 수 없는 거대한 벽이었다. 그러나 지금은 달랐다. 지금의 붉은 꼬리는 마치 작은 계단처럼 보였다.

"개자식!"

붉은 꼬리는 점점 흥분하고 있었다. 분명 조금 전까지만 해도 손짓 몇 번에 피를 토하며 쓰러졌던 녀석이 확연하게 달라져 있었다. 유치원생의 사탕을 뺏으며 놀았는데, 잠시 한눈을 판 사이에 그 아이가 건장한 성인으로 변신한 기분이었다.

아니, 자신이 유치원생이 된 것만 같은 기분이었다. 아무리 주먹을 휘두르고 다리를 날려 봐도 소용이 없었다. 나이트 후드는 간단한 동작으로 모든 공격을 원천봉쇄했다.

'젠장! 어째서!'

점점 얼굴이 일그러지는 붉은 꼬리와 달리 나이트 후드의 표정은 변화가 없었다. 아무런 감정이 느껴지지 않았다. 파장이 없는 수면과도 같았다.

"윽!"

찬찬히 공격을 막던 나이트 후드의 주먹이 붉은 꼬리의 턱을 향해 다가갔다. 무방비하게 얻어맞으려는 찰나, 나이트 후드는 주먹을 멈췄다. 주먹은 턱에 닿기 일보 직전에 멈추었다. 충격에 대비해 눈을 감고 있던 붉은 꼬리는 황당한 기분에 다시 공격을 퍼부었다.

"지금 날 놀리는 거냐!"

놀리는 건 아니었지만 나이트 후드가 고의적으로 봐주고 있는 건 사실이었다. 몸 안에 기가 가득 차며 힘과 속도가 비약적으로 늘었다. 그리고 조금 전까지만 해도 눈에 잡히지 않던 붉은 꼬리의 움직임이 자세하게 눈에 들어왔다. 눈에 들어오는 수준이 아니라 슬로우 모션처럼 동작이 느리게 보였다.

자세를 어떻게 바꿔서 어디를 공격하려는지 눈에 훤히 보였다. 이래서는 맞으려야 맞을 수가 없었다.

붉은 꼬리의 공격을 막으며 나이트 후드의 머릿속에 누군가의 목소리가 울렸다.

'상대를 다치게 하지 않고 싸우는 방법은 그 중심
에 배려가 있어. 상대를 쓰러트리겠다는 감정이 아니
라, 상대가 여기서 그만뒀으면 하는 마음이라 이거지.
명심해 둬라. 대련은 이기고자 하는 게 아니야. 배려하
는 것이고 하나가 되는 거다.'

나이트 후드는 폭우처럼 쏟아지는 공격을 막으며 손바닥
으로 붉은 꼬리의 가슴을 밀어 쳤다.

"큭."

뒤로 밀려나기는 했지만 전혀 대미지가 없었다. 말 그대로
밀듯이 쳤기 때문이다. 붉은 꼬리는 수치심을 느끼며 이를 갈
았다.

"진지하게 상대해!"

"난 진지하게 임하고 있어."

"이익!"

상황이 역전되었다.

나이트 후드는 상대의 모든 공격을 막거나 흘리며 동시에
손바닥으로 붉은 꼬리의 가슴이나 팔, 턱을 가격했다. 물론
고통이 전혀 없는 장난 같은 공격이었다. 충격은 전혀 없었지
만 그만큼 자존심에는 큰 타격이 갔다.

두려움에 떨던 형사들도 그 광경을 보며 고개를 갸웃했다. 비록 전세를 역전시켰으나 제대로 된 공격을 하질 않는 것이다.

'왜 세게 치지 않는 거지?'

손짓 발짓 다해 가며 공격하던 붉은 꼬리는 분에 못 이겨 발로 바닥을 쾅쾅 짓밟았다. 발을 찍을 때마다 지축이 흔들리며 바닥이 부서지고 파편이 튀어 올랐다.

"왜 공격하지 않는 거야! 날 지금 가지고 노는 거냐! 똑바로 하라고! 날 때려, 날 쓰러트려! 살을 찢고 뼈를 부러트리라고! 진심으로 싸움에 임해!"

"싫어."

"어째서!"

"넌 내 친구잖아."

나이트 후드의 말에 붉은 꼬리는 정색했다.

"또 그 소리냐?"

"생각해 봐. 넌 네 친구가 잘못된 선택을 하고, 잘못된 길을 걸어가는데 그걸 가만히 지켜보기만 할 거야? 아니잖아. 넌 절대 그럴 녀석이 아니야."

"웃기는 소리 말아. 난 친구가 없어. 남의 인생에 참견하는 건 귀찮아."

"그래. 내가 네 친구가 아니라고 해. 하지만 과연 다른 사람한테도 그럴 수 있을까?"

"말했잖아. 난 친구가 없……."

말을 하던 붉은 꼬리가 순간 입을 다물었다. 순간적으로 감전되듯 뇌리를 스치는 인물이 있었다.

한송이.

번개처럼 그녀의 얼굴이 깜빡이며 지나갔다. 건물의 옥상에서 뛰어내릴 때의 모습이었다.

'신성주, 넌 나의 영웅이야.'

"우읍."

붉은 꼬리는 역한 구토감을 느꼈다. 괴로운지 허리를 숙이며 신음했다. 고통스러워하는 붉은 꼬리의 몸에서 수증기를 뿜어내듯이 검은 기운이 흘러 나왔다.

"절대 지지 마! 너 자신을 잃지 말라고!"

"닥쳐!"

검은 기운은 점점 더 많이, 그리고 빠르게 붉은 꼬리의 몸에서 빠져나왔다. 액체가 기화하듯 걷잡을 수 없었다.

"크윽, 몸이 왜 이러지."

붉은 꼬리는 비틀거리며 나이트 후드를 노려보았다.

"다 너 때문이야. 너 때문이라고."

"신성주!"

붉은 꼬리는 간신히 몸을 세우고 마지막 힘을 쥐어짜 나이트 후드에게 달려들었다.

"으아아!"

나이트 후드는 씁쓸하다는 표정으로 붉은 꼬리를 바라보았다. 그가 내지르는 주먹에 나이트 후드는 천천히 검지를 내밀었다. 그러자 놀랍게도 고작 검지 하나에 붉은 꼬리의 주먹이 멈추었다.

나이트 후드가 짧고 나지막하게 말했다.

"이제 그만 돌아와."

화악!

순간 강풍이 몰아닥쳤다. 그러자 붉은 꼬리의 뒤로 검은 기운들이 뽑히듯 빠져나갔다. 붉은 꼬리는 몸을 비틀며 저항했지만 소용없었다. 나이트 후드의 손가락 하나에 붉은 꼬리는 어둠의 기운을 모두 잃었다. 세뇌가 풀리고 신성주의 모습으로 돌아왔다.

"큭."

기운을 모두 잃은 성주는 바닥에 무릎을 꿇었다.

"괜찮아?"

"손대지 마!"

성주는 몸을 부르르 떨었다. 그러더니 이내 검은 기운을 쿨럭쿨럭 토해냈다.

"크윽! 킥!"

바닥을 적시던 검은 기운은 금방 기화되어 사라졌다.

"한강대교."

"뭐라고?"

"거기로 가. 거기에 신이나가 있어. 빨리."

붉은 꼬리는 잔뜩 충혈 된 눈으로 나이트 후드에게 말했다. 무슨 말인지 몰라 잠시 멍하니 있던 나이트 후드는 고개를 끄덕였다. 그는 성주의 어깨를 토닥이고는 급히 계단을 밟고 위로 올라갔다.

혼자가 된 성주는 가슴을 토닥였다. 주먹을 쥐며 기를 모아 봤지만 쉽지 않았다. 정체를 알 수 없는 검은 기운이 빠져나가자 온몸에 무기력감이 들었다. 분명 기는 모였지만 전만큼은 아니었다. 거기다가 현재는 완전히 지쳐서 일반인과 거의 흡사한 수준이었다.

"손 들어!"

등 뒤에서 들려오는 소리에 성주는 눈을 감았다. 깊게 한숨을 쉬었다. 나이트 후드는 갔지만 아직 경찰들이 남아 있었다. 그들은 저마다 총을 꺼내들어 성주를 겨누었다. 성주는 손을 들고서 천천히 뒤를 돌았다.

"움직이지 마. 손가락 하나라도 까딱했다가는 이대로 쏴버릴 테니까."

"저항할 의지가 없는 사람한테도 총을 쏩니까?"

"너 같은 새끼한테는 쏴도 돼. 네가 벌인 짓을 보라고."

성주는 천천히 지하철 플랫폼 주변을 둘러보았다. 조금 전이었다면 총을 든 경찰 따위야 상대도 안 되겠지만 지금은 상황이 달랐다. 지금 당장 경찰이 방아쇠를 당기면 성주는 찍 소리도 못 내고 죽을 상황이었다.

―지금 열차가 들어오고 있사오니, 승객 여러분들께서는 안전선 밖으로 물러서 주시기 바랍니다.

성주는 곧 열차가 들어올 통로를 힐끔 바라보았다. 어두운 터널 안에서 열차가 덜컹거리며 다가오는 게 보였다.

"허튼 생각하지 마."

경찰은 총구를 까딱이며 경고했다.

"흥."

성주는 그 경고를 대차게 무시했다. 열차의 선로 쪽으로 냅다 몸을 던진 것이다.

"이런 미친!"

성주는 열차 선로를 통해 잽싸게 반대편으로 뛰어 갔다. 그 직후, 아슬아슬하게 도착한 열차가 시야를 가로막았다. 성주는 가슴을 쓸어내리며 얼른 계단을 밟아 올랐다. 조금만 늦었어도 박살이 날 뻔했다.

성주를 놓친 경찰은 중앙에 멈춰 선 열차를 바라보며 멍한 표정을 지었다.

*　　　*　　　*

나이트 후드는 바람처럼 달려 한강대교에 도착했다. 이곳에 이나가 있다는 말이 구체적으로 무슨 뜻인지 알지 못했다. 뜬금없이 다리엔 무슨 볼일이 있어서 온단 말인가. 그렇지만 일단은 성주를 믿어 보기로 하였다.

"응?"

다리의 중간 지점에 경찰과 119구조대, 카메라를 대동한 기자, 그리고 사람들이 몰려 있었다. 그들은 높은 곳을 가리키며 당혹스러워 하고 있었다. 무슨 일인가 싶어 위를 올려다보니 아치 위에 누군가가 위태롭게 서 있었다.

"신이나!?"

이나였다.

밑에서 경찰이 확성기를 입에 대고서 그녀와 대화를 시도했다.

"아아, 젊은 아가씨. 그러면 못 써요. 다시 한 번 잘 생각해봐요. 인생은 살만한 거라고요."

"뭘 다시 생각해 바보들아! 어서 날 내려 줘!"

몰려 있는 인파가 많았고 수많은 자동차가 오가는지라 그녀의 목소리는 밑에까지 닿지 않았다.

"죽으면 안 돼요. 아가씨가 죽으면 아가씨 가족들이랑 친구들은 어떻게 해요. 남겨질 사람들을 생각해요. 너무 감정적으로 생각하지 말고 차분하게 돌이켜 봐요. 소중한 사람들을 떠올려 보세요. 자살은 주변 사람들에게 죄를 짓는 거예요."

"뭘 떠올려 이 인간들아! 자살 안 한다고! 헛소리할 시간에 빨리 나 좀 어떻게 해 줘 봐!"

"젊은 아가씨, 흥분하면 안 돼요. 자아, 날 따라해 보세요. 깊게 숨을 들이 마시고 다시 내뱉는 겁니다. 후우, 후우. 우리 대화로 풀어나갑시다."

"답답해 미치겠네, 진짜!"

나이트 후드는 달리는 속도를 유지하며 바닥을 박차고 날아올랐다. 한 번에 너무 가까이 다가갈 수는 없었다. 그랬다가 자칫 놀라서 떨어질 수도 있을 테니까.

"이나야."

이나는 나이트 후드의 등장에 표정이 한껏 밝아졌다. 그녀는 손을 흔들며 어서 자신을 구해 달라고 신호했다. 이곳에서 있은지 얼마나 지났는지도 모르겠다. 머리가 핑핑 돌았고 다리는 후들거려 미칠 지경이었다.

"동해야, 얼른 도와줘. 나 진짜 돌아 버릴 것 같아."

"누가 널 여기다가 데려다 놓은 거야?"

"모르겠어. 붉은 목도리를 한 미친놈이었어. 일단 내려가서 이야기하자. 어지러워."

"알았어. 거기 가만히 있어. 위험하니까 움직이지 마."

"잔소리 말고 빨리 구하기나 해."

나이트 후드가 이나를 붙잡으려는 찰나였다. 그녀의 주변으로 돌연 검은 안개가 풍겨 나오더니, 그것이 점점 형체를 갖추었다.

"어?"

검은 안개는 사람이 되었고 뒤에서 이나를 끌어안았다.

"꺅!"

이나의 손을 잡으려던 나이트 후드는 눈을 동그랗게 떴다. '그'는 이나의 허리에 손을 두르고서 반대 손으로 인사했다.

"안녕? 만나서 반가워."

동해 또래로 보이는 청년이었다. 청년은 티 없이 환한 미소로 나이트 후드를 바라보았다.

"넌 누구야? 이나를 놔 줘."

"널 꼭 만나고 싶었어. 나이트 후드."

"날 만나서 뭘 어쩌려고."

나이트 후드는 본능적으로 청년년에게 경계심을 가졌다. 처음 보는 사람이었지만 왠지 모를 위화감이 느껴졌다. 그리고 현재 이나를 붙잡고 있는 게 그녀가 떨어지지 않기 위해 잡고 있는 것처럼 보이지 않았다. 그보다는 인질을 잡고 있는 것처럼 보였다.

위화감과 동시에 익숙함이 드는 건 기이했다. 낯설면서 낯익은 느낌이라니. 곰곰이 생각하던 동해는 그것이 무엇인지를 알아냈다. 신성주, 붉은 꼬리에게서 느껴졌던 기운이었다. 그가 이성을 잃고 변해 버렸을 때 지금 눈앞에 있는 자와 비슷한 느낌이었다.

소년이 말했다.

"네 활약상은 무척 즐겁게 감상하고 있어. 넌 정말 멋져. 최고야. 옛날에 영웅이 되겠다고 까불던 누구들하고는 달라. 사랑스러울 정도야."

"설마 네가 성주를 세뇌한 거야? 왜, 어째서?"

"세뇌라니, 말이 너무 심하네. 난 세뇌 따윈 하지 않았어. 그런 거랑은 조금 다른 거야."

"하지만 성주가 변했어. 그건 분명 너 때문이야."

"조금 부추긴 건 사실이야."

"왜? 무엇을 위해서? 대체 뭘 바라고 그딴 짓을 하는 거지?"

"원하는 건 없어."

"이해할 수 없어."

청년년과 나이트 후드가 대화를 나누는 사이에 이나는 계속 몸을 틀었다. 모르는 사람이 자신의 허리에 손을 두른 것이 영 기분이 나빴다. 그렇다고 거칠게 저항하자니 발을 디딜 수 있는 공간이 너무 적었다. 함부로 움직였다간 밑으로 떨어질 것만 같았다.

"이익. 너 뭐야. 이거 안 놔?"

청년은 이나가 하는 말에 재밌다는 듯 웃었다.

"놓으라고? 후회할 텐데."

실없이 웃더니 난데없이 그녀를 확 떠밀었다.

"꺄악!"

"이나야!"

밑에서 지켜보던 사람들도 입을 쩌억 벌리며 탄식했다. 기자와 함께 현장을 찾은 카메라맨은 카메라에 떨어지는 이나의 모습을 담았다.

"어어!"

밑으로 떨어지던 이나의 곁으로 검은 안개가 휘몰아쳤다. 검은 안개는 그녀를 집어삼켰고 놀랍게도 그녀를 순식간에 다시 아치 위로 옮겨 놨다.

'안개?'

검은 안개는 다시 청년의 모습으로 돌아왔다. 기가 막힐 정도로 기이한 움직임에 나이트 후드는 숨조차 쉬지 못했다. 전에 민철이 말했듯이 기라는 건 사용하기에 따라 그 활용법이 무궁무진하다고 들었다. 하지만 뱀파이어도 아니고 이렇게 말도 안 되는 능력이라니.

"예전부터 널 인상 깊게 지켜봤어. 낮에는 평범한 고등학생, 밤에는 영웅 나이트 후드라니. 조금 유치한 건 사실이지만 그래도 멋있어. 솔직히 영웅이란 단어를 들으면 묘하게 가슴 떨리는 그런 게 있잖아? 안 그래? 하하."

나이트 후드는 계속 긴장하며 그를 주시했다.

"하지만 네가 알아 둬야 할 게 있어. 정체를 감추고 영웅 행세를 해 온 게 너뿐만이라고 생각하지 마. 그런 사람들은 너 말고도 예전에도 있었어. 그런데 다들 어디로 갔을까?"

"몰라."

"너무 그렇게 딱딱하게 나오지 말라고. 잘 한 번 생각해 봐. 그들도 너처럼 정의로웠고 세상을 바꾸고 싶어 했어. 오히려 너보다 더 뛰어났지. 그런데 하루아침에 사라져 버린 거야. 거짓말처럼! 세상을 바꾸고자 나타났던 영웅들은 모두 어디로 가 버렸을까."

소년은 한 박자 쉬고는 음산한 목소리로 말했다.

"사실 사라진 게 아니야. 그들은 사회 곳곳에 숨어 있어. 다만 포기했을 뿐이지. 백날 노력해 봐야 세상은 그대로라는 걸 알고는 진실에 등져 버린 거야. 되도 않는 망상 따윈 집어 치우고 현실을 직시한 셈이지. 그들은 지금 어느 회사의 사무실에, 증권가에, 누구는 운동선수로, 누구는 무역업자로, 또 누구는 연예인으로 사회에 섞여 살아가고 있어. 자신의 이상을 이루지 못한 패배자이지만 그래도 돈 많이 벌고 잘살고 있으니 그걸로 된 거겠지."

"내게 왜 그런 이야기를 하는 거지?"

소년은 나이트 후드를 보며 웃었다.

"그냥 궁금해서. 너는 그들과 과연 얼마나 다를까 하고 말이야. 너는 장담할 수 있니? 이상을 포기하고 자기 욕심을 채우는 길로 돌아선 영웅들과 다르다는 걸."

나이트 후드는 침을 꿀꺽 삼켰다.

민철에게 기에 대해서 이야기를 들었을 때 이상하게 여겼던 건 사실이다. 민철도, 그리고 자신도 기 능력자라면 분명 어딘 가에 또 다른 기 능력자가 있다는 얘기도 된다. 실제로 이나 의 아버지인 대철과 성주 역시 기 능력자이지 않은가.

하지만 나이트 후드는 그 외에 또 다른 기 능력자에 대한 이야기를 들은 적도 없고 본 적도 없었다. 분명 어딘가에 있을 것이며 자신과 같은 생각을 하는 이들이 존재할 거라고 여겼 다. 하지만 다들 포기하고 돌아섰다니, 믿을 수가 없었다.

그래도 누군가 하나는 있겠지, 그래도 누군가는 세상을 바꾸기 위해 나설 거라 생각해 왔다. 근데 그게 아니었다. 그 누군가가 자신이 유일했다는 점이 대견스럽기보다는 막막하 다는 심정이었다. 왜인지 이유 모를 배신감과 실망감마저 들 었다.

그 시각, 대철의 보디가드들이 한강대교에 뒤늦게 도착했 다. 제일 뒤에는 대철이 있었으며 가장 앞에는 진운이 선두를 서고 있었다. 진운은 빠르게 사람들과 나이트 후드, 소년, 그 리고 이나의 위치를 확인했다.

"아가씨!"

진운이 큰 목소리로 외쳤다. 그 사이 요환은 잠깐 한눈을 팔았고 그 틈을 파고들어 나이트 후드가 달려들었다.

"읍스."

그에 소년은 이나를 옆으로 밀쳤다. 인질을 버리고 자신은 안개화하여 다른 자리로 몸을 피신했다.

"꺄악!"

"이나야!"

이나는 긴 머리칼을 펄럭거리며 무방비하게 밑으로 떨어졌다. 바닥에 떨어지기 일보 직전 진운이 날아올라 그녀를 붙잡았다.

밑에서 지켜보던 사람들은 속속들이 끼어드는 인물들에 정신을 차리지 못했다. 나비를 보는 고양이처럼 멍한 표정으로 고개를 이리저리 돌리기만 할 뿐이다.

"으으."

기자와 함께 온 카메라맨은 식은땀을 뻘뻘 흘리며 카메라 안에 그들의 모습을 담아갔다. 그는 이 신비롭다 못해 경이로운 광경을 지금 자신이 카메라로 찍고 있다는 사실에 묘한 뿌듯함마저 느끼고 있었다.

소년은 그런 카메라맨을 보며 못마땅하다는 듯이 고개를 저었다.

"구경꾼이 너무 많네."

소년이 손가락을 튕기자 구경하던 사람들, 경찰, 119구조대원들, 기자와 카메라맨의 눈빛이 변했다. 생기가 없고 희끄

무례한 눈이 되었다. 현장에 모인 사람 중 기 능력자를 제외한 평범한 사람들은 세뇌되듯 눈빛이 죽었다. 그들은 뭔가에 홀린 듯 그대로 굳어버렸다.

그리고 갑자기 하늘과 주변의 공기가 급격하게 어두워졌다. 당장이라도 폭풍이 몰아칠 것만 같은 날씨였다.

"요환!"

대철이 위를 올려다보며 외쳤다. 자신의 이름이 호명되자 소년은 살벌하게 웃었다.

요환은 안개로 변한 다음 대철의 코앞에서 모습을 드러냈다. 요환은 대철에게 반말을 뱉었지만 얼핏 봐도 두 사람 사이에는 많은 나이 차가 보였다. 하지만 두 사람은 서로가 익숙하다는 듯 반말을 주고받았다.

요환이 말했다.

"기라는 건 말이야. 파고들면 파고들수록 정말 경이로운 거야. 끝이 보이지 않는다고. 한계가 존재하지 않아! 지금의 내 모습을 보라고. 나를 좀 보라고. 누가 우리를 동갑이라고 생각하겠어?"

"겉모습만 애가 아니라 머릿속까지 어린애로군. 하나도 성장하지 않았어."

"그래? 난 이 모습이 마음에 들어. 겉모습은 의외로 참 중요한 거더라고. 겉모습이 나이를 먹으면 정신적으로도 나이를 먹어. 그건 성숙과는 다른 문제야. 계산적이 되고 교활해지지.

자기 욕심 채우기에 급급해지고 순수함을 잃는 거야. 그래서 난 지금의 이 모습이 마음에 들어. 난 너와 다르거든. 돈, 여자, 인맥, 출세, 자동차, 집. 뭐 그런 시답잖은 문제에 얽매이지 않으니까."

"웃기고 있군. 어차피 너는 우리에게 복수하기 위해 나타난 거 아닌가? 단지 과거에 얽매일 뿐이잖아. 그런 네가 뭐가 순수하다는 거지?"

요환은 안개로 변해 다리의 난간 위에 올라섰다. 자신이 무슨 연극 속의 주인공이라도 되는 것처럼 두 팔을 활짝 펼쳤다. 한껏 고조된 목소리로 말했다.

"복수라니? 내가 고작 너, 그리고 남민철에게 복수하기 위해 이러고 있다고 생각하는 거야? 천만에! 나는 초월했어. 모든 걸 넘어섰다고. 네가 알던 예전에 그 요환이 아니야."

요환이 눈을 희번덕거리며 말했다.

"나는 존재가 아니야, 개체가 아니야. 단수가 아니야! 왜냐하면 나는 '개념'이니까. 나는 인간이 아니야. 인간을 아득하게 초월했으니까!"

진운이 요환을 향해 말했다.

"어린놈의 새끼가 떠벌떠벌 시끄러워 죽겠군. 지금 당장 꺼지지 않으면 그 입을 아작 내 주겠어."

"이게 누구야. 신대철의 충실한 개 아니신가."

사소한 도발이었지만 진운은 잔뜩 경계하고 있었다. 요환의 말에 자극을 받은 진운은 당장 그에게 달려들었다. 목표는 난간 위에 서 있는 요환의 다리. 검을 휘두르듯 예리하게 다리를 휘둘렀다.

콰앙!

그대로 요환의 발목을 부러트릴 것만 같았던 킥이 허공에서 막혔다. 아무것도 없는데 공격이 도중에 멈춘 것이다. 진운은 느낄 수 있었다. 보이지 않는 누군가가 자신의 킥을 막았다는 것을 말이다.

"요환님을 공격하는 것은 허락하지 않습니다."

자세히 보니 진운의 앞에 미묘하게 윤곽이 보였다. 분명 투명했지만 아주 미세하게 사람의 윤곽이 눈에 잡혔다. 그리고 그 형상은 이내 투명함을 거두고 본연의 모습을 드러냈다. 머리가 굉장히 긴 여성이었다. 검고 긴 생머리가 엉덩이까지 내려와 있었다. 체구는 작았고 눈은 왠지 모르게 슬퍼 보였다.

의문의 여성이 기습처럼 모습을 드러내자 진운이 당황하여 급히 뒤로 물렀다. 진운이 떨어지자 여성은 눈을 내리깔며 다시 모습을 감췄다.

"이건 대체."

요환이 안개로 변해 순간적으로 위치를 바꾼다면 방금의 여성은 능력이 조금 달랐다. 여성은 분명 조금 전의 그 자리에 계속 서 있었다. 집중하고 보면 흐릿하게나마 윤곽이 일렁이고 있었다. 투명 인간의 등장에 나이트 후드도, 진운도, 그리고 대철과 이나도 크게 놀라 주춤했다.

"벌써 놀라기에는 이르다고."

또 다른 목소리였다. 목소리는 바로 위에서 들려왔다.

나이트 후드의 머리 위에서.

나이트 후드는 위에서 누군가가 자신을 덮치려 한다는 걸 깨닫고는 앞으로 몸을 굴렸다. 바로 그 직후 유성처럼 뭔가가 떨어져 바닥을 짓이겼다.

콰직!

거미줄이 퍼지듯 '그'를 중심으로 균열이 사방에 퍼졌다. 그 힘이 어찌나 센지 다리가 흔들릴 정도였다. 하늘에서 내려온 이는 야쿠자처럼 험악하게 생긴 남자였다. 철광처럼 육중한 거구는 아니었지만 큰 키에 다부진 몸매를 지녔고 왼뺨에 뚜렷하게 상처가 보였다.

"그만 떠들고 어서 쓸어버리자고! 기다리다 지치겠고만!"

그는 겉모습만큼이나 다혈질이었다. 피가 끓어서 못 견디겠는지 이리저리 시선을 돌리며 상대를 찾았다. 그러다가 나이트 후드와 딱 눈이 마주쳤다.

"옳지. 네가 말로만 듣던 그 나이트 후드구나. 어디 얼마나 센지 한번 시험해 볼까?"

거구의 남자는 발을 쿵쿵거리며 나이트 후드에게 다가왔다. 나이트 후드는 전투 자세를 취했지만 그 위압감마저 떨쳐낼 수는 없었다. 성주와 싸우고 나서 분명 전과 다르게 강해진 느낌이 들었지만 눈앞의 남자는 만만하게 볼 상대가 아니었다.

'일단은 선공!'

뒷걸음질 치던 나이트 후드는 반동을 이용해 거구 사내에게 달려들었다. 지면을 박차고 올라 그의 넓은 가슴에 무릎을 내리찍었다. 퍽! 공격이 정통으로 먹혀들었음에 나이트 후드는 속으로 쾌재를 질렀다. 한 방으로 끝나지 않더라도 나름 충격을 받았을 거라 생각했다.

"뭐야? 이게 다야?"

그러나 그것은 헛된 바람이었다. 충격은커녕 간지럽지도 않다는 듯 사내는 무표정을 유지했다. 나이트 후드는 급히 놈의 가슴팍을 걷어차며 반대편으로 돌아왔다.

"맙소사. 고작 이 정도 힘으로 영웅 노릇을 해 온 거야? 어처구니가 없군. 역시 어린애는 어쩔 수가 없나."

거구의 남자는 몸에 잔뜩 힘을 줘 근육을 뽐냈다. 당장에 성난 황소처럼 달려들려는데 그 순간 누군가가 둘 사이를 가로막았다. 허공에 흩날리는 검은 목도리, 검은 꼬리 한성주였다.

"나이트 후드랑 싸우려거든 날 먼저 상대해야 할 거야."

성주의 등장에 요환은 눈을 동그랗게 떴다.

"어라? 네가 여기 왜 있는 거야?"

"내가 있을 곳은 내가 정해. 네가 이러쿵저러쿵 떠들 만한 문제가 아니야."

성주는 요환을 노려보았다.

"하긴. 나이트 후드랑 대철이 이 자리에 있는 것부터가 뭔가 이상하다고 생각했지. 결국 넌 복수를 택하지 않았구나? 너의 선택이니 존중해 줄게."

"웃기는 소리 집어치워. 날 세뇌한 건 너잖아."

"세뇌 아니라니까 그러네."

나이트 후드는 힐끔 검은 꼬리를 바라보았다. 검은 꼬리는 나이트 후드의 눈치를 보더니 이내 흥, 고개를 돌렸다.

점점 분위기가 이상하게 흐르더니 그 혼돈이 최고조에 달했을 때였다.

"이야. 재밌네!"

또 다른 누군가의 참전이었다.

여성이었다. 그녀는 노랗게 물들인 머리를 하고 있었으며 외투를 제외한 정장 차림이었다. 흰 셔츠는 팔이 드러나 있었으며 특히 비대하다 싶을 정도로 튀어나온 가슴이 특징적이었다. 어찌나 큰지 목에 매고 있는 넥타이가 밑으로 흐르지 못하고 ㄱ자로 꺾일 정도였다.

노란 머리와 큰 가슴 때문에 얼핏 봤을 땐 외국인처럼 보일 정도였다. 그녀는 도로 한가운데에 앉아 강 건너 불구경하듯이 상황을 지켜보고 있었다. 그녀가 재밌다는 듯 입맛을 다시며 말했다.

"말하자면 이쪽이 빌런이고 저쪽은 히어로 같은 구도인가? 재밌겠네."

그녀에 말에 호응하듯이 요환이 말했다.

"맞아. 저들은 영웅이고 너희는 악당이야. 조만간 불꽃 튀기는 혈투를 벌이게 될 거야."

"그럼 지금 당장 합시다!"

노랑머리 여인이 벌떡 자리에서 일어나 외쳤다.

"하지만 지금은 아니야."

하지만 요환은 장난스런 표정으로 초를 쳤다.

"지금은 아니야. 맛있는 과일은 자고로 제철에 먹어야 제맛인 거지. 아주 먹음직스럽게 영글 때까지 기다리자고. 아주 잠시만 기다리면 돼."

요환의 말에 거구의 남자가 방방 뛰었다.

"뭐라고? 이런 미친! 난 못 기다려! 못 기다린다고! 나는 내가 하고 싶은 대로 할 거야! 아무리 너라고 해도 나한테 이래라저래라 할 수는 없……!"

요환이 손짓하자 검은 안개가 몰아치더니 거구의 남자가 감쪽같이 사라졌다.

"우리는 그만 사라져 주도록 하지. 이건 선전포고 같은 게 아니야. 그냥 이 친구들이 자기들 멋대로 이곳에 찾아온 것뿐이지. 하지만 각오해야 할 거야. 특히 너."

요환의 손가락 끝은 나이트 후드를 가리켰다.

"그냥 조용히 지낸다면 아무 일도 없을 거야. 그냥 넌 평범한 고등학생이 되는 거고, 아무 탈도 없겠지. 그 웃기는 마스크랑 후드를 계속 쓰고 다니겠다면 말리진 않겠어. 하지만 꽤 힘들 거야. 조만간 깨닫게 될 거야. 사회에 덤빈다는 게 얼마나 멍청한 짓인가를 말이야. 그럼 다음에 보지."

순간 요환의 몸이 안개로 변해 공기 중으로 흩어졌다. 그뿐만이 아니었다. 도로 한가운데에 서 있던 노랑머리 여성 또한 감쪽같이 사라졌다. 투명한 여인은 처음부터 투명했기에 사라졌는지 스스로 자리를 피한 건지 알 재간이 없었다.

그렇게 일단 상황은 일단락되었다.

요환과 그 무리가 사라지고 나서야 동해 일행은 한시름 놓을 수 있었다. 그들이 사라지자 검은 꼬리도 나이트 후드와 대철을 힐끗 살피고는 자리를 벗어났다. 동해 일행도 사람들이 정신을 차리기 전에 다리를 벗어났다.

이나 역시 요환의 이상한 능력에 멍해 있던지라 진운이 등으로 업고 와야 했다. 대철의 본사 건물에 도착했을 즈음 그녀는 정신을 차렸다. 기이하게도 그녀는 다리 위에서 벌어진 일을 기억하지 못했다. 그녀는 자신이 공원에서 아현과 함께 있었고, 시간이 지나 스스로 아버지의 펜트하우스로 돌아왔다고 기억하고 있었다.

"다들 표정이 왜 그래요? 무슨 일 있었어요?"

대철과 진운, 동해는 애매한 표정으로 그녀의 시선을 회피했다. 대철은 일단 이나를 아래층으로 내려 보냈다. 다른 보디가드들도 모두 보내고 펜트하우스에는 대철과 진운, 그리고 동해만이 남았다. 동해가 대철에게 물었다.

"그 사람은 대체 누구죠?"

대철은 대답하기에 앞서 하드 케이스에서 시가를 꺼내 물었다.

"먼 옛날에 알고 지내던 사이야. 말하자면 지금의 동해 군과 성주처럼 말이지."

"그럼 친구였다는 소리잖아요. 그런데 지금은 어째서 이러는 거죠? 말이 안 되잖아요."

"사람 일이라는 게 한 치 앞도 내다볼 수 없는 거지."

대철은 시가 끝에 불을 붙였다. 몽환적으로 피어오르는 연기를 보며 대철은 과거를 회상했다.

*   *   *

민철과 대철은 서로에게 비밀을 밝힌 이후, 날마다 나이트 워커로서 활동을 벌여왔다. 같은 목적을 가지고 있으며 같은 비밀을 공유한다는 건 관계를 돈독히 다지는 계기가 되었다. 아웅다웅하던 민철과 대철은 어느 순간부터 친한 사이가 되었다.

이 와중에 민철에게는 새로운 관심사가 생겼다. 요환이라는 친구였다. 요환은 키도 작고 비실비실한 친구였다. 체구뿐만이 아니라 건강도 그리 좋은 편이 아니었다. 실제로도 약하고 외형적으로도 유약한 이미지 탓에 쉽게 놀림감이 되거나 괴롭힘을 당하기 일쑤였다.

그 때문에 소년은 강함을 동경했으며 민철을 우러러 보는 입장이었다. 누군가가 자신을 치켜세운다는 게 나쁜 일은 아니었기에 민철은 기분이 좋았다. 그래서 직접 요환을 도와주기로 했다.

물론 마음만 먹는다면 요환의 반을 찾아가 괴롭힌 녀석들을 한바탕 휘저어 줄 수도 있다. 나중에 나이트 워커로 변신해 흠씬 때려 줄 수도 있었다.

하지만 민철은 그런 것보다 요환이 스스로 강해지는 것을 원했다. 물고기를 잡아주는 것도 좋지만, 직접 낚시하는 법을 알려 주는 것이 최선이라고 판단했다. 그래야 지금 당장만 좋은 게 아니라 두고두고 요환에게 좋은 걸 테니까.

지금 요환이 가지고 있는 문제는 건강이나 체력의 문제가 아니었다. 머리부터 발끝까지, 그리고 뼛속까지 두려움과 소심함으로 가득 차 있다는 것이었다. 민철은 그런 요환에게 최소한 좋은 건 좋다, 싫은 건 싫다고 말할 수 있는 자신감을 불어넣어 주고자 했다.

"일단 나랑 같이 운동하자. 자고로 몸이 건강해야 마음도 건강해지는 법이지. 가볍게 조깅부터 시작하자. 새벽 5시에 한

번, 그리고 오후 9시에 한 번, 이렇게 하루에 두 시간씩."

요환은 고개를 절레절레 저었지만 민철은 막무가내 식으로 요환을 이끌었다. 체력이 약했던 요환은 처음 하루 이틀은 견디기 힘들어 했다. 그리고 한 달 정도가 지난 이후에도 그는 여전히 숨겨 누울 만큼 힘들어 했다.

"미, 민철아. 나 죽을 것 같아. 조금만 쉬었다 하자……."

"이 정도로 벌써 지친 거야? 안 돼, 안 돼. 마음을 독하게 먹으라고. 기합 강하게 주고 계속 달리는 거야! 저 세상 끝까지!"

이대로 달리기를 계속하다가는 정말 저 세상 끝으로 가 버릴 것만 같았다.

그래도 내심 나쁘지 않았다. 누군가가 자신을 위해 애써 준다는 게 기분이 좋았다. 만약 이런 운동을 혼자서 했다면 한 달은커녕 일주일도 못 가 포기해 버렸을 것이다. 요환은 민철의 기대에 부흥하기 위해서라도 더욱 힘썼다.

그러한 와중에 민철은 대철에게 도움을 청했다. 기초 체력을 다지는 거야 누구와 함께해도 상관이 없었다. 하지만 싸움에 있어서는 전문가가 필요했다. 민철은 그냥 기를 믿고 무작정 달려드는 스타일이었기에 딱히 요환에게 조언해 줄 거리가 없었다.

그래서 찾은 사람이 대철이다. 대철은 기를 깨우치기 전에도 태권도와 유도, 공수도 도장을 다닌 경력이 있었기 때문에 큰 도움이 되리라 판단했다. 그것이 대철과 요환의 첫 만남이었다.

"아, 안녕. 난 요환이야."

"신대철. 잘 부탁한다."

"나야말로 그, 잘 부, 부탁해."

첫 만남부터 기에 압도되는 요환을 보며 민철은 선생을 잘 뽑았다고 생각했다.

현재 시각은 오후 11시.

야간 조깅을 마치고 집으로 돌아가는 길이었다.

"민철아, 너 그 이야기 들었어?"

"무슨 이야기?"

요환은 잠시 주변을 살피고는 엄청난 비밀을 이야기 하듯 조곤조곤 속삭였다.

"밤마다 거리로 나와서 범죄자나 악당들을 물리치는 영웅이 있대. 나이트 워커라고, 혹시 들어봤어?"

민철은 어색한 표정을 지으며 모르는 척 잡아뗐다.

"그게 뭐야. 난 처음 듣는 이야긴데."

"진짜라니까. 신문에도 나왔어."

민철은 이마를 긁적이며 요환 몰래 식은땀을 훔쳤다. 나름대로 조심한다고 했는데 대체 어디서부터 소문이 퍼져 나간 걸까.

"멋있지 않아?"

"멋있기는. 그냥 쇼하는 거겠지."

"아니라니까. 분명 멋진 사람들일 거야. 조만간 세상을 뒤집어엎을 거라고. 비리 경찰이나 나쁜 정치인들, 범죄자들, 모두 혼쭐을 내 줄 거라고. 난 분명 그리되리라 믿어."

"만약 실패하면?"

"실패하다니, 뭐가?"

민철은 사뭇 진지해진 표정으로 요환을 바라보았다.

"네가 말했잖아. 나이트 워커가 세상을 바꿀 거라고. 세상을 바꾸는 건 둘째치고 아무런 반향도 이끌어내지 못하고 끝나면 어떨 거 같아?"

"그럴 리가 없어."

요환은 단호했다.

"생각해 봐. 지금 세상은 너무 억울하다고. 이기적이고 나쁜 놈들은 배불리 먹으면서 떵떵거리는데 착하고 옳은 사람들은 죄인처럼 다니지. 아무런 보상을 못 받는다고. 지금 세상은 너무 억울해. 분명 그 영웅들이 세상을 바꿔 줄 거야."

요환의 말에 민철은 작게 웃었다. 입은 웃고 있었지만 속까지 웃지는 못했다.

"그래. 나도 그랬으면 좋겠다."

민철은 요환에게 달이 밝은 거리를 계속 걸었다.

민철이 아무리 기를 깨우치고 밤에는 영웅으로 활동하더라도 결국은 고등학생이었다. 의도치 않게 얻은 힘으로 사회에 보탬이 되고는 싶은데 그것과 별개로 수업 시간은 피곤하고 공부는 하기 싫었다. 민철은 1교시부터 현재 점심시간까지 책상 위에 엎어져서 잠을 청하고 있었다. 입을 헤 벌리고서 침까지 질질 흘리고 있다.

　교실 문이 열리며 요환이 들어왔다. 침대 노릇을 하고 있는 민철의 책상에 똑똑 노크를 했다.

　"으응?"

　"민철아, 얼른 일어나."

　"아아, 피곤해."

　"무슨 잠을 학교 오자마자 지금까지 자냐. 너 그러다가 나이트 워커가 혼내러 온다. 얼른 일어나. 밥 먹어야지."

　"오늘은 콩나물 무침이라고. 밥 먹기 싫어."

　"반찬 투정하면 나이트 워커가 너 혼내러 올지도 몰라."

　"하여간 그놈의 나이트 워커, 나이트 워커. 걔네가 그렇게 좋냐."

　"멋있잖아."

　요환과 대철은 책상을 이어붙이고서 같이 밥을 먹었다. 대철의 경우 민철과 친해지기는 했으나 학교에서는 예전과 크게 다르지 않았다. 아무리 친하더라도 상대가 남자인 이상 얼굴 마주 보며 밥 먹는 게 싫다고 한다.

요환과 민철이 식사를 하던 중 한 학생이 가까이 다가왔다. 민철 만큼이나 키가 크고 훤칠한 외모의 학생이었다.

"요환아, 친구랑 같이 밥 먹는 거야?"

소년은 어색하다 싶을 정도로 요환에게 친한 척을 했다. 민철은 콩나물을 우물거리며 소년의 명찰을 살폈다.

나호진.

그 이름은 민철 역시 잘 알고 있었다. 학교에서 주먹으로 일등, 이등을 다툰다는 녀석이었다. 싸움뿐만이 아니라 얼굴도 잘생기고 집도 무척 잘살아서 따르는 패거리의 숫자가 꽤 된다. 직접적으로 누군가를 괴롭히는 건 본 적이 없는지라 나이트 워커의 표적에서는 제외된 녀석이다.

"요환아, 밥 다 먹은 다음에 잠깐 나 좀 보자."

"으응."

요환은 눈에 띄게 긴장하며 고개를 끄덕였다. 나호진이 교실을 나가자 요환은 숟가락을 내려놓았다. 점심은 다 먹었다는 표정이었다.

"널 괴롭힌다는 게 저 녀석이었어?"

"응."

요환은 작은 목소리로 대답하며 다 먹지도 않은 도시락을 정리했다. 뚜껑을 닫고 도시락을 정리하는 요환의 손끝은 바들바들 떨리고 있었다. 민철이 말했다.

"저 녀석이 왜 너한테 관심을 갖는지는 몰라도 잘 한 번 해 봐. 싫은 건 싫다고 말하는 거야. 계속 그렇게 무르게 당하기만 하면 녀석은 너를 먹잇감이라고 생각하고 계속 괴롭힐 거야. 쥐도 궁지에 몰리면 고양이를 문다는 걸 확실하게 보여 줘."

"나, 쥐 닮았어?"

"그런 이야기가 아니잖아. 암튼 연습했던 것들 잊지 말고."

"알았어."

"자자, 자신감을 가지고 돌격해 보자고. 파이팅!"

민철은 요환이 잘 해내리라 믿었다. 어차피 기 능력자들의 싸움도 아니고 애들의 싸움이니 크게 걱정은 하지 않았다. 애들 싸움은 적당히 목소리 크고 자신감이 큰 쪽이 이기기 마련이니까.

민철은 마저 도시락을 먹으며 창밖의 하늘을 바라보았다.

"날씨 좋다."

점심시간이 거의 다 끝나 가는 시점이었다. 결과가 궁금해진 민철은 요환의 교실을 찾았다. 하지만 아무리 둘러보아도 요환은 교실에 없었다.

"뭐야. 어디 갔어?"

어디로 갔나 찾기 위해 복도로 나오는데 화장실 쪽에 학생들이 모여 있는 것이 보였다. 늘 열려 있던 화장실 문이 닫혀 있고 그 앞에 키 큰 학생 두 명이 앞을 가로막고 있었다. 그들이 문지기처럼 앞을 막았기 때문에 화장실을 가려던 학생들은 다른 화장실을 찾아 발길을 돌렸다.

'뭐람.'

수상한 생각이 든 민철은 그쪽으로 가 보았다. 화장실을 들어가려 하자 키 큰 학생이 앞을 막아섰다.

"다른 곳으로 가."

"미안하지만 난 여기를 꼭 들어가 봐야겠어. 문 앞에 서고 싶다면 너희들이 다른 화장실을 찾아보는 건 어때? 여기 말고도 화장실은 많잖아."

"이 새끼가 낄 데 안 낄 데 모르고 나대기는."

민철은 되도록이면 학교 안에서는 싸우고 싶지 않았다. 하지만 이번만큼은 조용히 끝낼 수가 없었다. 안에서 요환의 목소리가 들려왔기 때문이다. 민철은 문지기 중 하나를 걷어찼다. 민철의 발에 맞은 녀석은 뒤로 날아가 문에 부딪쳤다. 자동적으로 문이 열렸고 민철은 안의 광경을 똑똑히 볼 수 있었다. 나호진은 창문을 열고서 담배를 피우고 있었다. 자욱한 연기 속에서 호진은 민철을 보며 반갑다는 듯 인사했다.

"민철아, 안녕? 미안하지만 문 좀 닫아 줄래? 선생들한테 걸리면 혼나거든."

호진은 능청스럽게 웃으며 휙, 창밖으로 담배를 던졌다. 이상하게도 요환은 보이지 않았다.

'분명 목소리가 들렸는데.'

"그럼 난 들어가 볼게. 곧 있으면 수업 시작하니까 늦지 않고 교실로 돌아가도록 해."

호진은 킬킬거리며 민철과 어깨를 스쳤다.

"아. 경고 하는데 남의 일에 함부로 껴드는 거 아니야. 네
앞가림이나 잘 하라고."

호진은 민철에게 경고를 하고는 친구들과 함께 교실로 돌
아갔다.

민철은 고개를 갸웃하며 화장실을 살폈다. 지금도 어디선
가 요환의 신음소리가 들려오고 있었다. 화장실의 네 번째 칸
이었다. 민철은 침을 꿀꺽 삼키며 문을 열어 보았다.

"요환아."

그는 그 안에 있었다. 옷은 여기저기 찢어져 넝마가 돼 있
었으며 얼굴은 이곳저곳 퉁퉁 부어 있었다. 입술은 터져 피가
흘렀으며 한쪽 눈은 밤탱이가 되어 반쯤 감겨 있었다. 민철은
깜짝 놀라선 요환을 부축했다.

"괜찮냐? 이게 대체 무슨 일이야?"

요환은 민철의 부축을 거절했다. 그냥 다 짜증 난다는 듯
이 화장실 구석에 엉덩이를 깔고 앉았다.

"네 말대로 했어. 날 괴롭히는 녀석에게 하지 말라고, 싫다
고 말했다고. 그래도 날 우습게보기에 덤볐어. 하지만 지금
꼴을 보라고. 그동안 너한테 배웠던 것들 모두 소용없었어.
아무 짝에도 쓸모가 없었다고."

미안한 마음에 민철은 뭐라고 말도 꺼내지 못했다. 요환은

억울한지 눈물을 삼켰다.

"이건 너무 억울하잖아. 저 새낀 나쁜 새끼인데, 진짜 못돼 먹은 놈인데 싸움까지 잘하다니. 이건 너무 불공평하잖아. 어째서 나쁜 놈들이 더 재주 많고 더 센 거야."

민철은 말없이 요환의 어깨를 토닥였다. 요환은 그 손을 쳐냈다.

"이건 아니야. 인정할 수 없어."

민철은 잠시 요환의 눈빛이 평소와 많이 다르다는 걸 느꼈다. 한 번도 본 적이 없는 살벌한 기운이었다. 민철이 아무 말도 못 하고 있을 때 요환은 스스로 걸어서 화장실을 걸어 나왔다. 민철은 씁쓸한 표정으로 우두커니 그 뒷모습을 바라보기만 했다.

그날 저녁, 민철과 대철은 그날 밤에도 거리를 돌며 순찰했다.

나이트 워커가 영화나 만화 속의 영웅들과 다른 점이 있다면, 그건 만화 영화 속의 히어로에겐 늘 사건과 문제가 알아서 찾아온다는 것이다. 물론 현실은 그 반대이고. 즉, 현실에서 영웅은 수동적이 아니라 적극적으로 악당들을 찾아 나서야만 했다.

더군다나 영화 속 악당들은 자신의 존재를 대놓고 알리지만 현실은 그러지 않는다. 그 때문에 악당을 만나는 날보다 못 만나고 허탕 치는 날이 더욱 많았다. 오늘도 그러했다. 민철과 대철은 나름대로 순찰이라고 동네를 돌았지만 결과적으로는 산책을 하다가 끝난 격이었다.

"날씨 선선하니 좋네."

민철은 허탈한 마음에 하늘에 뜬 달을 보며 자조했다. 소매치기를 잡는다든지, 수배 중인 범죄자를 잡는다든지 하면 이루 설명할 수 없이 뿌듯한 기분이 들었다. 반대로 아무 건수도 없이 돌아올 때면 '내가 지금 뭐하는 건가' 하는 자괴감이 들었다.

"대철아, 우리 잘하고 있는 거냐?"

기분이 우울해진 민철은 중얼거리듯이 대철에게 물었다.

"뭘."

대철은 늘 그렇듯이 퉁명스럽게 대꾸했다.

"우리가 하고 있는 짓 말이야. 나이트 워커. 이 망할 야간 노동자짓 말이야. 이거 그냥 뻘짓 아닐까? 우리는 고등학생이라고. 그냥 아침에 일어나기 싫어하고, 먹어도 먹어도 배고프고, 여자애들 보면 야한 생각 들고, 사회에 불만 많고. 따지고 보면 그렇잖아. 고작 우리 둘이서 이런 짓을 한다고 세상이 바뀔 것 같지는 않아. 그리고 우리가 아니더라도 누군가가 대신 하지 않을까? 어쩌면 이미 그러고 있는 사람들이 있을지도 몰라."

"흐음."

"잘 한 번 생각해 봐. 너랑 나는 기 능력자잖아. 그럼 이 서
울시에, 대한민국에 아니, 전 세계에 능력자가 어디 우리 둘뿐
이겠어? 분명 어딘가에 있을 거라고. 우리가 정체를 감추는
것처럼 그 사람들도 우리들 모르게 정체를 숨기고 선행을 하
겠지. 분명 그럴 거야."

묵묵히 이야기를 듣기만 하던 대철이 말했다.

"싫으면 하지 마. 누가 너보고 이런 바보 짓거리 하라고 한
적은 없으니까."

"뭐라고?"

"싫으면 빠지라고."

무성의한 대철의 말에 민철은 입술을 우물거렸다.

"잘 한 번 생각해 봐. 네가 왜 이 일을 시작했는지를 말이
야. 처음을 떠올려 봐."

민철은 이마를 긁적이며 하늘을 올려다보았다. 자신에게
물어보았다.

나는 이 일을 시작했을 때 무슨 마음가짐이었지?

마음의 소리에 민철은 육성으로 대답했다.

"그냥. 이게 좋으니까."

민철의 대답에 민철은 어이없다는 듯 웃었다.

"생각 이상으로 멍청한 대답이지만 어쨌든 의도는 나쁘지
않으니 그걸로 된 거겠지. 잘못 선택했는지 어쨌는지는 더 멀
리 가 봐야 아는 거야. 우리가 그릇된 선택을 했다고 쳐, 그럼

어쩔 건데? 나는 후회하더라도 해 볼 만큼 해 보고 느낄 만큼 느낀 다음에 후회할 거야. 제대로 해 보지도 않고 후회할 것이 두려워 내빼는 건 겁쟁이들이나 하는 짓이야. 옳은지 그른지 어떻게 알아? 끝까지 가 봐야 아는 거야. 확실히 정해지면 한다? 그건 기회주의자들이나 하는 소리지."

대철의 신념 가득한 말에 민철은 훈훈하게 미소 지었다. 대철의 어깨에 손을 얹으며 한마디 했다.

"거 되게 멋있는 척하네. 무슨 명언 연습이라도 했나?"

"죽는다, 너."

두 사람이 틱틱거리며 장난을 주고받을 때였다. 민철은 무슨 낌새를 눈치챈 건지 걷던 걸음을 우뚝 멈췄다.

"왜 그래?"

"이상한데? 근처에 요환이가 있나 봐."

"오요환을 말하는 건가? 걔가 근처에 있는 어때서."

민철은 근방에서 요환의 기운을 감지했다. 그런데 그 느껴진 기운이라는 게 심상치가 않았다. 불안함과 두려움, 즐거움, 광기 등이 뒤섞인 기이한 느낌이었다. 민철은 이유를 알아내기 위해 냅다 달렸고 대철도 그 뒤를 따랐다.

민철과 대철은 단숨에 공원까지 달렸다. 한밤중에 도착한 공원은 꽤나 음산하며 을씨년스러웠다. 바로 옆에 산을 끼고 있어서 벌레 우는 소리가 가득했으며 가로등이 적어 어두웠다. 민철은 정신을 집중하고 요환을 찾았다.

공원은 넓었지만 요환을 찾는 게 그리 어려운 일은 아니었다. 사람은 누구나 저마다 고유의 기를 가지고 있으니 그것을 구별하면 된다. 더군다나 사람도 없으니 찾는 데 시간은 오래 걸리지 않았다.

"요환아?"

요환은 접근금지라고 푯말이 적혀 있는 잔디밭에 있었다. 가로수에 등을 기대고서 죽은 사람처럼 앉아 있었다. 민철은 당황하며 급히 다가갔다.

"여기서 뭐하는 거야. 왜 이러고 있어?"

가까이 다가가는 순간 비린내가 진동했다. 생선이나 동물의 피비린내가 아니었다. 그것은 피 냄새였다. 자세히 보니 요환의 옷 여기저기에는 붉은 피가 자잘하게 튀어 있었다. 특히 오른손에 많이 튀어 있었으며 그 손에는 돌을 들고 있었다.

"요환아, 너 왜 이래. 지금 이게 무슨 꼴이야?"

요환은 멍하니 허공을 바라보다가 미친 사람처럼 키득댔다. 그보다 멀리에 있던 대철은 요환의 어깨 너머를 바라보았다. 정확히는 그가 기대고 있는 가로수의 반대편이었다. 가로수 하나를 사이에 두고 또 다른 사람이 기대 앉아 있었다.

"이런 젠장."

누군가 하고 확인하러 돌아간 대철은 손으로 입을 가렸다. 일단은 남자고 젊다는 것 외에는 하나도 알아볼 수가 없었다. 얼굴을 둔기로 몇 번이나 내려친 듯 완전히 뭉개져 있었기 때문이다. 머리에서 내려오는 피가 목과 어깨, 셔츠까지 적실 정도였다. 그는 나무로 된 야구 배트를 들고 있었으며 이미 숨이 끊어져 있었다. 요환이 말했다.

"나호진, 그 자식이야. 내가 죽였어."

민철은 당장 요환의 멱살을 휘어잡았다.

"야이 미친 새끼야. 이게 무슨 짓이야. 너 대체 무슨 짓을 한 거야!"

요환은 멱살을 붙잡힌 채로 미친 듯이 웃었다. 아주 웃기고 즐거워서 못 견디겠다는 모습이었다. 요환은 벌떡 자리에서 일어났다.

"무슨 상관이야! 나쁜 새끼들은 벌을 받아야지! 응당 그래야 할 거 아니야! 하지만 실제로는 그렇지 않잖아. 그래서, 너무 억울해서 내가 직접 그랬어."

"그래도 이 새끼야 이건 아니지. 이건 아니잖아."

요환은 죽일 듯이 민철을 노려보았다.

"아니긴 뭐가 아니야. 그럼 그냥 내버려 둬? 당하고만 있어? 가족에게도 도움을 청해 봤어, 학교 선생들한테도 도와달라고 해 봤어. 그런데 다들 날 무시하고 내가 하는 말은 귓등으로도 듣지 않았어. 어차피 그 자식은 잘사는 놈이라 내가 어찌해 볼 수가 없었다고. 학교에서도 쉬쉬 하는데 그럼 누가 날 도와줘? 그런 건 없어. 아무도 날 도와줄 수 없다고. 다 엿 먹으라 그래."

요환은 마구 고성을 지르고는 걸음을 돌렸다. 그대로 가려는데 그 팔을 대철이 붙잡았다.

"이거 놔."

"못 놔. 사람을 죽여 놓고 어딜 가겠다는 거야."

요환의 손에는 피 묻은 돌이 여전히 들려 있었다. 대철이 손을 놔 줄 생각을 하지 않자 요환은 홧김에 돌을 휘둘렀다.

"큭!"

대철은 당황한 나머지 본의 아니게 주먹에 기를 담아 요환을 후려쳤다. 가슴을 정통으로 맞은 요환은 뒤로 날아가 벤치에 부딪쳤다. 나무로 된 벤치가 부서지며 요환과 함께 엉망이 되었다.

"쿨럭!"

요환은 고통스러운지 신음하며 자리에 무릎을 꿇었다.

"그래! 사람을 죽인 건 잘못했어! 그렇지만 저항하지 않았다면 저 자식이 날 먼저 죽였을 거야! 죽기 전에 죽인 거야! 그럼 그런 상황에서 내가 멍청하게 맞고만 있어야 하나! 물론 그렇겠지. 우리나라에선 완벽한 피해자가 되기 위해서는 멍청하게 쳐맞고만 있어야지. 한 번이라도 저항했다간 똑같은 가해자 취급을 받잖아!"

요환의 눈은 붉게 충혈돼 있었다. 어찌나 흥분했는지 침까지 질질 흘릴 정도였다.

"용서 못 해. 다 용서 못 한다고."

대철이 혀를 차며 말했다.

"저 녀석은 사람을 괴롭혔지만 넌 사람을 죽였어. 그게 결정적인 차이다. 결과를 보라고 멍청아."

그 순간, 요환의 몸에서 검붉은 안개가 스멀스멀 피어올랐다.

"결과? 결과만 좋으면 다 좋은 거라 이거지. 그게 세상이 원하는 거라면 원하는 대로 해 주겠어. 나쁜 새끼들이 대접받는 게 세상의 이치라면 나도 그렇게 살아 줄게."

"오요환! 정신 차례!"

민철이 다가서는 순간 요환의 몸이 검붉은 안개가 되어 허공으로 흩어졌다. 허공을 붙잡은 민철이 주먹을 펴자 안개가 아스라이 흩어질 뿐이었다.

"요환아?"

검붉은 안개가 공기 중으로 완전히 흩어질 즈음, 메아리처럼 요환의 목소리가 울렸다.

"기억해 둬."

*   *   *

다시 펜트하우스로 돌아와서.

민철은 과거 이야기를 끝냄과 동시에 담배를 재떨이에 비벼 껐다. 그리곤 과거를 치우듯 손을 휘저어 담배 연기를 없앴다.

가만히 이야기를 듣던 동해가 물었다.

"그럼 그 요환이라는 사람은 이후에 어떻게 됐죠?"

"그 이후로 몇 번 나타나긴 했었지. 실제로 몇 번 싸우기도 했었어. 하지만 나와 민철이 녀석은 상대가 되지 못했어."

민철의 이야기가 나오자 동해의 반응이 격해졌다. 동해에게 있어 민철은 누구보다도 강하고 굳센 사람이었다. 그런 민철이 다른 누군가에게 졌다는 소리를 믿을 수 없었다.

"동해 군은 모르고 있겠군. 그 친구 맥을 파괴당했어."

"맥이 파괴당했다뇨. 그게 대체 무슨 말이죠?"

"간단하네. 기는 일종의 피와 같은 거야. 몸에 퍼진 혈관을 따라 머리끝에서 발끝까지 계속 돌고 돌아. 말하자면 혈관이 망가진 거나 다름이 없어. 물론 그래도 기를 쓸 수는 있지만 예전만큼은 아니지. 또 다른 비유를 들자면 성대결절에 걸린 가수 정도가 될까? 수술로 치료할 수는 있지만 과거의 파워와 테크닉을 보여 줄 수는 없지. 이해하겠나."

동해는 입술을 깨물었다. 태어날 때부터 대단할 것만 같았던 민철에게 그런 과거가 있었다니. 하지만 동해는 맥이 부서진 민철보다 약하다. 그렇다는 것은 크게 걱정하지 않아도 되는 걸까?

대철은 거기에 몇 가지 설명을 덧붙였다.

"한 가지 알아 둬야 할 게 맥이 파괴당하면 그만큼 수명이 짧아져. 단순히 오래 못 사는 문제가 아니라 맥이 부서지는 순간 몸 안에 축적돼 있던 기가 육체를 파괴하는 거지. 뼈라든지, 내장, 신경, 혈관 같은 거 말이야. 녀석이 지금은 멀쩡해 보일지는 몰라도 아마 속은 곪아 터졌을 거야."

"그런."

동해는 충격에 말문이 막혔다.

"동해 군도 조심하는 게 좋을 거야. 놈은 영웅을 무척 싫어해. 그것이 얼치기 같은 영웅심리가 됐든 치기가 됐든 녀석은 그런 걸 따지지 않아. 말하자면 정의로운 것, 착한 것, 옳은 것을 싫어한다고 해야겠군."

"그럼 그 사람이 최종적으로 원하는 건 뭐죠? 대체 뭘 원하기에 성주를 세뇌시키고 이간질을 놓았던 걸까요."

"그건 나도 모르겠어. 사회에 도움 될 만한 짓이 아니라는 건 분명하지."

동해는 생각했다.

대철의 말마따나 반항심리, 혹은 영웅심리 취해 나이트 후드 일을 시작했다. 그러면서 배운 점도 많았다. 자신이 어디까지 가게 될지는 모르겠지만 앞으로 굉장히 큰 시련이 다가오리라는 걸 짐작할 수 있었다.

요환이라는 남자는 동해가 나이트 후드 일을 그만둘 것을 권고했다. 아니, 권고보다는 경고에 가까웠다. 그리고 그 경고가 전혀 우습지 않을 만큼 요환은 강렬한 인상을 남겼다. 함께 나타난 의문의 능력자들 역시 자신이 상대할 수 있으리란 자신이 들지 않았다.

대철이 두 번째 담배를 꺼내 들며 말했다.

"이런 말하긴 뭐하지만 동해 군, 내가 생각했을 때도 더 이상 나이트 후드로 활동하는 건 그만두는 게 좋을 것 같군."

"어째서죠?"

"경험이지."

짧게 대답하는 대철은 어딘가 모르게 쓸쓸한 표정이었다. 민철과 대철은 동해에게 있어 일종의 선배 격이었다. 나이트 후드가 활동하며 유행된 단어인 나이트 워커의 원조인 것이다. 그리고 그 원조들은 현재 나이트 워커 일을 관둔지 오래였다.

한 명은 영웅 일을 완전히 접고 사업에 몰두하고 있다. 다른 하나는 맥을 파괴당하고 도장이나 꾸리며 별다른 목표 없이 살고 있다. 중요한 건 둘 다 능력을 완전히 상실한 게 아니라는 점이다. 스스로 포기했다고 보는 게 옳았다.

놀라우리만치 허망한 결과였다. 세상을 바꾸기 위해 힘을 합쳤던 두 사람이 이제는 그저 과거를 추억하며 그땐 그랬지라고 자조하는 모습이라니. 동해가 생각에 잠겨 있을 때 대철은 은근슬쩍 작은 목소리로 말했다.

"나이트 후드는 포기하더라도 우리 이나 만큼은 지켜 주게. 요환 그 녀석이 무슨 생각을 하는지 도통 알 수가 없어. 어쩌면 그 아이에게 앙심을 품고 해코지를 할지도 모를 일이지. 실제로 오늘도 성주를 세뇌해서 내게 해코지를 하지 않았나."

동해는 고개를 끄덕였다.

"그럴 거예요. 그리고 나이트 후드를 포기하지도 않을 거예요."

"그런가. 자네의 선택이니 내가 뭐라 할 수는 없겠지. 그럴 입장도 아니고. 아무튼 우리 이나를 잘 부탁하네."

"예."

무의식적으로 '예'라고 대답은 했는데, 곰곰이 생각해 보니 잘 부탁한다는 의미가 미심쩍었다.

"네?"

"그러니까, 우리 딸을 자네에게 맡기겠다는 의미일세."

"잠깐만요. 그건 좀 급 전개인 것 같은데요. 뭔가 부연설명이 빠진 것 같아요."

"동해 군. 자네는 어딘가 좀 어설프지만 그래도 강단이 있어. 어린 나이답지 않게 자신만의 뚜렷한 신념이 있다고. 요즘의 골빈 녀석들하고는 뭔가 다른 게 보여. 그러니 딸네미를 자네에게 맡기겠다는 걸세."

대철의 말에 동해는 물론 진운마저 놀라 입을 다물지 못했다. 동해는 두 손을 저었다.

"아니요. 말씀은 고맙지만 그게."

"됐네. 사양은 받지 않겠어."

그때였다.

펜트하우스의 문이 과격하게 열리며 이나가 들어왔다. 그녀는 뜯어말리려는 보디가드들을 앙칼지게 할퀴며 그들을 떼어냈다.

"날 빼놓고 무슨 이야기를 그렇게 열심히 하는 거예요? 왜 기억이 안 나고 그사이에 무슨 일이 있었고 그런 것 따윈 관심 없어요. 그래서 결국 동해가 이겼어요, 아니면 운 아저씨가 이겼어요?"

이나에게 중요한 것은 결국 그것이었다. 그 외의 문제는 관심도 없었고 어차피 관심을 가져도 자신의 능력 밖의 문제였다. 그 때문에 자신이 유일하게 개입할 수 있는 문제에 집중하려 했다.

물론 그것이 이나에게는 중요한 문제인지는 몰라도 소위 깨는 발언이었기에 심각하던 펜트하우스의 분위기가 환기되었다. 대철은 딴청을 피웠고 동해는 머뭇거렸다. 대련이 진행되는 도중 신성주가 난입해 들어왔기 때문에 사실상 대련은 유야무야돼 버렸다.

"왜 말이 없어요? 어떻게 됐냐고요."

이나는 대답을 독촉했다. 동해가 입을 우물우물거리는 와중에 진운이 먼저 대답했다.

"제가 졌습니다, 아가씨."

진운의 기습적인 한마디에 동해가 깜짝 놀라며 말했다.

"아니에요. 아직 결정 난 건 없어요."

"아니요. 제가 졌습니다. 그러니 아가씨는 이곳에 남아 계셔도 됩니다. 외국으로 가실 필요 없습니다."

"진운 형, 그게 무슨 말이에요. 결판 안 났잖아요. 이나야, 그 말 믿지 마. 아직 안 정해졌어."

"이미 정해졌습니다. 대련의 승패가 안 가려졌다면 지금 가리죠. 기권하겠습니다."

동해와 진운이 옥신각신하는 사이 이나는 볼에 바람을 집어넣고서 불만 가득한 표정을 지었다. 두 사람이 계속 그렇게 기권이네 아니네를 가지고 주거니 받거니 열 번 정도했을까. 참다못한 이나가 빽 소리를 질렀다.

"그만 좀 해요!"

그녀는 큰 소리로 모두를 주목시켰다.

"나한테 이래라저래라 하지 마요. 내 일은 내가 선택할 테니까."

한 번 심호흡을 하고는 또박또박 말했다.

"나 유학 갈 거예요. 까짓 거 갔다 온다고요."

그녀의 말은 마치 폭탄 발언과도 같았다. 그녀의 뒤에서 대기 하고 있던 보디가드들도, 대철도, 진운도, 동해마저도 할 말을 잃었다. 그녀는 팔짱을 끼고서 계속 말했다.

"단, 돌아오는 시기는 제가 정할 거예요. 가서 무엇을 할지, 무엇을 어떻게 할지는 제가 정해요. 그렇다고 해서 유학 가고 며칠 뒤에 돌아오고 하는 꼼수 짓은 안 할 테니까 걱정은 마

요. 최소 4년은 있다가 올 테니까. 내가 더러워서 유학 가고
만다."

"이나야?"

동해는 허망한 표정으로 이나를 바라보았다. 이나는 그런
동해에게 흥 콧방귀를 뀌었다.

"나 때문에 그런 말도 안 되는 대련까지 하게 해서 미안해.
하지만 나도 이번 일로 깨달은 게 있어. 최소한 나 자신에게
는 부끄럽지 않은 사람이 되고 싶다는 거야. 안 된다고 안 한
다기보다는 될 때까지 해 보는 거. 어차피 나는 남들보다 더
환경도 좋으니 까짓 거 나쁠 거 없잖아? 환경은 이용하라고
있는 거니까. 달라져서 돌아올게. 나한테도 너한테도, 누구한
테도 부끄럽지 않은 사람이 될 거야. 다시 돌아왔을 땐 두 번
다시 민폐쟁이 소리 듣지 않을 거라고."

훈훈한 표정으로 동해를 바라보던 이나는 돌연 대철을 째
려보았다.

"두고 봐요, 아빠. 다시 돌아왔을 땐 못 알아볼 정도로 확
달라져 있을 테니까. 그때는 지원 안 받고 완벽하게 독립할
거예요. 날 무시했던 거 후회하게 만들어 줄 거라고요."

대철은 호탕하게 웃으며 담배를 꺼내 들었다.

"자신감 넘치는구나. 어디 한번 해 보려무나."

이나는 당당하게 걸어와 대철의 담배를 빼앗았다.

"이왕이면 딸 앞에선 담배 피지 마요. 냄새나니까."

"……"

당찬 모습에 대철은 황당하다는 듯 웃었다. 진운도 가슴을 쓸어내렸다. 이나가 좋아하는 사람과 떨어져서 지내야 한다는 게 내심 걸렸지만 어쨌든 그것은 그녀의 '선택'이다. 모든 문제를 회피하기만 하던 그녀가 직접 선택을 내린 것이다.

그녀도 나름대로 생각이 있었을 테니 그 선택은 존중받아야 한다고 생각했다. 이민을 가는 것도 아니고 유학이다. 어차피 다시 돌아오게 돼 있다. 그때는 부디 두 사람이 지금보다 더 멋지고 성숙해진 모습으로 재회했으면 하고 진운은 속으로 바랐다. 동해도 나쁘지 않은 선택이라 생각했는지 기쁘게 웃었다.

"잘 생각했어."

"어머, 너는 나랑 헤어지는 게 잘됐다고 생각하는 거니?"

"아니. 왠지 몇 년 못 본다니 아쉽지만, 그래도 이게 가장 최선의 선택이라고 생각해. 모두가 만족할 수 있는 선택. 지금의 모습이 보기 좋으니 앞으로는 도망치지 말자. 알았지?"

동해는 사람 좋게 미소 지었으며 이나는 슬금 고개를 돌렸다. 동해의 눈을 똑바로 바라보지는 못했지만 그래도 입은 슬그머니 웃고 있었다.

*　　　*　　　*

한편.

"철광아, 정신 차려 봐. 철광아."

정신을 잃었던 철광은 꿈결 같은 목소리에 살짝 정신을 차렸다. 자신을 깨운 목소리가 아현의 것임을 깨닫자 몽롱했던 기분이 정상으로 돌아왔다. 순식간에 몸을 일으키고는 급하게 주변을 두리번거렸다.

"뭐야! 뭐가 어떻게 된 거야!"

철광은 본능적으로 전투 자세를 취하며 사방을 경계했다.

"이 빨간 목도리 자식! 어디로 사라진 거냐! 당장 나와!"

하지만 공원에는 철광과 아현, 단둘뿐이었다. 다른 사람은 코빼기도 비치지 않았다. 잠시 공원에는 휑한 바람이 불었고 옆으로 신문지가 애처로이 날아갔다.

옆에서는 아현이 걱정스러운 표정으로 철광을 빤히 바라보고 있었다. 철광은 머리를 긁적이며 아현에게 물었다.

"아현아, 괜찮니? 어디 아픈 곳은 없어?"

"응. 난 괜찮아. 그것보다 자전거 망가진 거 아닐까? 체인이 고장 난 거 같아."

"자전거라니. 그게 무슨 말이야?"

아현은 공원 한쪽을 가리켰다. 그곳에는 자전거 한 대가 바닥에 엎어져 있었다. 그 모습이 꼭 뭍 위로 올라와 말라 죽은 물고기와도 같았다. 철광은 무슨 영문인지 몰라 아현을 바라보았다.

"아이 참. 우리 자전거 타면서 놀다가 체인이 풀려서 엎어졌잖아. 기억 안 나?"

철광은 잠시 기억을 되짚어 보았다. 철광은 아현이 이나와 함께 있다는 연락을 받고 공원으로 왔다. 한참 멋을 내고 약속 장소에 도착했는데 아현은 기절해 있었고 붉은 목도리를 한 괴한이 이나를 괴롭히고 있었다. 철광은 이나가 도망칠 시간을 벌기 위해 의욕적으로 덤볐다가 공격 한 번에 비명도 못 지르고 정신을 잃었다. 거기까지가 철광이 기억하는 조금 전의 일이었다. 그런데 왜 아현은 엉뚱한 소리를 하는 걸까?

"아현아? 혹시 기억 안 나? 빨강 목도리한 녀석 말이야."

"모르겠는데. 너 이상하다. 혹시 머리 다친 거 아니야?"

아현은 철광의 머리를 가리키며 쿡쿡 웃었다.

"그, 그래. 오늘은 일단 돌아가자. 집까지 바래다줄게."

"응. 그런데 자전거는?"

"나중에 돌아와서 고치지 뭐."

철광은 말을 얼버무리며 얼른 그녀를 집까지 안내했다. 일단 그녀를 집에 바래다준 뒤 이나와 통화를 해 볼 생각이었다. 물론 이나도 기억을 잃어버렸으므로 철광은 완전히 패닉 상태에 빠져야만 했다.

결국 혼자서 이상한 사람이 된 철광은 넋이 나간 표정을 하고서 털레털레 집으로 향했다. 천천히 걷는 사이 슬슬 해가 지려하고 있었다. 한 걸음 한 걸음 내딛을 때마다 철광은 기억을 곱씹어 보았다.

'이상한데. 분명 붉은 목도리를 한 녀석이 나타났었잖아? 아현이는 기절해 있었고 이나가 위험에 처해서 내가 도와주려고 했었는데 왜 그걸 기억 못 하는 거야? 이러니까 나만 이상한 놈 같잖아.'

철광은 한 치의 의심도 하지 않았다. 이건 분명 뭔가가 잘못된 것이다. 내가 잘못 기억하는 게 아니라 그녀들이 잘못 기억하고 있는 게 분명하다고 여겼다.

"내 기억은 분명해! 난 틀리지 않았어! 내가 분명 봤어! 진짜로 봤다고!"

답답함과 동시에 떠오른 건 억울함과 치욕이었다. 어디서 듣도 보도 못 한 이상한 녀석에게 일격에 K·O라니. 전에 나이트 후드에게 패배한 이후 겸손함을 배웠다지만 그래도 철광은 자신의 힘에 대한 자부심이 있었다. 최소한 곁에 있는 누군가를 지켜 줄 수 있는 정도는 되리라 생각했다.

"내가 지다니. 말도 안 돼."

부글부글 끓던 철광은 이내 폭발하여 갑자기 하늘에 대고 소리를 질렀다.

"이런 젠장! 난 약하지 않아! 난 약하지 않다고!"

그리고는 옆에 있던 전신주에 주먹을 내질렀다.

쾅!

묵묵히 있던 철광은 5초 뒤에 주먹을 부여잡고 바닥을 뒹

굴었다.

"젠장! 야이 빨간 목도리야! 다음에 두고 보자! 다음엔 반드시 이길 거니까! 그 복장 그대로 하고서 준비하고 있어! 아악, 아프다!"

고통에 몸부림치는 철광의 곁으로 누군가가 다가왔다. 바닥에 엎어져 있는 철광의 옆으로 길게 그림자가 드리워졌다. 철광은 인상을 찌푸리며 고개를 올려다보았다.

"누구세요."

'그'는 붉게 타오르는 노을을 등지고 있었다. 그 때문인지 후광이 비쳐 묘하게 성스러운 느낌을 자아냈다.

"소년, 강해지고 싶나."

"뭐라고요?"

"강해지고 싶으냐고 물었다."

남자는 키가 무척 컸다. 상의는 꽃무늬 남방에 하의는 트레이닝복, 신발은 삼선 슬리퍼에 오른손에는 무슨 물건이 담긴 검정 봉투가 들려 있었지만 왠지 모를 위압감이 있었다.

"강해지고 싶다면 날 따라오도록."

"아저씨 누군데요. 누군 줄 알고 제가 따라갑니까?"

의문이 남자, 남민철이 씨익 웃으며 말했다.

"널 강하게 만들어 줄 남자다."

철광은 멍한 표정으로 눈을 깜빡거렸다.

          *   *   *

요란했던 시간이 지나고 슬슬 해가 저물어 가고 있었다. 화창했던 하늘은 붉게 물들어 우울한 감상을 자아냈다. 성주는 인적이 드문 골목을 걷고 있었다.

그의 몸이 만신창이였다. 사실상 부상이라거나 상처를 입지는 않았다. 하지만 검은 기운이 사라지자 몸 안에 기운이 급속도로 빠져나갔다. 엄청난 중노동을 한 것처럼 몸이 나른했으며 급격히 피곤함을 느꼈다. 생각 같아서는 집에 가기보다 그냥 길거리에 누워 잠을 자고 싶은 심정이었다.

게다가 육체적 피곤함도 있었지만 정신적인 자괴감이 성주를 괴롭혔다. 자신의 의지로 아버지에게 복수를 한다고 생각했지만 그것은 그의 의지가 아니었다. '친구'의 세뇌에 당한 것이었다.

성주는 검은 기운이 빠져나감과 동시에 그 선택이 자신의 의지가 아니었음을 깨달았다. 세뇌는 빠져나갔지만 당시에 느꼈던 감정은 고스란히 남아 있었다. 당시 느꼈던 분노, 광기 같은 감정의 찌꺼기가 말이다.

'나는 대체 무엇을 위해 이 따위 복장을 한 거지.'

자신의 부모였던 자를 죽일 뻔했으며 실제로 동해를 한 번 죽이기까지 했다. 그리고 동해를 죽였을 때 느꼈던 건 희열과 즐거움이었다. 아무리 세뇌 때문이라지만 한순간 이성을 잃고 미쳤던 것이다.

"난 영웅이 아니야."

힘겨운 발걸음을 옮기는데 누군가가 그 앞을 막아섰다. 성주는 고개를 들어 앞을 보았다.

"송이야."

한송이였다.

과거 불미스러운 일로 인해 건물에서 뛰어내렸지만 성주 덕분에 간신히 목숨을 부지할 수 있었다. 성주는 그녀가 다시 살아갈 수 있게 물심양면으로 도움을 주었다. 생명을 구해 줬으며 암암리에 퍼진 얼굴을 가리기 위해 '기'를 나눠 주었다. 대략 절반가량의 기를 건네 줬으며 약간의 수련을 통해 안면 인식을 바꿀 수 있는 능력을 알려 주었다. 성주의 노력 끝에 삶의 희망을 포기했던 그녀는 이렇게 다시 일어서서 걸을 수 있었다.

그녀가 말했다.

"넌 나의 영웅이야."

"……."

송이는 다가와 성주를 부드럽게 안아 주었다. 성주는 그녀의 가슴에 힘없이 얼굴을 기댔다.

"잘 모르겠어. 앞으로 어떻게 해야 하지? 나한테는 아무런 자격이 없는 것 같아. 그냥 좀 쓰레기 같아."

"누가 뭐라고 하던 상관없어. 넌 내 생명의 은인이야. 내 영

웅이라고. 네가 아무리 보잘 것 없는 일이라 생각해도 넌 사
람 한 명의 목숨을 살렸어. 비참할 수 있었던 삶을 바꿔 줬어.
그것만으로도 충분히 대단한 일이야."

한송이는 그리 말하며 성주의 목도리를 쓰다듬었다. 그러
자 붉은색이었던 그의 목도리가 검은색으로 물들었다. 성주
는 우는 듯 웃는 표정을 지으며 눈을 감았다.

Battle 05

별

　어둠의 존재들이 그 모습을 수면 위로 드러냈다. 모습을
감추는 여자, 강력한 힘과 스피드를 지닌 남자, 아직 그 능력
을 알 수 없는 노란 머리의 여성, 그리고 그 모든 이들의 꼭대
기에 서 있는 요환이라는 남자까지. 그가 무슨 수를 쓴 건지
뉴스에서는 별다른 말이 없었다. 아마 구경하던 사람들을 모
조리 세뇌한 덕이리라.

　깨져 있던 도로와 인도 부분도 감쪽같이 복구되어 있었다.
도대체 얼마만큼의 능력이 있기에 그런 말도 안 되는 일을 벌
인 걸까. 동해는 조만간 감당하기 어려운 위험이 닥치리라 예
감했다.

하지만 동해의 예감과 달리 그 이후로 며칠간 아무런 일도 일어나지 않았다. 오히려 세상은 그 어느 때보다 평화로웠다. 자잘한 범죄들마저도 그전보다 줄었다. 동해의 기우였을까. 아니면 폭풍 전의 고요였을까. 동해는 안도하면서도 내심 불안함을 지울 수 없었다.

성주는 사건 후에 자처해서 병원에 입원했다. 동해와의 싸움 이후 몸이 안 좋았던 점도 있었지만 당장 학교를 가는 것이 불편했기 때문이다. 동해와 다시 마주친다면 뭐라고 말하며, 어떻게 반응해야 할지 막막했다. 일종의 도피였다.

병원에 입원해 있는 동안 많은 사람들이 면회를 왔다. 어머니인 민서는 그의 무릎에 얼굴을 묻고 펑펑 울었다. 뜬금없이 민철도 찾아왔다. 두 사람은 그다지 안면이 없었으므로 민철은 미적대다가 그냥 먹을 걸 두고 도망치듯이 사라졌다. 그외에 자기 딴에는 성주를 친구라 생각하는 학교 학생들 여럿이 찾아왔으며 한송이 역시 그를 자주 찾아와 서툰 솜씨로 사과를 깎아 주었다. 껍질을 다 깎고 나면 사과가 아니라 감자 같은 모양새였지만.

'역시 동해는 안 오네.'

성주의 마음속에는 두 가지 마음이 공존했다. 동해를 피하고 싶다는 마음과 만나고 싶다는 마음. 자신의 손으로 동해를 죽일 뻔했기 때문에 죄책감에 그 얼굴을 볼 수 없었다. 하지만 한편으로는 사죄를 하고 싶었다. 차마 직접 찾아가 말할 용기가 없었을 뿐이다.

"하아."

성주는 병상에 누워 창밖을 바라보았다. 날씨가 무척 좋았다. 왠지 반가운 손님이 찾아올 것만 같은 날씨였다. 그런 기대와 달리 성주를 찾아온 이는 전혀 반갑지 않은 이였다. 신대철이었다. 반갑게 인사하려던 성주의 표정이 차갑게 식었다.

"당신이 여길 왜 왔어."

"네놈 걱정이 돼서 왔다."

대철은 혼자였다. 지금 성주가 마음만 먹는다면 그를 죽일 수도 있었다. 하다못해 턱뼈를 날리거나 다리라도 부러트릴 수 있었다. 어차피 지금 병실에 입원한 건 학교에 가기 싫어서 입원한 거였으니 대철을 상대하는 건 일도 아니었다. 하지만 성주는 그러지 않았다. 언짢아하기만 할 뿐 아무런 조치도 취하지 않았다.

지금은 요환의 세뇌가 풀린지라 그때만큼의 분노는 없었다. 애초에 사람을 죽이겠다는 생각이 그리 쉽게 드는 것도 아니었다. 성주는 복잡한 심경에 그를 외면했다.

"나가. 당신 얼굴 따위 보고 싶지 않아."

"안 그래도 금방 나갈 거다. 보채지 마라. 그리고 네가 그렇게 투덜댈 입장은 아니라고 생각한다. 너는 네 친구를 죽이려 했고 나마저도 죽일 뻔했어. 벌써 잊은 게냐."

"그건."

성주는 뭔가 변명하려다가 급히 입을 다물었다. 대철은 끌끌 혀를 차며 침대 옆에 의자를 두고 앉았다.

"다 이해한다. 오요환 그 녀석에게 세뇌를 당해서 너도 모르게 일을 벌인 거겠지. 한 가지 묻고 싶은 게 있는데 그 녀석이 대체 너를 어떻게 세뇌시킨 거냐."

"잘 모르겠어. 그 녀석은 내 친구였다고. 어릴 때부터 친하게 지냈던 친구. 그냥 옆에서 말을 들어 주면서 십몇 년을 함께해 왔는데, 그런데 그 녀석이 어떻게 그럴 수가 있지? 이해할 수가 없어."

대철은 요환에 대해 자세하게 설명했다. 요환은 애초부터 성주와 또래도 아니며 오히려 자신과 동갑이라는 것, 요환이 변하게 된 계기 등등. 이야기를 들은 성주는 믿을 수 없다는 듯 고개를 저었다.

"말도 안 돼. 그 녀석이 어떻게 당신이랑 동갑이야? 코흘리개 시절부터 친구였다니까?"

"기를 깨달은 녀석이 그것도 잊은 거냐? 놈은 기를 통해 인식과 기억을 바꾼 거야. 네가 기억하는 건 놈의 본모습이 아닌 거지."

"그럼 그 자식이 원하는 건 뭔데. 날 통해서 당신한테 복수하려는 건가? 그 정도 능력이 있으면 직접 하면 되잖아? 왜 일을 이렇게 번거롭게 하는 거야."

"나 역시 이해할 수가 없다. 이건 내 생각이지만 아마도 녀석은 혼란을 원하는 것 같구나."

"혼란이라니."

"말 그대로 혼란. 자기 스스로 악당을 자처하여 세상에 악을 뿌리는 거지."

"유치하네. 자기가 무슨 히어로 영화의 악당이라도 되는 줄 아나."

"우습게보지 않는 게 좋을 거야. 놈은 어느 누구보다도 강하니까. 놈은 다시 나타날 거다. 그때도 또 세뇌당하지 말고 정신 바짝 차려."

잠시 두 사람 사이에 기나 긴 침묵이 흘렀다. 성주는 딱히 할 말이 없었고 대철은 뭔가 고민하는 눈치였다. 잠시 머뭇대다가 대철이 마른 입술을 뗐다.

"미안하구나."

"뭐가."

"너에게 내가 몹쓸 짓을 한 것 같다. 미안하다."

"나한테 사과는 필요 없어."

대철은 알았다는 듯 고개를 끄덕였다.

"그래. 사람 일이라는 게 참 마음 먹은 대로 안 되는구나. 누구도 이렇게 되길 바란 건 아닐 텐데 말이다."

대철은 한 번 더 미안하다는 말과 함께 병원을 나왔다.

　　　　　　*　　　　*　　　　*

　보름 뒤, 이나가 해외로 떠나는 날짜가 정해졌다. 강단 있게 선택을 내린 이나는 일사천리로 계획을 잡았다. 마음이 약해질까 봐 빨리빨리 서둘렀다.

　매일같이 귀찮게 굴던 그녀였지만 막상 못 보게 된다니, 동해는 아쉬움이 컸다. 그래도 다행인 부분도 있었다. 대철과 그의 주변에 무슨 일이 벌어질지 모르는 판국에 해외로 나가면 그래도 안전할 테니까.

　오늘이 바로 이나가 떠나는 날이었다. 그녀와 세 보디가드는 아침부터 분주하게 떠날 채비를 했다. 쌍둥이 형제는 짐을 챙기고 진운은 이나의 잔심부름을 했다. 정작 이나 본인은 머리치장, 옷치장 하기에 바빴다.

　"이거 어때요? 이 정도면 예쁜가?"

　그녀는 전신 거울 앞에서 의상을 살폈다. 옆에서 한심하다는 표정으로 진운이 말했다.

　"아가씨는 뭘 입어도 예쁩니다. 그러니 대충하시죠."

　"예쁜 건 나도 알고 있어요. 중요한 건 뭘 어떻게 해야 더 예뻐 보이냐는 거죠. 연예인들 보면 공항 들락날락거릴 때 의상 되게 신경 쓰잖아요. 최소한 그 정도 급은 맞춰 줘야 한다고요."

　"아가씨는 연예인이 아닙니다."

"하지만 연예인 급이죠."

"하아."

이나는 평소와 크게 달라진 점이 없었다. 달라지기는커녕 예전보다 더 철없고 소란스러워진 느낌이었다. 앞으로 타지에 나가 어찌 살 건지 진운은 벌써부터 걱정이 되었다.

'진짜 걱정이 앞을 가리네.'

진운은 전신 거울 앞에서 이리저리 옷을 보는 이나를 보며 한숨을 쉬었다. 그러다가 희미하게 미소 지었다. 그녀는 분명 용기 있는 선택을 했다. 그러면서 사람이 변하지 않았다는 건 여러 가지를 의미했다. 누군가에게 떠밀려서, 혹은 자신이 아닌 다른 의지에 의한 선택이 아니라는 증거일 테니까. 이나는 지금 이대로의 모습이 가장 보기 좋았다.

"아저씨, 나 머리 묶어 줘요."

이나는 전신거울 앞에 의자를 두고서 앉았다. 진운은 멍한 표정으로 그녀의 뒤통수를 바라보았다.

"뭘 그리 멍청하게 있어요? 머리 묶어 달라고요."

그녀는 그리 말하며 두 손으로 머리를 들어 올렸다. 검은 머리칼이 올라가자 하얀 목덜미가 드러났다. 진운은 어색하게 손을 뻗어 그녀의 머리카락을 서로 엮었다. 이나의 머리카락을 정성스레 엮으며 진운이 말했다.

"괜찮으시겠습니까?"

"뜬금없이 뭐가요."

"유학 가는 거 말입니다. 동해 군 곁에 남고 싶어 했잖아
요."

"솔직히 말하면 저도 그러고 싶어요. 하지만 이대로 민폐덩
어리, 짐덩어리로 남고 싶지는 않았죠. 나에게 바라는 게 있다
면 해 주겠다 이거에요. 떡하니 증거를 보여 주고 나면 아빠
도 그다음부터는 내게 군소리 안 하겠죠."

이나는 거울에 비친 자신의 눈동자를 바라보았다.

"이번 기회에 완벽하게 독립할 거예요. 이건 그를 위한 발판
같은 거죠. 독립하기 전에 최대한 빼먹을 거예요. 있는 돈 안
쓰고 묵혀 둘 수는 없잖아요?"

"그런 말 하시니 악당 같네요. 소름 돋아요."

"몰랐어요? 이 동네에서 제일가는 나쁜 년이 바로 저라고
요. 호호호."

진운이 머리를 다 묶자 이나는 의자에서 일어나 고개를 이
리저리 돌려 보았다. 꽤 마음에 드는지 흐뭇하게 웃으며 머리
카락을 만졌다. 이나는 거울을 통해 진운을 바라보았다.

"처음부터 알고 있었어요. 내가 아빠의 친딸이 아니라는
거."

"아가씨?"

"아빠가 재혼했다는 건 이미 그전부터 알고 있었어요. 어머
니가 사고로 돌아가시기 전에 저에게 알려 줬거든요. 어쩌면
그 점을 스스로 방패 삼아 왔던 걸지도 몰라요. 아빠는 대단

한데 난 그렇지 않다. 그건 당연한 거다. 아빠의 좋은 유전자를 물려받지 못했으니까. 하지만 이제부터는 그런 핑계로 도망치지 않을 거예요."

이나는 뒤로 돌아 진운을 똑바로 바라보았다.

"그럴 수 있도록 도와줄 거죠?"

진운은 흐뭇하게 웃으며 고개를 끄덕였다.

"아 참. 그나저나 아빠는 딸이 유학 간다는데 배웅도 안 하고 뭐한데요? 뭐 바쁜 일이 있다고?"

"바빠서 못 간다며 미안하다고 전해 달라는군요. 어차피 회장님은 일 때문에 영국에 자주 들르실 겁니다. 아마 질리도록 보게 될 거라고 하더군요."

"맙소사."

동해와 아현, 그리고 철광은 그녀를 배웅하기 위해 공항으로 향했다.

"와."

공항에 처음 와 보는 동해와 아현, 철광은 눈을 동그랗게 뜨고서 주변을 살폈다. 굉장히 넓고 깔끔한 공간, 분주하게 움직이는 사람들, 수시로 울려 퍼지는 안내 방송 등. 현대라기보다는 마치 미래 세계에 온 것만 같은 기분이었다. 동해가 마냥 신기해하자 철광은 고개를 으쓱했다.

"공항이 신기하냐? 뭐, 촌사람도 아니고."

옆에 있던 아현이 중얼거렸다.

"진짜 멋있다. 나 공항 처음 와 봐."

"그, 그렇지? 확실히 공항이 멋지긴 멋져."

그보다 늦게 이나와 보디가드 삼인방이 도착했다. 이나는 연예인이 해외 촬영이라도 하러 가는 듯한 화려한 복장을 하고 있었다.

"뭐 대단한 일이라고 배웅까지 오냐?"

이나는 멋쩍어 하며 에둘러 말했다. 아무렇지 않은 척했지만 그래도 신경이 쓰인다는 기색은 감출 수 없었다. 지금의 상황이 가장 싫은 건 이나였으니까. 동해가 말했다.

"건강하게 잘 다녀와. 돌아올 때 기쁘게 맞아 줄게."

이나는 잠시 동해를 바라보더니 꼬옥 끌어안았다. 그리고는 동해의 귓가에 속삭였다.

"내가 돌아올 때까지 잘 있어야 해."

"나야 뭐 잘 지낼 거야. 내 걱정은 하지 마."

"절대로 변하지 마. 내가 너에게 반했던 그 모습 그대로 기다리고 있어야 해. 변질되면 너 가만 안 둘 거야."

꽤나 의미심장한 말이었다.

"초심을 잃지 말라는 말이야."

"그래. 알았어."

동해는 걱정하지 말라는 의미에서 이나의 등을 토닥여 주었다.

"운형, 이나 잘 부탁할게요."

동해의 말에 진운은 심드렁하게 동해를 바라보았다.

"알았다."

이나는 동해, 아현, 철광 순으로 인사를 하고는 선글라스를 꼈다. 보디가드들도 그에 맞추어 선글라스를 착용했다.

"그럼 잘들 있어. 더 멋진 모습으로 만나자."

동해 일행은 손을 흔들며 이나에게 인사를 했다.

이나와 보디가드는 정해진 좌석에 앉았다. 쌍둥이 형제는 곧장 기내식을 시켰으며 진운은 책을 꺼내 독서 삼매경에 빠졌다. 이나는 가방을 열어 그 안에서 편지를 꺼냈다. 아버지가 보낸 편지였다.

꽤나 힘겨운 선택을 했구나. 뒤늦게 너에게 너무 바라기만 한 건 아닌가 하고 생각을 해 본다. 거기에 대해서는 미안하게 느끼는구나.

'뭐야. 사과가 뭐 이렇게 담백해.'

이나는 툴툴거리며 계속 편지를 읽었다.

그래도 이것만큼은 알아 뒀으면 좋겠구나. 네가 자주 외로움을 느꼈다고는 하지만 네 곁에는 언제나 널 지켜 주는 사람들이 있었다. 동해 군도 그렇고 다른 친구들도 그렇고, 지금 네 옆에도 있지. 이나야, 처음부터 그랬지만 넌 혼자가 아니다. 이 세상에 혼자인 사람은 없다. 잊지 말거라.

　ps: 영국 가서 사고 치면 돈 안 부쳐 준다.

이나는 무심히 편지를 접었다.

'뭐야. 멋있는 척 혼자 다 하고 있어.'

이나는 끝까지 툴툴거렸지만 결국 웃어 버리고 말았다. 눈물이 날 것도 같았지만 결국 눈물은 나지 않았다. 이렇게 좋은 날 우는 건 아깝다는 생각이 들었기 때문이다.

"아가씨, 왜 웃으십니까?"

옆에서 책을 보던 진운이 물었다. 이나는 서글서글하게 웃으며 고개를 저었다. 편지에 적힌 내용대로였다. 그녀는 혼자였던 적이 없었다. 지금도 그러했고.

이나와 친구들이 이별을 할 때 멀찌감치 떨어진 곳에서 그들을 지켜보는 이가 있었으니, 김태수였다. 그는 마스크와 모자로 애써 모습을 감추고 있었다. 태수는 그들의 모습을 보며 왠지 모를 소외감을 느꼈다. 저들은 주인공이고 자신은 그저 지나가는 사람 A, 혹은 엑스트라가 된 기분이었다.

이렇게 될 줄 알았으면 좀 더 멋진 모습을 보여 주는 건데 하는 후회가 머리를 떠나지 않았다. 상대적인 박탈감이었다.

누구는 초라한 찌질이가 됐는데 누구는 드라마 속의 주인공이 되어 있다니. 여러 가지 상념 때문에 집으로 가는 발걸음이 무거웠다. 태수는 그래도 이대로 우울하게 있으면 안 된다고 생각했다.

'그래. 이나가 돌아올 때까지 나를 단련하자. 지금과는 비교도 안 되게 멋진 남자가 되는 거야. 그래서 이나가 돌아오면 동해 저 자식으로부터 이나를 멋지게 빼앗을 거야. 그럴 거야.'

태수는 뜨거운 콧김을 뿜으며 의욕을 팍팍 불어 넣었다.

"뭐부터 할까. 나를 단련해야 해. 공부……는 조금 그렇고. 운동! 운동을 하자. 체력은 국력이라고 하잖아. 좋아. 운동을 하는 거야."

때마침 태수의 눈앞에는 처음 보는 도장이 있었다.

남민철 태권도장

태수는 고개를 끄덕이고는 태권도장의 입구로 향했다.

*   *   *

그렇게 이나는 한국을 떠났다.

친구들은 며칠간 상사병 비슷한 증상을 겪어야 했다. 가장 와자지껄했던 사람이 빠지니 그 허전함은 이루 말 할 수 없었다. 그래도 한 달 정도 지나니 허전함을 딛고 다들 원래의 모습으로 돌아왔다.

철광은 여전히 운동 삼매경이었고 아현은 공부에 매진했다. 틈틈이 서림에게 편지를 보내는 것도 잊지 않았다. 동해도 별다를 건 없었다. 모두 그렇게 상실감을 딛고 본연의 모습을 되찾았다.

한 달 뒤에 성주가 학교로 돌아왔다. 동해는 반갑게 그를 맞이했다. 성주는 애써 외면하려 했지만 동해가 자꾸 말을 걸고 다가오는 통에 어떻게 피해 볼 방도가 없었다.

"몸은 좀 괜찮아? 갑자기 병원 입원했다고 하길래 엄청 걱정했다고."

"……."

성주는 이 아무 생각 없이 낙천적으로 보이는 친구에게 뭐라고 말을 해야 할지 고민했다. 비록 자신의 의지가 아니었다지만 그런 모습을 보여 줬는데도 이렇게 반갑게 맞아주다니. 감동이라기보다는 이질감이 들었다. 어찌 보면 불쾌하기도 했다. 속으로 이런저런 고민을 하던 성주는 짧게 한마디 했다.

"미안해. 그때 그건 내 진심이 아니었어."

그에 동해는 대수롭지 않다는 듯 받아쳤다.

"괜찮아. 어쨌든 다 좋게 좋게 끝났으니까 그걸로 됐어."

동해는 헤헤 바보처럼 웃으며 자신의 머리카락을 비비 꼬았다. 성주는 그 얼굴을 보며 한숨을 쉬었다.

학교가 끝나고 동해는 집으로 향했다.

바닥에 놓인 돌을 축구하듯이 걷어차며 걸었다. 혼자서 걸을 때면 자주하던 놀이였다. 하나의 돌을 정해 놓고 계속 차면서 앞으로 걷는 것이다. 돌을 차다가 옆으로 빠지거나 더이상 발로 찰 수 없게 되면 다른 돌을 찾는다. 하나를 붙잡고 집에 도착할 때까지 놓치지 않으면 그날은 왠지 기분이 좋았다. 물론 남들이 보면 바보 같다고 손가락질하겠지만.

돌을 차는 것에 집중해서 걸었기 때문에 동해는 바닥만 보며 걷고 있었다. 그러다가 정면에서 급하게 다가오는 누군가와 부딪혔다.

"으악."

투우하는 황소에게 들이박힌 기분이었다. 상대가 누군지는 몰라도 그도 머리를 숙이고서 전속력으로 돌진해 온 것이다. 상대는 동해의 위에 올라탄 자세를 하고 있었다.

"미, 미안합니다!"

커다란 안경에 비니를 쓴 소녀였다. 나이는 동해 또래 정도일까. 작은 체구에 굉장히 큰 눈이 인상적이었다. 소녀는 거의울 듯한 표정을 하고 있었다.

"아야야, 아파라."

"죄송합니다. 혹시 안 아프진 않으세요?"

"예?"

뭔가 말이 좀 이상하다는 느낌이 들었다. 안 아프진 않냐니. 소녀는 눈에 띄게 허둥대고 있었다. 입술을 바르르 떨며 동해와 뒤를 연신 바라보았다.

"저를 좀 도와주세요! 뒤에서 나쁜 사람이 쫓아와요!"

동해는 고개를 돌려 소녀의 뒤를 바라보았다.

"음?"

금목걸이를 찬 거구의 남자가 발을 쿵쿵거리며 이쪽으로 달려오고 있었다. 철광은 귀여울 정도의 박력이었다. 머리카락도 매우 짧게 잘라서 조폭 같은 이미지였다. 적당히 상대해 줄까 생각하던 동해는 바로 생각을 고쳐먹었다. 이길 수 있고 없고의 문제가 아니라 비주얼적인 쇼크가 굉장했기 때문이다.

동해는 일단 소녀를 품에 안았다. 그러고는 걸음아 나 살려라 하며 쏜살같이 도망쳤다.

"거기 서!"

동해는 최대한 멀리 내달려 사람이 없는 골목으로 빠졌다. 소녀를 바닥에 내려놓으며 숨을 몰아쉬었다. 바짝 긴장한 채로 달려서 그런지 평소보다 체력 소모가 심했다. 소녀는 신기하다는 듯 동해를 바라보았다.

"우와. 되게 힘 좋으시네요. 정말 놀랐어요."

"그런가요? 헥헥. 제가 평소에 운동을 해서요. 그나저나 무슨 일이었죠? 뒤에서 쫓아오던 그 남자는 누구고."

소녀는 동해를 빤히 쳐다보았다.

"응? 왜 그렇게 쳐다보세요?"

"아무것도 아니에요."

"아무것도 아니라니요."

"아니. 그게 아니라. 나쁜 사람이었어요. 절 납치하려고 했어요."

"왜죠?"

동해의 물음에 소녀는 식은땀을 삐질삐질 흘리며 침묵했다. 남 몰래 뭐 훔쳐 먹다가 들킨 것만 같은 표정이었다.

"그건 저도 잘 모르겠어요."

소녀는 어딘지 모르게 불안하며 뭔가를 감추고 있는 기색이었다. 안절부절못하며 말을 꺼내기만 하면 '네?'라고 되물으며 놀랐다.

동해의 눈치를 살피던 소녀가 물었다.

"그런데 혹시 저 모르시겠어요?"

의미심장한 물음이었다. 동해는 혹시 중학교나 초등학교 동창인가 싶어 그녀의 얼굴을 곰곰이 뜯어보았다. 하지만 딱히 기억에 떠오르는 이는 없었다.

"아니요. 죄송하지만 잘 모르겠네요. 혹시 저를 아세요?"

"하하! 아니에요. 아무것도 아니에요."

"일단은 제가 집까지 바래다드릴게요. 집에 가는 길에 또 그 남자가 나타날 지도 모르잖아요."

"네? 꼭 그러실 필요는 없는데."

"전 괜찮아요. 그러니 사양하지 마세요. 자, 어서."

동해는 싫다는 그녀를 억지로 잡아끌었다. 동해의 재촉에 소녀는 어색한 걸음걸이를 옮겼다.

같이 걸으면서 그녀는 계속 동해의 눈치를 살폈다. 힐끔힐끔 동해를 쳐다보다가 동해와 눈이 마주치면 놀란 고양이처럼 금방 고개를 돌리기 일쑤였다.

"저기 이름이 어떻게 되세요?"

소녀의 물음에 동해는 멍한 표정을 지었다. 왜냐하면 동해는 현재 교복을 입고 있었고, 교복에는 당연히 명찰이 붙어 있었기 때문이다. 명찰만 봐도 알 수 있는 이름을 물어보는 건 눈썰미가 없기 때문일까 아니면 다른 의도가 있는 걸까?

"아아! 명찰이 붙어 있었네요. 하하! 이름이 동해군요. 독특한 이름이에요."

"그렇죠? 만나는 사람마다 성이 뭐냐고 물어오는데 그럴 때마다 지겨워 죽겠어요. 성이 동이고 이름이 해인데 말이에요."

"그……."

불편한 듯 몸을 떨던 소녀가 기어 들어가는 목소리로 말했다. 안경을 조물조물 만지며.

"제 이름도 물어보셔야죠."

뒤늦게 그녀의 의도를 알아챈 동해는 수선을 떨며 멋쩍게 웃었다.

"아하! 이름이 어떻게 되세요?"

"한벼리요. 벼리."

"별이?"

"아니요. 벼·리."

"굉장히 독특한 이름…… 응?"

이름을 곱씹던 동해의 눈이 커졌다. 소녀는 조마조마한 표정으로 동해를 바라보았다.

"벼리!? 설마 너?"

소녀 벼리와 동해는 서로를 쳐다보며 동시에 외쳤다.

"신풍 초등학교!"

"신풍 초등학교!"

때는 몇 년 전으로 거슬러 올라간다.

동해가 처음으로 영웅이 되고 싶다고 느꼈던 때이다. 지구 영웅 언데드맨이라는 만화를 보다가 만수가 한 여자아이를 괴롭혔다. 울며불며 싫다는 애의 치마를 들추었고 동해는 만화책을 집어던져 만수를 무찔렀다. 만수의 악행에 울던 소녀는 눈물 진 눈동자로 웃으며 동해에게 말했다.

"동해야 정말 고마워. 헤헤."

그 이후 소녀는 동해를 쫄래쫄래 따라다녔다. 간혹 두 사람이 사귄다며 놀리는 녀석들도 있었지만 동해는 그런 시선 따위 개의치 않았다. 두 사람은 빠르게 친해졌고 또 빠르게 헤어졌다. 벼리가 전학을 가게 된 것이다. 워낙에 지역이 멀리 떨어져 있어 제대로 연락을 주고받지 못했기에 결국 두 사람의 인연은 거기서 끝이 났다.

그리고 지금 끊어졌던 인연의 실이 다시금 이어졌다. 동해
와 벼리는 서로를 바라보며 신기하다는 듯 웃었다.

벼리는 그때 당시와 크게 달라진 점이 없었다. 볼살은 탱탱
하니 여전히 젖살이 남아 있었고 유독 동그란 눈동자도 여전
했다. 옷도 펑퍼짐한 걸 입고 있어서 딱히 여성스러운 굴곡이
드러나지 않았다. 반면 동해에게선 남자의 느낌이 풍겨 나오
고 있었다.

분명 또래에 비하면 건장하다고 할 수 없었지만 몸의 비율
이 좋았다. 거기에 오랫동안 운동을 한 덕에 군살이 없었다.
벼리는 많이 변한 동해를 보며 슬쩍 뺨을 붉혔다.

"넌 어떻게 하나도 안 변했냐. 예전 모습 그대로인데?"

"그래도 키는 좀 컸단 말이야. 그러는 동해 너는 꽤 많이
변했는걸?"

"그런가? 난 별로 변한 거 못 느끼겠는데."

"아니야. 정말 많이 달라졌어. 더 남자다워졌어."

벼리의 칭찬에 동해는 쑥스러워하며 웃었다.

"키는 거의 안 컸지만."

그러나 끝에 덧붙인 한마디에 동해의 얼굴은 돌처럼 굳었
다. 벼리가 아킬레스건을 건드린 것이다. 그녀는 손을 저으며
말했다.

"에이. 남자 키가 그렇게 중요한 건 아니잖아. 넌 지금 그대

로도 멋져."

벼리는 자기가 말해 놓고 순간 얼굴을 붉혔다. 칭찬을 한다는 게 너무 과하게 들어갔다. 동해도 창피해했고 두 사람은 잠시 말없이 묵묵히 걷기만 했다. 동창생이라고는 하나 초등학생 때 이후 본 적도, 연락한 적도 없는 사이였다. 약간의 어색함이 감도는 건 어쩔 수가 없었다.

"어라?"

말없이 걷기만 하던 중 동해는 이상함을 감지했다. 지금 걷고 있는 이 길, 조금 전에도 걸었던 길이다. 계속 같은 길을 빙글빙글 돌고 있는 것이다.

"벼리야? 여기가 너네 집 가는 길 맞아?"

"응? 내 정신 좀 봐. 너랑 이야기 하다가 그걸 깜빡했네. 내가 정신이 없나 봐. 헤헤. 내가 예전부터 좀 그런 면이 있었잖아."

"어쨌든 빨리 들어가자. 이대로 밖에 돌아다니는 건 위험해."

"그, 그래……"

벼리는 왠지 아쉬운 듯 입맛을 다셨다.

그렇게 얼마나 걸었을까. 골목 어귀에서 조금 전에 보았던 흉악해 보이는 남자가 다시 등장했다. 동해는 당황하여 머리털을 쭈뼛 세웠고 벼리는 더헙 숨을 삼켰다. 그는 우악스런 손을 뻗어 당장 벼리의 어깨를 붙잡았다.

"드디어 잡았다! 더 이상은 도망 못 쳐!"

동해는 반사적으로 주먹을 그의 가슴에 꽂았다.

퍽!

본능적으로 내지른 주먹인지라 힘 조절을 하지 못했다. 남자는 숨넘어가는 소리를 지르며 뒤로 넘어졌다. 동해는 그 타이밍에 벼리에게 손을 내밀었다.

"벼리야, 어서!"

벼리는 그 손을 잡지 않았다. 그 대신 흉악범에게(?) 다가가 그의 안위를 살폈다.

"꺄악! 괜찮으세요?"

동해는 지금 이게 무슨 상황인가 싶어 고개를 갸웃했다. 분명 그녀는 저자가 나쁜 사람이라고 했다. 갑자기 나타나 자신을 납치하려 했다고. 그런데 지금은 동해의 주먹에 맞은 그를 걱정하고 있다.

'뭐가 어떻게 된 거야?'

남자는 불시에 기습당한 가슴을 어루만지며 자리에서 일어났다.

"갑자기 그렇게 때리면 어떡합니까? 전 나쁜 사람이 아닙니다."

"예?"

흉폭한 외모, 그리고 걸걸한 목소리와 달리 남자는 꽤나 예의바른 말투를 썼다. 예상과는 다른 상황에 갑자기 막막해진 동해는 말을 더듬었다.

"그, 아니, 벼리가 분명 나쁜 사람이라고."

"저는 나쁜 사람이 아닙니다. 한별 양의 매니저라고요."

"매니저요?"

동해는 영문을 몰라 벼리를 바라보았다. 그리고 저 남자, 벼리를 벼리가 아니라 '한별'이라고 불렀다. 이게 대체 무슨 상황인 걸까? 벼리는 아무런 설명도 못 한 채 그저 고개만 푹 수그렸다. 거구의 남자는 옆을 쳐다보더니 그쪽으로 손가락을 가리켰다.

그들 옆에는 가전제품 매장이 있었다. 쇼윈도에는 각종 사이즈의 TV가 진열되어 있었으며 쇼프로그램이 방영 중이었다.

조그마한 체구의 여가수가 열심히 노래를 부르고 있는 광경이었다. 진중한 발라드 음악이었는데, 자세히 보니 벼리와 무척 닮았다는 느낌이 들었다. TV 속 그녀는 하늘하늘한 치마를 입고 안경 대신 서클 렌즈를 끼고 있었지만 정말 많이 닮아 있었다.

'닮은 게 아니라 벼리잖아!?'

동해는 너무 놀라 어버버거리며 TV와 벼리, 그리고 매니저 양반을 번갈아 가며 쳐다보았다.

세 사람은 일단 근처의 카페로 자리를 옮겼다.

으슥한 곳에 위치한 카페의 2층 구석진 자리였다. 매니저는 괜히 주변을 살피며 사람들이 이곳을 쳐다보나 안 쳐다보나를 의식했다. 그런 것과는 반대로 벼리는 그저 창피하다는 기색이었다.

"벼리야, 진짜야? 진짜 가수가 된 거야?"

"쉿! 목소리가 너무 큽니다!"

매니저는 손가락을 입술에 붙이며 목소리를 낮출 것을 당부했다. 그런 것치고는 그의 목소리가 더욱 컸다. 창피함에 견디다 못한 벼리가 한마디 했다.

"매니저 오빠, 그만하세요. 어차피 저 별로 알아보지도 못해요."

"무슨 소리니 한별아. 그럴 때일수록 조심해야 해. 자칫 파파라치나 직찍에 걸려서 나쁜 기사라도 떠 봐. 그건 너한테 손해라고."

"나쁜 기사라도 났으면 좋겠어요."

벼리는 말끝에 무거운 한숨을 덧붙였다. 동해가 말했다.

"왜 그래 벼리야. 아이돌 가수 같은 거면 막 사람들이 좋아해 줄 거 아니야. 돈도 많이 벌고. 부럽다 야."

"그렇지만도 않아. 데뷔한지 7개월이나 넘었는데 아직 이렇다 할 인기도 없어. 가끔 있어 봐야 악플이나 달리고."

동해는 그제서야 그녀가 계속 의기소침하며 우물쭈물한 이유를 알 것만 같았다. '저 모르시겠어요?'라고 물어본 것은 두 가지 의미였다. 초등학교 동창인데 못 알아보겠냐는 것과

나 연예인인데 모르겠냐는 의미. 중의적인 의미가 담겨 있었다. 벼리는 우울한 표정으로 계속 우물거렸다.

"아직 디지털 싱글 한 장밖에 안 냈지만 기운 빠진다고. 아까 TV에서 본 것도 겨우 겨우 출연한 거야. 지금도 계속 지방의 작은 행사만 돌고 있어. 행사를 가도 사람들이 못 알아보고 호응도 안 해 줘. 마침 노래도 우울한 거거든. 그건 정말 슬픈 일이야. 그래서 연습 시간에 몰래 도망쳤던 거야. 그걸 매니저 오빠가 잡으러 온 거고."

그녀가 계속 우울하게 있자 매니저가 손을 저었다.

"별아, 조금만 더 기운을 내자. 조금만 더 있으면 미니 앨범도 나오잖아. 그때까지 조금만 참으면 돼. 그 뭐냐, 지금 잘나가는 가수들도 다 처음부터 잘나간 건 아니었잖아. 이번 미니 앨범에서는 콘셉트를 바꿀 거야. 네 나이에 맞게 조금 더 어리고 귀엽고 상큼 발랄한 느낌으로! 그럼 곧 팬클럽도 생기고 인기도 많아질 거야. 공연할 때 호응도 많이 생기고 행사비도 오를 거야."

"그럴까요?"

"분명 그렇고말고."

동해도 옆에서 거들었다.

"그래, 벼리야. 좀 더 기운 내. 그래도 네 나이에 벌써 데뷔한 거면 엄청 빠른 거잖아? 다른 가수 지망생들을 떠올려 봐. 넌 행운아야."

"그럴까."

"분명 그렇고말고. 그런데 연예인 하면 학교생활은 어떻게 해?"

"틈틈이 나가고 있어."

"그렇구나. 그런데 어떻게 하다가 가수가 된 거야? 난 네가 연예인이 됐을 거라고는 꿈에도 생각지 못했어. 진짜 사람 일은 모른다니까."

"어떻게 된 거냐면."

벼리와 동해는 그렇게 서로 못 봤던 시간 동안 어떻게 지냈는지에 대해 수다를 떨었다. 벼리에 대해서 종합해 보자면 다음과 같았다.

아는 친구가 가수 지망생이었고 어느 기획사의 오디션에 나가게 되었다. 그 친구는 혼자 가는 게 무서워 벼리를 데리고 갔고, 운명의 장난인지 그 친구는 떨어지고 따라 나간 벼리가 덜컥 붙어 버린 것이다.

때마침 벼리의 노래 실력이 나쁘지 않았으며 기획사에서 원하는 이미지를 고스란히 가지고 있는 게 화근이었다. 그래도 그 친구와는 현재까지도 잘 지낸다고 한다.

현재 음반계가 많이 불황인지라 신인에게 많은 돈을 투자할 수는 없다고 한다. 그리하여 일단 한 곡짜리 디지털 싱글을 내고 그걸로 행사 위주로 활동하고 있다고. 행사비를 차곡차곡 모아 미니 음반을 출시할 예정이라고 한다.

요즘은 워낙 걸 그룹이 대홍수여서 솔로면서 어리다는 점을 부각시키면 나름의 팬층을 확보할 거라는 게 기획사의 의도였다.

대화를 나눈 동해와 벼리는 서로 연락처를 나누고는 인사했다. 다음에도 꼭 보자는 약속을 하며 헤어졌다. 동해는 왠지 모르게 으쓱하며 뿌듯한 기분이 들었다.

세상에 연예인을 친구로 두고 있었다니. 아니, 친구였던 사람이 연예인이 돼서 다시 나타나다니. 믿을 수가 없었다. 집으로 돌아간 동해는 곧장 컴퓨터를 켜고 인터넷에 들어갔다. 벼리에 대해서 검색해 보았다.

한벼리.

검색된 것이라곤 자기 자식 이름이 한별인데 애칭으로 한벼리라 부른다거나, 기르고 있는 애완견 이름이 한벼리라거나, 게임 서버의 이름이 한벼리라거나, 간혹 보리 음료도 나왔다. '한별'로 다시 검색하니 그때서야 제대로 된 것들이 나왔다.

나름 기대했지만 그녀에 대한 정보는 굉장히 드물었다. 소규모 기획사라고 하니 그럴 만도 하다. 이것저것 검색해 보다가 그녀가 공중파 TV에 나온 동영상을 찾아볼 수 있었다.

"호오?"

동해는 동영상을 통해 그녀의 무대를 감상했다. 의상도 그렇고 노래도 그렇고 나이에 맞지 않는 무대 같았다. 노래는 너무 슬프고 웅장하며, 벼리는 억지로 성숙해 보이려 노력하는 느낌이었다.

가을이 오려면 제법 시간이 남아 있었고 아직은 신 나는 여름 노래가 강세인 가요계였다. 부진을 면치 못한다니 어떤 면에서는 수긍이 가기도 했다. 그래도 노래 자체는 듣기 좋은 발라드였다. 동해는 동영상에 감상 댓글을 달았다.

—무척 좋은 노래네요. 잘 듣고 가요.^^

영상에는 동해 것 말고도 여러 개의 댓글이 달려 있었다.

—쟤가 열일곱 살인가 그러던데 되게 노안이네.
—ㅋㅋ 누구한테 대 주고 데뷔했을까?
—노래 들어 보니까 금방 망하겠다. 이러니까 여자 아이돌은 그냥 벗고 흔들어야 한다니까.

댓글을 확인한 동해는 얼굴이 빨개져서는 입술을 깨물었다. 당장 눈앞에 있다면 두들겨 패주고 싶은 내용들이었다. 화를 삭이지 못하고 씩씩거리다가 동해는 이내 고개를 저었다.

이것이 비단 벼리만의 문제는 아닐 것이다. 거의 모든 대중 매체에 얼굴을 내미는 사람들이라면 피할 수 없는 일종의 숙명과도 같았다.

'아무리 그래도 그렇지. 벼리는 나랑 동갑이라고. 이런 악플들을 보고 상처 받지 않았으면 하는데.'

동해는 고개를 저으며 인터넷 창을 닫았다.

*   *   *

벼리는 동해와 헤어진 후 매니저가 모는 차를 타고서 기획사로 가는 중이었다. 그녀는 뭐가 그리 좋은지 보조개를 씰룩씰룩거렸다. 백미러로 그녀의 표정을 확인한 매니저가 입을 열었다.

"전에 그렇게 열심히 설명하던 친구가 저 친구로구나. 만나 보니까 어때?"

"완전 멋있어졌어요. 제가 생각했던 것보다 더욱요!"

그녀는 기운차게 말해 놓고 급히 입을 다물었다. 그리고는 괜히 창밖을 쳐다보며 휘파람을 불었다. 매니저는 그 모습을 보며 흐뭇하게 미소 지었다.

"그렇게 좋아? 내가 봤을 땐 그냥 평범해 보이던데."

"아니라니까요. 동해 쟤가 얼마나 멋진 앤데요."

"그런가. 뭐 내가 모르는 부분이 있는 거겠지. 근데 그렇게 좋아?"

매니저의 물음에 벼리는 손사래를 쳤다.

"누, 누가 좋아한데요? 그냥 오랜만에 친구 만나니까 좋다는 거죠. 아저씨도 동창 있을 거 아니에요."

"벼리야, 강한 부정은 긍정이야."

"아니라니까요!"

벼리는 더운지 창문을 열고서 손부채질을 했다. 백미러에
비친 그녀의 얼굴은 여전히 미소를 머금고 있었다.

Battle 06

남자의 순정

철광은 그리 오래 지나지 않은 과거를 돌이켜 보았다. 얼마 전까지만 해도 그는 자신의 힘을 과신하고서 아무렇게나 남용했다. 동시에 자신의 하루하루를 낭비했다. 그렇게 힘만 믿고 까불다가 누군가에게 된통 당했다.

그게 바로 나이트 후드였다.

번개처럼 나타난 나이트 후드는 철광의 힘이 얼마나 보잘 것 없는지를 깨닫게 해 주었다. 그리고 그 힘을 보다 더 좋은 곳에 쓰라고 조언했다. 그 외침과 주먹으로 나눈 대화를 통해 철광은 속에서부터 변화했다.

그것은 긍정적인 변화였다. 그 이후 철광은 자신이 잘못한 친구들을 찾아가 사과했으며 교내 봉사 활동도 앞장서서 했다. 혹여나 누군가가 학교 학생을 괴롭히면 누구보다 먼저 가서 막았고 제2의 선도부원이라는 별칭마저 얻었다. 그런 철광에게 두 번째 변화가 찾아왔다.

송아현.

바로 그녀였다. 처음 그녀를 알게 된 계기는 별거 없었다. 같은 동아리에 들었고 그녀를 집에 바래다준 게 다였다. 동해의 부탁이었을 뿐 그녀에게 아무 감정도 없었다. 하지만 하루가 지나고 이틀이 지나자 조금씩 그녀가 다르게 보였다.

"철광아, 매번 바래다줘서 고마워. 조금 미안해."

"아니야! 미안하긴 뭐가 미안해! 그런 생각할 필요 없어. 나도 집에 혼자 걸어가기 심심했는데 뭘. 우하하!"

그녀는 마치 사람이 아닌 것만 같았다. 바람 불면 날아갈까, 떨어지면 깨질까. 혹여나 자신의 손길에 맞고 쓰러지진 않을까. 그 모든 것들이 조심스러울 만큼 그녀는 작고 고왔다.

물론 상대적으로 철광이 너무 크다는 점이 있었지만 그건 아무래도 좋았다. 철광은 작은 그녀에게 관심이 갔고, 그 관심은 점점 호감으로 바뀌었다.

자신을 미워하는 서럼에게 사과를 하며 그를 막아선 용기에 감동했다. 사과한다는 게 쉽지 않다는 건 철광이 누구보다 잘 알고 있었다. 거기서 끝이 아니라 보다 자신에게 당당하기 위해 공부하며 자신을 가꾸는 모습이 참 예뻐 보였다.

철광은 깨달았다. 이렇게 안달복달하며 잠들기 전에 매번 떠오르고, 보고 싶고, 대화를 하고 싶고, 손이라도 만져 보고 싶은 이 감정이 무엇인지를 말이다. 그것은 사랑이었다.

한편으로는 절대로 품어서는 안 되는 감정이었다. 왜냐하면 그녀에게는 서림이 있었기 때문이다. 철광은 번뇌했다.

'그래. 이런 감정을 품어서는 안 돼. 그 아이에게는 서림이가 있어. 딱히 두 사람이 사귀었던 사이도 아니었지만 이래서는 안 되는 거야. 그 애는 분명 서림이를 좋아하고 있어! 이래서는 안 돼. 그러면 안 돼! 이건 나쁜 감정이야. 딱히 서림이가 무서워서 그런 건 아니야.'

마침 도장을 다니게 된 철광은 이 기회를 발판 삼아 정신 수양에(?) 들어갔다. 몸과 정신을 단련시키며 그녀를 잊는 것이다. 그러기 위해서는 집중을 해야 하는데 마침 상황은 철광이 집중하기 어렵게 돌아갔다.

"네가 여기 왜 있냐?"

"그러는 너야말로."

철광과 태수는 서로 마주 보며 벙찐 표정을 지었다. 태수가 물었다.

"자동차도 뒤집는 양반이 태권도장엔 왜 다녀? 지구라도 정복할 셈이냐?"

"그러는 너는 여기 왜 왔는데? 넌 어서 밖으로 나가서 여자 애들 꽁무니나 쫓아다니라고."

"내 일은 내가 알아서 해. 괜한 참견 말라고."

"그러는 너야말로."

철광과 태수는 상대를 노려보며 으르렁거렸다. 두 사람이 주고받는 눈빛에서 불똥이 튀려 했다. 두 사람이 막 서로 멱살을 휘어잡으려는 그때, 민철이 들어왔다. 민철의 발소리에 두 사람은 귀신같은 속도로 고개 숙여 인사했다.

"형님 오셨습니까."

"오냐."

민철의 도장은 원래 주말에는 쉬는 날이었지만 두 사람의 간곡한 부탁으로 특별 수업이 진행되었다. 특별 수업이니 만큼 수강비도 특별하게 받는다. 절묘하게도 철광과 태수가 바라는 것은 동일했다.

강한 남자가 되는 것.

바로 그것이다. 불분명한 목표였으나 민철은 흔쾌히 그리 만들어 주겠노라 장담했다. 흔쾌한 대답 이후 치러진 것은 지옥훈련이었지만 말이다. 민철은 정말로 그들을 강하게 수련시켰다. 덕분에 헬스장과 병행하던 철광은 도장을 다닌 이후 헬스장 가는 것을 잠시 접어야 했다.

철광이 민철의 도장을 나올 때면 이미 해가 저물 즈음이었다. 수련이 끝나는 시간과 철광이 걷는 길은 아현이 독서실에서 공부를 끝마치고 돌아가는 시간과 길에 정확히 일치했다. 그것은 마치 운명의 장난과도 같았다.

"어? 철광아, 또 보네?"

밤길을 걷던 철광의 뒤에서 아현이 아는 척을 해 왔다. 조그마한 소녀의 등장에 철광은 덩치에 안 맞게 놀라며 어깨를 떨었다. 어색해하는 철광과 달리 아현은 거리낌 없이 그의 옆으로 붙었다.

"헬스하고 돌아오는 길이야?"

"아니. 헬스는 아니고, 나 요즘 도장 다니거든. 지금 끝나고 집에 가는 길이야. 넌 아직도 도서관 다니는 거야?"

"응. 마침 잘됐다. 그럼 우리 앞으로 같이 집에 가자."

아현은 스스럼없이 팔짱을 껴 왔다. 그 순간, 철광은 양귀와 코를 통해 뜨거운 김을 내뿜었다.

"그, 그래! 아하하! 여자애가 밤길에 혼자 다니면 위험하지! 내가 매일 배웅해 줄게!"

생각할 새도 없이 튀어나온 말에 철광은 자기 무덤을 고이 파 버렸다. 그녀를 멀리 해도 모자랄 판에 매일 붙어 있겠다고 약속을 해 버린 것이다. 안 그래도 학교에서 매일 보는 형편인데 이젠 밖에서도 보게 생겼다.

"진짜? 고마워 철광아."

아현은 진심으로 고마운지 해맑게 웃었다. 철광은 마치 우는 듯한 표정으로 웃었다.

철광은 그날 저녁 고뇌와 번뇌에 빠져 잠에 들지 못했다.

철광은 점심시간이면 늘 친구들과 함께 운동을 했다. 농구를 한다거나, 축구를 한다거나. 특히나 철광의 우월한 신체 능력 덕에 그가 속한 반은 스포츠 강팀이었다. 다른 반의 성주도 있었지만 성주는 '사고'를 당한 이후 점심시간에 운동하는 것을 꺼려 했다. 덕택에 철광의 반은 농구가 됐든 축구가 됐든 전 학년을 통틀어 강팀이 되었다.

반 친구들과 농구를 마치고 수돗가에서 세수를 하던 중, 한 친구가 말했다.

"아까 보니까 아현이가 인사하면서 지나가던데 둘이 되게 친한가 봐?"

다른 친구도 옆에서 거들었다.

"맞아, 맞아. 너랑 친해지면서 걔가 말도 많아지고 변했잖아. 설마 너희 둘 사귀냐?"

수도꼭지에 입을 대고 물을 마시던 철광은 물을 뿜었다. 사래에 걸린 듯 목을 부여잡으며 한참을 켁켁거렸다.

"무슨 소리를 하는 거야. 아현이는 그냥 친구라고."

"그래도 혹시 아냐. 걔가 널 좋아할지."

"무슨 말이 되는 소리를! 나처럼 험악하게 생긴 애를 왜 좋아하냐."

"그래? 그럼 내가 대쉬해 볼까?"

순간 철광의 표정이 험악해졌다. 그 친구는 철광의 반응도 모른 채 계속 떠벌떠벌거리며 말했다.

"전에는 몰랐는데 이제 보니까 걔가 은근히 귀여운 구석이 있더라고. 그리고 다른 애들에 비해 좀 순진한 거 같아. 요즘 여자애들이 얼마나 발라당 까졌는데. 그래서 그런지 요즘은 아현이 같은 순딩이 같은 타입이 끌리더라니까."

철광은 애써 모른 척하며 꿀꺽꿀꺽 물을 마셨다. 그러는 사이 친구들의 관심사는 아현이 되어 열심히 수다가 오고 갔다.

"근데 걔 막 손만 잡아도 얼굴 빨개지고 그러는 거 아닐까?"

"설마 그 정도는 아니겠지?"

"어라? 아현이 걔 서림이랑 사귀었던 사이 아니야? 아현이가 일방적으로 걷어차서 한서림이 열 받았던 걸로 알고 있었는데. 얼마 전에 있었던 사건도 그거 때문에 생긴 걸로 알고 있었는데 아니었나 보네."

"둘이 사귀었었어? 그럼 누가 아현이랑 사귀다가 서림이 돌아오면 걔는 죽은 목숨이겠네."

"에이, 괜찮겠지."

이야기를 듣던 철광은 머리가 부글부글 끓는 것을 느꼈다. 아현이에 대해 감히 저렇게 함부로 말하는 걸 참을 수가 없었다. 하지만 저들도 딱히 악감정이 있어서 저리 말하는 건 아닐 테니 화를 낼 수도 없었다. 오히려 화를 냈다간 자신의 입장만 더욱 난처해질 것이다.

하지만 감성은 이성과 달리 제자리를 찾지 못했다. 철광은 어서 이들이 다른 주제로 대화를 했으면 하는 바람으로 말을 돌렸다.

"너희들 숙제는 다했어? 있다가 5교시 고릴라 수업이잖아."

"응, 다했어. 아현이 걔가 가슴만 좀 더 컸으면 좋았을 텐데. 벌써 고등학생인데 너무 작은 거 같아."

수돗가에 모인 친구들 중 숙제를 안 한 건 철광밖에 없었다. 철광은 결국 숙제를 한다는 핑계로 얼른 수돗가를 벗어났다.

5교시 수업 시간.

그 덩치 때문에 철광은 제일 뒷자리였다. 반면 제일 단신에 속하는 아현은 맨 앞자리에 앉았다. 그래도 서로 대각선 축에 머물렀던지라 철광이 눈을 돌리면 바로 아현의 뒷모습을 볼 수 있었다.

"응?"

작은 종이 뭉치가 아현의 정수리를 때리고는 그녀의 책상으로 떨어졌다. 그녀는 종이 뭉치를 펴 보고는 노트에 뭔가를 끄적였다. 그 부분을 작게 찢어서 뭉치고는 자신에게 종이를 던진 친구에게 몰래 던졌다. 선생님 몰래 메모를 통해 멀리 떨어진 친구와 잡담을 나누는 것이다. 문자가 있다고는 하지만 그 특유의 긴장감과 재미는 쪽지에 비할 바가 아니었다.

"음."

철광은 제일 뒷자리에 앉아 그 모습을 다 지켜보고 있었다.

'이것들이 지금!'

아현에게 쪽지를 건넨 이는 좀 전에 같이 농구를 한 친구였다. 이름은 한상종. 단순히 말로만 끝낼 줄 알았더니 정말로 작업을 걸고 있다. 철광은 부럽기도 하고 짜증 나기도 하는 한편, 어떻게든 두 사람을 말리고 싶었다.

'나도 아현이랑 쪽지 나누고 싶단 말이다!'

견디다 못한 철광이 손바닥으로 책상을 때리며 자리에서 일어났다. 부러움과 울분을 담아 외쳤다.

"선생님! 상종이 수업 안 듣고 딴짓합니다!"

학생 운동가의 웅변처럼 굉장히 선동적인 외침이었다.

교사는 입가를 씰룩거리며 주의를 주었다. 믿었던 친구의 배신에 상종은 눈으로 철광에게 물었다.

'왜?'

철광 역시 눈빛으로 대답했다.

'닥쳐. 건드리지 말았어야 했다.'

상종의 집적거림은 쉬는 시간에도 이어졌다. 어디서 그런 말재주가 돋아난 건지 상종은 거침없이 아현과 대화를 이어 나갔다. 철광은 거기에 도저히 끼어들 수가 없어서 주변을 배회하며 지켜보기만 했다.

'아오, 아현이는 왜 저리 경계심이 없는 거야? 저 녀석은 위험한 녀석이라고!'

물론 실제로 위험할 일은 없었다.

상종이라는 친구가 다른 녀석들처럼 음험하거나 나쁜 친구는 아니었다. 약간 짓궂기는 해도 그것이 경계할 만한 사항도 아니었다. 하지만 철광에게는 왠지 모를 불만이 있었다.

어쩌면 단순히 호기심에 의한 관심일 수도 있다. → 진심이 아닌 호기심으로 사람을 좋아해서는 안 된다. → 그렇게 해서 만약 둘이 사귀기라도 한다면 결국 좋지 못한 결과를 맞이할 것이다. → 고로 안 된다.

대충 이런 결론이 나왔다.

그것은 마치 아버지가 내 눈에 흙이 들어가기 전까지 이 결혼은 안 된다고 외치는 것과 같았다. 대략 그런 비슷한 감정이었다.

학교가 끝나고 여느 때처럼 철광과 아현은 같이 집으로 향했다. 거기에 초대받지 않은 손님이 등장했다. 상종이었다.

"너희들 같이 걸어가는 거야? 나도 같이 좀 끼자."

철광은 어금니에 힘을 꽉 주며 물었다.

"상종이 너 이쪽 방향이 아니지 않니?"

"아무렴 어때. 듣자하니 아현이네 집 학교에서 별로 안 멀다며? 같이 갔다가 돌아가면 그만이지."

"그래도 괜히 돌아가는 건데 그냥 가는 건 어떠니?"

"에이. 집 가는 길은 늘 혼자여서 심심했다고. 이참에 같이 가지 뭐."

상종은 그리 말하며 아현에게 잇몸이 드러나도록 씨익 웃었다. 아현이 철광에게 말했다.

　"그래 철광아. 상종이도 같이 가자. 많으면 많을수록 좋은 거잖아."

　"그, 그렇지? 하하하."

　아현의 조곤거리는 말에 철광은 금방 무력화되었다. 상종은 웃으면서 슬금슬금 철광의 눈치를 살폈다.

　이야기를 주로 주도한 건 상종이었다. 상종은 쉴 틈 없이 이야기하며 아현을 웃고 집중하게 만들었다. 그 옆에서 철광은 그저 추임새나 넣는 방청객이 되어야 했다.

　"아아. 그렇구나. 그랬구나. 어쩜."

　아현은 세 사람의 중앙에 서 있었다. 이야기는 상종이 이끌었고 덕분에 그녀의 고개는 상종 쪽으로 완전히 돌아가 있었다. 철광이 볼 수 있는 건 상종의 얼굴과 아현의 뒤통수뿐이었다. 그녀가 자신을 돌아봐 주길 바랐지만 끝끝내 철광은 아현의 관심을 살 수 없었다.

　"그럼 잘 들어가고, 내일 봐."

　아현은 손을 흔들며 집으로 들어갔다.

　철컹.

　집 대문이 닫히자 상종은 휘파람을 불며 딴청을 피웠다. 철광은 그런 상종을 죽일 듯이 노려보았다. 철광이 말을 꺼내기 전 상종이 먼저 선수 쳤다.

"이거 이거, 가을인 줄 알았더니 봄이로구만."

"봄이라니. 갑자기 그게 무슨 소리야."

상종은 손가락으로 철광의 가슴을 쿡 찔렀다.

"여기에 봄이 왔다고. 네 마음속에."

상종은 음흉하게 웃으며 혓바닥을 날름거렸다. 그에 자극받은 철광이 우렁차게 외쳤다.

"내가 뭘! 난 아현이 안 좋아한다고!"

우렁찬 자폭이었다. 강한 부정은 긍정이라고들 하지만 그런 걸 떠나서 지금의 철광은 너무 티가 났다. 차라리 맞다고 수긍하는 게 더 나았으리라.

한 박자 늦은 감이 있었지만 철광은 이마를 덮으며 인정했다. 그렇게 쿨가이인 척 시늉을 내 보지만 상종은 그리 보지 않았다.

"어쩐지 수돗가에서 네 반응이 좀 이상하다 싶었지. 수업 시간에 보인 행동도 영 뜬금없었어."

"그, 그래서 뭐가 어쨌다고."

"어쩌기는 뭐가 어째. 네가 아현이 좋아한다고 해서 내가 뭐라고 했어? 아니잖아."

"으음."

"너무 그렇게 신경 쓸 필요 없어. 사람이 사람을 좋아하는 게 잘못된 거냐? 그런 거 아니잖아? 그건 지극히 자연스러운 거라고. 잘 생각해 봐. 누굴 미워하는 것보다는 다른 누굴 좋아하는 게 너에게도 훨씬 더 이득이라고. 생산적이고, 긍정적인 거지."

상종의 말에 철광은 혼란을 느꼈다. 너무나도 옳고 당연한 말이었지만 그래도 꺼림칙한 부분이 있었다. 일종의 죄책감이었다. 마음은 분명 그리로 향하는데 이거 이래도 되나 싶은 감정.

결국 두 사람은 같이 거리를 걸으며 상담 아닌 상담을 했다. 철광은 상종에게 자신의 감정에 대해 털어놨다. 어쩌다가 그녀와 알게 되었고 언제부터 그녀가 좋아졌는지 몽땅 다. 이야기를 들은 상종은 본격적으로 조언을 해 주었다.

"만약에 말이야. 해도 후회고 안 해도 후회라면 난 개인적으로 해 보는 게 낫다고 생각해."

"그러다가 만약 거절당하면?"

"거절 안 당하면?"

"으음. 만약 고백했다가 친했던 사이가 틀어지면 어떻게 해."

"안 틀어지면 어쩔 건데."

"하지만 아현이는 서림이를 좋아해. 난 안 될 거야."

"서림이를 친구 정도로만 생각한다면?"

상종의 빈틈없는 공격에 철광은 궁지에 몰린 표정을 지었다. 철광의 마음이 약해졌음을 깨달은 상종은 연달아 몰아쳤다.

"길 가는 사람에게 연락처를 물어본다거나, 사람 좋아하고 고백하고 그런 일을 너무 대단하게 생각하지 말자고. 그냥 가벼운 거야. 별거 아니라고. 고백하기 전까지는 이게 대단한 일 같고 엄청 조마조마하지만 실제로 해 보면 별거 아니야. 오히려 미리부터 익숙해지는 게 좋다고 생각해."

"그럴까?"

"그렇고말고. 자신감을 가져. 용기 있는 자만이 미인을 차지하는 거라고."

철광은 먼 하늘을 바라다보았다. 많은 생각이 드는 하루였다.

그날부터 상종의 특별 훈련이 시작되었다. 본격적으로 철광이 아현과 더욱 친밀해지고 가까워지기 위한 계획이었다. 그 작전의 첫 번째는 대화를 나눌 때 눈을 마주치라는 거였다.

"아현아."

"응?"

철광은 상종이 말해 준 대로 그녀의 눈을 똑바로 쳐다보았다. 자기 스스로 생각했을 때는 그윽한 눈이었지만 다른 학생들이 봤을 땐 어린 양을 노리는 늑대의 눈빛이었다. 아현이 무슨 일이냐며 눈을 동그랗게 뜨자 철광의 등 뒤로 식은땀이 폭포처럼 흘렀다.

"아니, 아무것도 아니야."

비 오듯이 땀을 쏟던 철광은 이내 눈을 피했다. 철광에게 있어 아현은 태양과도 같았다. 그 작열하는 빛을 직시할 수 없었다.

너무 빠른 것 같지만 일단 첫 번째 작전은 실패였다.

철광은 곧장 두 번째에 돌입했다. 상종의 두 번째 작전, 상대를 칭찬하라. 그녀는 어느 날 못 보던 머리띠를 하고 왔다. 아무리 살펴봐도 그 머리띠 말고는 평소와 다를 것이 없었던지라 철광은 그 점을 공략했다.

"아현아, 그 머리띠 뭐야? 처음 보는 건데 되게 예쁘다."

아현의 어깨 너머에서는 상종이 매의 눈으로 그들을 관찰하고 있었다. 상종은 안경을 고쳐 쓰며 사인을 보냈다. 사인을 받은 철광은 심호흡을 하고는 예정된 대사를 했다.

"귀, 귀여운 거 같아."

"그래? 이거 예전에도 자주하고 다녔던 건데."

그녀는 그리 말하며 약간 섭섭하다는 표정을 지었다. 그에 철광은 사형선고라도 당한 것처럼 절망적인 표정을 지었다.

"하긴, 내가 존재감이 좀 없지."

그녀는 쓸쓸한 표정을 지으며 철광을 스쳐 지나갔다. 더할 나위 없이 완벽한 실패였다. 억울함에 철광은 상종의 멱살을 붙잡고는 붕붕 흔들었다.

"이게 어떻게 된 거야! 칭찬하면 좋다며!"

"으윽. 그건 네 불찰이었어. 내 잘못이 아니라고. 어떻게 좋아하는 여자애가 자주하고 다녔던 머리띠를 못 알아볼 수가 있어?"

"너무 긴장해서 그렇지!"

"알았어. 어쩔 수 없지. 다음 단계로 넘어간다."

상종의 세 번째 계획은 다음과 같았다. 스킨십을 많이 할
것. 이건 시도해 볼 것도 없이 실패였다. 얼굴이 빨개진 철광
은 상종을 붙잡아 빙글빙글 돌리며 소리를 질렀다.

"말이 되는 소리를 해, 이 자식아! 부끄러운 줄 알아야지!"

그리하여 작전은 초고속으로 네 번째 단계로 돌입했다. 너
무 빠른 것 같았지만 어쩔 수 없었다. 가끔은 빠른 포기가 미
래를 위해 좋을 때도 있는 법이다. 그들에게는 후회를 돌아보
지 않는 강단이 필요했다.

네 번째 작전은 공통의 관심사 찾기였다. 상종은 찡긋 안
경을 빛내며 말했다.

"자고로 사람이란 자기가 좋아하는 걸 같이 좋아해 주면
사족을 못 쓰는 법이야. 공감대 형성인 거지. 아현이가 가장
좋아하는 걸 공략해 봐."

이번에는 딱히 부끄러울 것이 없는 주문 사항이었다. 철광
은 잔뜩 기합을 넣고 아현에게 돌격했다.

"아현아, 뭐해?"

"아, 그게."

그녀는 수업 중에 배웠던 것 중 중요한 부분을 노트에 메
모하고 있었다. 철광은 살짝 긴장했지만 순발력을 발휘했다.

그녀의 귀에는 이어폰이 꽂혀있었다.

"무슨 노래 들어?"

"응? 그냥 인기 순으로 다운받은 건데."

"음, 그렇구나."

사실 그녀는 음악을 크게 좋아하지 않았다. '딱히 가리지는 않고 좋으면 듣는다' 하는 유형이었다. 철광은 포기하지 않고 틈틈이 기회를 엿봐 대화를 걸었다.

"뭐해, 아현아?"

"강의 듣고 있어."

아현의 PMP에는 노래와 인터넷 강의밖에 없었다.

"아현아, 뭐해?"

"어제 배운 거 복습 중이야."

"아현아, 뭐해?"

"대학교 알아보고 있었어."

"아현아, 뭐해?"

"저번에 본 시험 복습하고 있었어."

"그렇구나. 그랬구나."

철광은 그녀에게 도저히 범접할 수 없는 벽을 느꼈다. 도무지 그녀의 관심사를 알 수가 없었다. 취미가 공부고 특기가 공부고 아침에 일어나면 예습을 하고 자기 전에 복습을 하는 게 바로 그녀였다. 반면 철광과 공부는 서울과 부산만큼의 거리감이 있었다. 천사와 악마처럼 서로 친해질 수 없었으며 물과 기름처럼 서로 섞일 수 없었다.

철광은 자신이 그녀에게 도달할 수 없다는 사실에 급격한 멘탈 붕괴를 겪었다. 이성을 상실한 철광은 어찌할 바를 몰라 했다. 위기감을 느낀 상종은 '위기일발 플랜 B'를 세워야 했다. 플랜 B는 다음과 같았다.

"같이 밥을 먹어. 단둘이 말이야."

"도시락을 말하는 건가?"

상종은 답답하다는 표정으로 철광을 바라보았다.

"이 답답아. 그게 아니잖아. 밖에 나가서 밥을 먹는 거야. 뭐 고급 레스토랑까지는 필요 없어. 우린 아직 학생이니까. 그냥 적당한 식당을 골라서 밥을 먹어. 단둘이, 마주 볼 수 있게 앉아서 말이야!"

"그, 그래! 좋았어!"

"돌격!"

50년 전통 콩나물 국밥집.
얼큰한 그 맛! 해장에 딱! 새우젓을 넣어 드시면 더 맛있어요!

"야이, 멍청아!"

상종은 철광을 마구 구박하며 윽박질렀다. 적당한 식당을 고르라고 했더니 여자애를 콩나물 국밥집에 데리고 갔다. 철광의 센스에 미치고 팔짝 뛸 노릇이었다. 구석에 쪼그리고 앉아 상종의 발길질을 얻어맞던 철광이 외쳤다.

"콩나물 국밥이 뭐가 어때서? 무시하지 마! 얼마나 얼큰한데!"

"아오, 그래. 얼큰하게 나가 죽어라 그냥."

"그래도 순대 국밥보단 낫지 않을까 해서 데리고 갔다고."

"뭐? 이 콩나물 같은 자식아!"

상종은 어찌나 답답한지 평소엔 겁이 나서 하지도 못한 폭언을 폭격처럼 퍼부었다. 여기에는 상종의 판단 실수도 끼어 있었다. 철광이 이리도 얼큰한 취향의 남자인 줄 미처 몰랐던 것이다.

상종은 포기하지 않았다. 계속 철광의 옆에서 조언을 하며 물심양면으로 도와줬다. 플랜 B가 안 통하면 플랜 C로, C가 안 통하면 D로, 작전은 계속 유동적으로 변했다. 철광도 작전을 떠나서 보다 적극적으로 공세에 나섰다. 은근슬쩍 선물을 보낸다거나 수업 중에 문자를 보낸다거나 하는 식이었다.

그렇게 한 달 정도가 지났을까. 상종은 어느 정도 자신의 계획들이 먹혀들어감을 느꼈다. 요즘 들어 부쩍 아현이 먼저 다가와 철광과 대화하는 시간이 많아졌다. 아현처럼 소극적인 아이는 상대방이 먼저 다가가는 게 답이었다. 그런 의미에서 지금까지 철광이 한 바보짓들이 그렇게 무의미한 것은 아니었다.

친구 사이라고 벽이 없는 것은 아니다. 상대에게 더욱 다가

가려 노력 하지 않는다면 친구라는 건 그저 명분 좋은 허울이 될 것이다. 철광은 본의 아니게 조금씩 '친구 사이의 벽'을 허물어트리는 중이었다.

"좋아. 결전의 날이 다가왔군."

계획의 마지막은 고백이었다.

이날을 위해 철광과 상종은 계속해서 실패와 성공의 줄타기를 해 왔다. 이젠 결실을 맺을 때였다. 철광은 오늘 그녀를 집에 바래다주며 고백하기로 마음을 먹었다. 최종 미션 때문인지 철광은 그날따라 유독 말이 없었다. 그저 아현과 함께 묵묵히 길을 걷기만 했다.

말은 없었지만 철광의 머릿속에서는 오만가지 생각들이 넘쳐나고 있었다. 언제 말을 꺼낼까, 뭐라고 말을 시작할까. 거절하면 어떡하지? 덜컥 승낙해 버리면 또 어쩌지? 이러면 어떡하지? 저러면 어쩌지? 어떻게 하지? 어떡해? 나는 누구지? 여긴 어디지? 내가 대체 왜 이러고 있는 거지? 뭘 위해? 뭘 원해서? 왜? 뭘?

한편 나란히 걷는 두 사람을 멀리서 지켜보는 이가 있었다. 상종이었다. 상종은 어디서 아버지 것을 훔쳐 왔는지 트렌치코트에 중절모까지 써서 정체를 감추고 있었다. 계속 전신주나 자동차, 가로수에 몸을 숨기며 거리를 유지했다.

'저 멍청한 녀석. 대체 언제 고백하려는 거야?'

그렇게 패닉 상태로 말 한 마디 없이 걷기만 하니 어느새 그녀의 집에 도착했다.

"오늘도 바래다줘서 고마워. 그럼 내일 봐."

"그, 그래."

아현이 대문을 열고 안으로 들어가기 직전, 철광의 손이 그녀의 어깨를 붙잡았다.

"어머."

아현은 깜짝 놀라 철광을 보았다. 철광을 올려다보며 왜 그러냐는 눈빛을 보냈다. 철광의 가슴은 미칠 듯이 술렁거렸다. 술렁술렁, 그것은 마치 시한폭탄의 파란 선을 잘라야 하는지 아니면 빨간 선을 잘라야 하는지를 선택하는 긴장감과도 닮아 있었다. 멀리서 지켜보던 상종도 손톱을 깨물며 응원했다.

'어서! 어서!'

철광은 입술을 바들바들 떨며 힘겹게 말을 꺼냈다.

"잘 들어가. 내일 보자."

"철광이, 너도 잘 들어가."

아현은 손을 흔들며 대문을 닫았다.

철컹.

철문이 닫히고 철광은 무거운 걸음을 옮겼다. 전신주 뒤에 숨어 있던 상종이 왁 하며 모습을 드러냈다.

"멍청아! 거기서 그냥 보내면 어떻게 해! 그때가 바로 기회였단 말이다. 치고 들어가야지 거기서 빠지면 어떻게 해?"

철광은 씁쓸한 표정으로 먼 산을 바라보았다.

"나 아현이에게 고백하지 않을 거야."

"그게 무슨 소리야? 걔 좋아하잖아."

"좋아해. 하지만 난 그 애가 행복해졌으면 하는 바람이야."

"뭐라고?"

"난 그 애가 행복해지기를 바래. 나랑 사귀면서 행복해질 수도 있겠지. 그건 나 하기 나름이니까. 하지만 그러면 서림이가 행복해지지 못할 거야. 서림이가 행복하지 못한다면 아현이 역시 행복하지 못할 거야. 그럼 결론적으로 아현이는 행복하지 못하게 되겠지."

"그게 대체 무슨 뚱딴지같은 소리야?"

철광은 상종에게 악수를 청했다.

"지금까지 고마웠다. 하지만 난 고백하지 않을 거야. 곁에서 그녀의 행복을 빌어 줄 거야."

"너 이 녀석……."

두 사람은 고개를 끄덕였다. 상종은 철광의 손바닥에 짝, 자신의 손바닥을 맞추었다. 하이파이브다.

"네가 진짜 남자다. 다시 봤다."

"짜식."

"너 지금 울고 있는 거냐?"

"눈에 뭔가가 들어갔나 봐."

"후훗."

철광과 상종은 서로 어깨동무를 하고서 석양을 향해 걸어 갔다. 붉게 타오르는 석양이 두 사람을 축복해 주고 있었다. 두 사람은 키득거리며 지평선 너머로 모습을 감추었다.

"상종아. 너는 언제 그렇게 여자애 대해 빠삭하게 알았냐? 솔직히 많이 놀랐다 야."

"후후, 다 방법이 있지. 나만의 비결이랄까나."

"뭔데. 얘기해 줘 봐."

"안 돼. 비밀이야."

철광을 집까지 바래다준 상종은 집으로 향했다. 현관문을 열고 들어가기 무섭게 자신의 방으로 직행했다. 그는 바로 컴퓨터를 켰다.

"좋아. 오늘도 시작해 볼까?"

상종은 하드 깊숙한 곳에 꽁꽁 감춰 놓았던 파일을 클릭 했다. 게임 파일이었다. 게임을 실행시키자 미소녀들이 잔뜩 그려진 그림이 떴다.

—에로에로 스쿨! 방과 후 미소녀들!

상종은 음흉한 미소를 지으며 미소녀 게임을 시작했다.

"오늘은 또 누구를 공략해 볼까?"

Battle 07

새로운 영웅

봉준오는 올해로 54세가 되는 한 가정의 가장이다. 어려서 부터 가정 형편이 좋지 않던 그는 성장기에 큰 방황을 했다. 그리하여 학교는 중학생 시절 그만두었고 질 나쁜 친구들과 어울리며 지냈다.

그러다가 스무 살 때, 아버지의 지병이 악화되어 세상을 떠 났고 그는 큰 충격을 받았다. 그는 모르고 있었다. 자신의 아 버지가 죽음에 이를 정도로 심각한 지병이 있었다는 사실을 말이다.

커다란 충격을 받은 그는 무슨 생각이 들었는지 자진해서 군대에 입대했다. 3년간의 군 생활을 끝마친 그는 이제부터라도 정신 차리고 열심히 살아야겠다고 생각했다. 자신이 이후에 낳게 될 아이가 자신과 같은 삶을 사는 것을 원치 않았다. '나'보다는 '나 다음'을 위해 열심히 살기로 마음먹었다. 아버지가 차마 해 주지 못한 것을 자식들에게 해 주고 싶었다.

그는 그날부터 닥치는 대로 일을 찾아서 시작했다. 아무것도 준비되지 않은 상태에서 그가 할 수 있는 일은 공사장 노가다뿐이었다. 비록 고된 나날들이었지만 준오는 불평하지 않았다. 이렇게 일이 있다는 것 자체에 감사했다.

그는 일을 하며 틈틈이 중장비에 대한 공부를 했다. 같은 공사 일이라고 해도 맨몸으로 때우는 것과 장비를 다루는 것은 수입 차이가 꽤 컸다. 자격증 공부를 게을리하지 않은 덕에 그는 남들이 못 다루는 다양한 중장비를 다룰 수 있게 되었다.

공사장 일의 특성상 몸은 힘들더라도 수입은 제법 짭짤했다. 남들은 하루 벌어서 술을 마신다거나 당구를 치러 간다거나, 혹은 도박에 전부 탕진했지만 그는 그러지 않았다. 통장을 만들어 차곡차곡 모아 나갔다.

돈이 어느 정도 모였을 때 그의 앞에 새로운 인연이 나타났다. 모 여대에 다니는 아름다운 여성이었다. 그녀는 준오와는 태생적으로 다른 존재였다. 잘사는 집에 태어났으며 힘든 일, 더러운 일 같은 건 겪어 본 적 없는 온실 속의 화초 같은 존재였다. 준오는 그녀를 보자마자 가슴이 두근거리는 것을 느졌다. 그는 다짐했다. 그녀를 반드시 자신의 여인으로 만들고야 말겠다고 말이다.

처음 그녀를 본 이후 준오는 그녀에게 갖가지 방법을 동원해 구애했다. 말을 걸고, 약속을 잡고, 선물을 보내고. 처음에는 그녀도 경계를 했으나 시간이 지나자 차츰 그 벽이 허물어졌다. 결국 두 사람은 사귀게 되었고 결혼까지 골인했다.

그에게 있어서는 꿈만 같은 일이었다.

첫사랑과 결혼에 성공하고 남들 다 무시하는 공사장 인부로 제법 큰돈도 모았다. 준오는 못 다루는 장비가 없었기에 공사장 내에서도 고급 인력이었다.

현재 준오는 어느 대기업의 고층 건물을 만드는 일에 투입되었다. 그의 일은 타워크레인을 다루는 일이었다. 타워크레인이란 수직으로 높게 솟은 ㄱ자 형태의 기기이다. 일종의 거대한 '인형 뽑기 기계'와도 같다.

기기를 조종하는 콘솔이 무척이나 높은 곳에 위치하기 때문에 고소공포증이 있는 사람은 다루지 못한다. 그 끝에 H빔처럼 무거운 것을 달아 쉽고 멀리, 높이 이동시킨다. 준오는 평소처럼 일에 열중했다. 작업 콘솔에 붙여 놓은 가족사진을 볼 때면 피곤함과 아찔함도 가시는 듯했다. 전에도 자주해왔던 일이었고 특별할 것은 없었다. 그러나 오늘만큼은 달랐다.

"이게 왜 이러지?"

예전이었다면 휘파람을 불며 일을 처리했을 텐데 지금 그의 이마에는 식은땀이 송골송골 맺혀 있었다. 현재 시각은 오후 1시. 점심시간이었다. 다른 인부들은 수건으로 땀을 닦으며 밥 먹으러 갈 준비를 하고 있었다. 지상의 인부들은 타워크레인의 꼭대기를 바라보았다.

"봉 씨! 얼른 내려와! 안 내려오면 우리끼리 밥 먹으러 간다!"

준오도 얼른 밑으로 내려가고 싶었다. 근데 그럴 수가 없었다. 기기가 말을 듣지 않았다.

"젠장! 말 좀 들어!"

어떤 결함이 생긴 건지 콘솔을 아무리 조작해 봐도 말을 듣지 않았다. 제어가 되기는커녕 오히려 제멋대로 움직이기까지 했다.

"어어어!"

밑에 있던 인부들은 비명을 질렀다. 타워크레인의 끝에는 아직 H빔이 걸려 있었다. 그 상태로 크레인이 멋대로 회전하기 시작했다. 크레인의 뒤에는 뼈대가 앙상한 건물이 서 있었다. 크레인이 이대로 회전을 계속한다면 크레인 끝에 걸린 H빔과 충돌하게 될 것이다.

"멈춰!"

콰드득!

기어이 H빔과 건물이 충돌했다. 아직 완성되지 않은 건물이었다. H빔과 충돌한 부분이 부서지고 깨지며 사방으로 튀었다.

"으아악!"

지상에 있던 인부들은 안전모를 부여잡으며 건물로부터 달아났다. 충돌로 인해 무수히 많은 파편들이 밑으로 쏟아지고 있었다.

그나마 다행인 건 식사시간이라 건물에 남아 있던 사람은 없었다는 것이다. 덕분에 대형사고로까지는 퍼지지 않겠지만 그래도 위험한 건 위험한 거였다. 밑에 있는 사람들은 일단 멀리 대피했지만 준오는 어떻게 대처할 수가 없었다. 기기가 미친 것처럼 저 혼자 요동을 쳤으며 그 떨림은 고스란히 몸에 전달됐다. 크레인의 기둥 부분이 무게를 견디지 못하고 점점 우그러들고 있었다. 이대로 가다간 저 높은 크레인이 옆으로 쓰러지는 것은 시간 문제였다.

"사람 살려! 사람 살려!"

그는 콘솔에 붙은 가족사진을 때서는 품에 안았다.

"봉 씨! 아이고, 저걸 어쩐데!"

다른 인부들은 공포에 떨고 있을 준오를 생각하며 혀를 찼다. 자신들이 도와주고 싶었지만 방법이 없었다. 애초에 저건 인간이 어떻게 나서서 도와줄 수가 없었다. 경찰, 119구조대, 군인들이 와도 막을 수 없었다. 보통의 인간은 어쩔 수 없는 상황이었다. 인간을 뛰어넘는 초월적인 존재, 백마 탄 초인이 나타나지 않는 이상 해결 불가능한 일이었다.

그리고 영웅이 나타났다.

그는 바닥을 딛고 도약하여 타워크레인의 꼭대기까지 날아올랐다. 괴력을 발휘해 조종석의 문을 뜯어내고 준오를 어깨에 걸쳤다.

"아아악!"

준오에게는 처음 있는 일이었다. 외간 남자의 어깨에 걸쳐 몇십 미터에서 떨어지는 경험이 말이다. 영웅은 사뿐히 바닥에 착지했다. 지상의 인부들이 있는 위치였다.

"다들 안심하세요. 함부로 움직이지는 마세요. 이제 괜찮습니다."

그의 말과 달리 아직 괜찮지 않았다. 점점 기울던 크레인이 이윽고 완전히 무너져 버린 것이다. 그것도 하필 인부들이 있는 위치로 쓰러지는 중이었다.

"으아악!"

인부들은 눈을 질끈 감으며 바닥에 주저앉았다.

쿠궁!

주변으로 한바탕 폭풍이 불어 닥쳤다. 뿌연 연기가 가라앉고, 인부들은 자신들이 죽지 않았다는 생각에 조심스레 실눈을 떠 보았다. 놀랍게도 갑자기 나타난 사내가 쓰러지는 크레

인을 두 손을 막고 있었다. 인부들은 부들부들 떨며 사내를
우러러보았다.

"다, 당신은 누구요."

남자는 인부들을 쳐다보며 씨익, 웃었다. 웃고 있는 남자의
왼뺨에는 흉터 자국이 있었다.

그는 후드와 마스크를 쓰고 있지 않았다.

그는 나이트 후드가 아니었다.

*　　　*　　　*

다음 날.

그 소식은 뉴스 전파를 타고 전국에 퍼졌다. 새로운 영웅
이 등장해 공사장의 대참사를 막았다는 소식이었다. 그리고
그 사실은 동해가 다니는 일출 고등학교에도 퍼졌다.

"야, 어제 뉴스 봤냐?"

"뭔데? 뭔데?"

학생들은 휴대폰을 통해 어제 있었던 사건을 방영한 뉴스
를 틀었다.

"우와, 진짜 멋있다."

"말도 안 돼. 사람이 어떻게 이럴 수가 있어?"

"믿을 수가 없네."

"야야, 이거 영화 아니야? 막 홍보 차원에서 광고 뿌리는

거 아니야?"

"아냐. 생각해 보니 나 친구들이랑 밖에서 놀다가 크레인 쓰러지는 거 봤어."

동해의 휴대폰은 인터넷이 안 되는 물건이었다. 다른 학생들 틈바구니에 껴서 같이 뉴스를 관람했다.

'어라? 저 사람은?'

많이 익숙한 얼굴이었다. 다부진 체구와 왼뺨의 흉터. 그는 분명 요환과 함께 등장한 남자였다. 동해는 기이한 기분을 느꼈다. 악당일 거라 생각했는데 사람들을 구하다니. 이게 대체 무슨 조화일까?

학교 수업이 전부 끝나고 집에 돌아갈 때까지 동해는 계속 생각했다. 도저히 이해할 수가 없었다. 머리가 복잡해진 동해는 민철의 도장을 찾았다.

계단을 밟고 올라가 문을 열자 기이한 풍경이 연출됐다. 민철은 창문을 열고서 담배를 태우고 있었다. 그리고 웬 두 사람이 벽에 다리를 올리고서 엎드려뻗쳐를 하는 중이었다. 근데 그 모습이 어째 무척 낯이 익다.

"으응?"

동해는 머리를 긁적이며 두 사람을 살폈다. 두 남자는 벌을 서면서도 작게 속삭이듯이 대화를 주고받고 있었다.

"너 때문이잖아, 이 자식아."

"이게 왜 나 때문이야."

"네가 술 먹자고 꼬시지만 않았더라면 이렇게 되지 않았을 거 아냐?"

자세히 보니 철광과 태수였다. 동해는 두 사람이 왜 여기에 있는지 의아해하며 고개를 갸웃했다.

"그만."

뒤돌아 있던 민철이 한마디 하자 두 사람은 무너지듯 자리에 쓰러졌다. 얼마나 오래 그러고 있었는지 손바닥이 빨개질 정도였다. 철광은 찌뿌드드한 허리를 풀다가 동해를 발견하고는 반갑게 인사했다.

"동해, 네가 여기엔 웬일이야?"

"나도 예전에 여기 다녔었거든. 민철이 형, 안녕하세요."

동해가 들어온 걸 확인한 민철 역시 반갑게 맞아 주었다. 태수는 우물쭈물 동해의 눈치를 보는가 싶더니 휙 외면했다. 그는 아직도 동해를 대하는 게 부자연스러운가 보다. 철광이 말했다.

"네가 여기를 다녔었다고? 말도 안 돼. 어떻게 이런 미친 곳을."

철광은 아무렇지도 않게 도장에 대한 험담을 늘어놓다가 입을 다물었다. 바로 옆에 민철이 두 눈 빤히 뜨고 있었기 때문이다. 철광이 그런 말을 쉽사리 할 정도로 확실히 민철의 수련은 과격한 방식을 자랑했다. 도장 선배인(?) 동해는 철광의 기분을 십분 이해했다.

두 사람은 어제 수련을 마치고 단둘이 조촐하게 술자리를 가졌다. 예전에 질 나쁘게 놀았던 버릇을 못 고친 것이다. 어쩌다가 그 모습을 민철에게 들켰고 이렇게 벌을 받은 것이다. 벌을 받기 전, 태수는 예전의 성격을 못 버리고 대들었다.

"아저씨, 요즘 애들 한 성질 하거든요?"

"그 애가 커서 된 게 나다 이 새끼야."

민철은 뒤통수를 휘갈기며 태수의 정신을 수정시켜 주었다. 이윽고 두 사람은 절대로 술과 담배를 하지 않겠다고 각서를 쓴 이후에야 도장을 나올 수 있었다. 태수와 철광을 배웅한 뒤 동해가 말했다.

"민철이 형, 뉴스 봤어요?"

"봤다."

짧게 대답하는 민철의 표정은 사뭇 진지했다.

"나도 대철이 녀석한테 이야기를 들어서 알고 있다. 그 자식 요환이 녀석과 한패라면서? 그런 녀석이 갑자기 왜 그런 말도 안 되는 짓을 했는지 나도 그게 의문이구나."

"뭔가 속셈이 있는 거겠죠?"

"당연하지. 너도 조심해라. 앞으로 무슨 일이 일어날지 도저히 감이 잡히지 않아. 예측할 수가 없다고."

민철은 미간을 잔뜩 찌푸리고서 중얼거렸다.

"오요환."

동해는 민철을 가만히 바라보았다. 돌이켜 보니 대철에게서

들은 이야기가 떠올랐다. 요환에게 당해 맥을 파괴당했다는 이야기. 동해는 걱정스러운 투로 물었다.

"민철이 형, 괜찮아요?"

"뭐가 말이냐."

"아, 아니에요."

"싱거운 녀석."

대놓고 말할 수가 없어서 동해는 대충 얼버무렸다.

다음 날에도 새로운 영웅의 활약은 계속되었다. 불이 난 상가에서 사람들을 구출하고, 교통사고가 났을 때 빠르게 나타나 사람들을 구출했다. 그는 언론에 자신의 모습이 노출되는 것을 꺼리지 않았다. 검은 꼬리가 그랬던 것처럼 언론의 인터뷰 요청에도 거리낌 없이 응했으며 심지어 마스크로 얼굴도 가리지 않았다. 인식 장애를 걸지도 않았다.

그는 감추지 않고 전면에 자신을 드러냈다. 삽시간에 그는 인기인이 되었다. 나이트 워커 팬 카페에 빠르게 이름이 올라왔으며 그 인기는 나이트 후드에 비할 바가 아니었다. 심지어 특집으로 두 시간 분량 방송까지 만들어질 정도였다.

—특집! 영웅은 어떻게 탄생하는가.

그의 이름은 임진광.

어렸을 때는 딱히 특별하지 않았다고 한다. 그냥 평범했고 남들과 다른 점도 없었다. 나름대로 특이점이라면 집이 무척

가난하여 학교를 그만두고 일찍이 직업 전선에 뛰어들었다는 것 정도. 그것이 그가 가진 유일한 특이점이었다. 말이 직업 전선이지 그냥 일용직에서 일하는 것이었다.

"그때는 조금 처절했어요. 뭐라고 하면 좋을까. 꿈도 희망도 없던 시절이었죠. 그러던 어느 날 병원에 입원하게 됐어요. 높은 곳에서 떨어진 자제에 얻어맞았거든요. 제 왼뺨에 보이는 상처도 그때 생긴 거죠. 그때까지 벌어 둔 돈은 병원비로 전부 날렸어요. 그마저도 모자라서 동료 인부들이 돈을 모아서 보태 줬어요. 죽을 수도 있는 일에 목숨을 건진 건 정말 감사한 일이지만 현실은 그렇지 않았죠. 말 그대로 몸만 덜렁 남은 상황이었거든요. 알거지가 된 거죠."

하지만 그에게는 인생의 전환점이 되는 계기가 있었으니.

"그냥 죽고 싶었어요. 아무런 희망도 없었죠. 그래서 오밤중에 미친놈처럼 도로에 뛰어들었어요. 그때 트럭이 다가와서 저를 들이받았어요. 그 순간 저는 느꼈죠. 아, 이대로 죽는구나. 인생 아무런 의미도 없이 그냥 왔다가 가는구나 하고 말이죠."

그러나 그는 죽지 않았다.

놀랍게도 트럭은 전신주라도 들이받은 것처럼 엉망이 되었지만 그는 티끌만큼도 다치지 않았다. 그저 옷만 조금 찢어졌을 뿐, 피부에는 아무런 상처도 나지 않았다.

"처음에는 너무 정신이 없었고 못 미더웠어요. 그래서 이런 저런 실험을 해 봤죠. 직접 칼로 손을 베어 보기도 하고 돌로 때려 보기도 하고. 그런 몇 가지 실험을 해 본 뒤에야 완전한 확신을 갖게 됐어요. 쉽게 받아들일 수 없었지만 확고한 사실이었죠. 저는 남들과 달랐던 거예요."

남들과는 다른 비현실적인 능력을 깨달은 임진광. 그는 고민한다. 과연 이 힘을 어디다가, 어떻게 써야 할까 하는 고민이 그를 괴롭게 했다.

"처음에는 이 능력을 나쁜 곳에 사용했어요. 제 사리사욕을 채우는데 썼죠. 돈을 훔친다거나 하는 식으로 말이에요. 그런데 일 년 뒤에 어떤 소식을 들었어요. 예전에 같이 일했던 사람이 병으로 죽었다는 거예요. 전에 제가 다쳤을 때 돈을 모아 줬던 인부들 중 하나였죠. 충격을 받았어요. 제가 위급했을 때 도움을 줬던 사람인데, 정작 그가 위독할 때 저는 아무 도움도 주지 못했죠. 심리적으로 크게 위축이 됐어요. 한동안 아무것도 하지 못했죠. 그때 당시 자학적인 생활을 했던 것 같아요. 그냥 술이나 먹고 아무 일도 안 하고 다녔죠. 머리카락도 길어서 치렁치렁하고 수염도 안 깎은 모습이었죠. 그러다가 어느 날 깨달았어요. 그때도 술을 사러 밖에 나갔어요. 어린애가 횡단보도를 걷는데 차가 빠르게 접근하는 거예요. 아무 생각도 들지 않았어요. 어떻게 인식하기도 전에 몸이 먼저 튀어 나갔죠. 몸을 날려서 여자애를 구해냈어요. 정신이 없었죠. 여자애는 울고 운전자는 밖으로 나와서 미안하다고 사과하고. 심장이 두근거리는 것을 느꼈어요. 이거다 하는 감정이었죠."

그날부터 그는 자신의 능력을 사람들을 돕는 데 쓰기로 마음먹었다.

"이제부터는 전처럼 그렇게 의미 없이 살지는 않을 겁니다. 신이 어째서 제게 이런 큰 힘을 줬는지는 저도 몰라요. 하지만 거기에는 분명 이유가 있을 거라고 믿습니다. 그 믿음을 가지고 살 겁니다."

임진광.

그는 현재 전국의 경찰들과 협력하며 범죄를 소탕하며 사람들을 돕고 있다. 그의 등장은 학계에도 큰 파란을 예고하고 있다. 만화나 영화, 소설에서나 등장하는 슈퍼 히어로가 실제로 등장한 것이다. 많은 과학자들이 그가 가진 힘의 근원에 대해 연구하고 싶어 한다.

하나 그는 이미 정부 소속이 되어 활동하고 있는지라 그럴 순 없었다. 그것은 일종의 인권 차원의 배려였다. 그의 힘이 놀라운 건 사실이고 비밀이 궁금하긴 하지만, 어쨌든 그는 계속 사람들을 위해 활동하고 있으니까.

"가끔은 여러분들의 성원이 부담스러울 때도 있어요. 저도 따지고 보면 크게 특이할 거 없는 녀석인데, 이상한 힘을 가졌다고 너무 큰 관심을 가지고 있거든요. 너무 이상하게만 생각하지 말아주세요. 저도 그냥 평범한 사람이랍니다."

인터뷰어가 마지막으로 질문을 했다.

"혹시 나이트 후드나 검은 봉투 남자, 검은 꼬리와는 아는 사이인가요?"
"아니요. 적어도 그들의 행동이 제게 영향을 끼쳤다는 사실은 부인할 수 없군요. 그들에게도 감사합니다. 힘든 세상인데 용기를 가지고 활약해 줘서 말입니다."

진광의 웃는 모습을 끝으로 방송이 종료되었다.
소파에 앉아 TV를 보던 동해는 푹 한숨을 쉬었다. 어처구니가 없었고 황당했다. 이런 상황은 전혀 예상치 못했다. 저 진광이라는 남자가 아직 본격적으로 나쁜 일을 벌인 적은 없지만 최소한 좋은 인간은 아니라는 믿음이 있었다. 그는 요환과 한패거리였다.

'대체 무슨 생각인 거야?'

한편으로는 다른 생각마저 들었다. 요환은 분명 세상에 대한 원망으로 가득 차 있던 자였다. 세상을 바꾸고 싶어했다. 그렇다는 건 자신의 능력과 동료들을 통해 정말로 세상에 도움을 주려는 게 목표 아닐까 하는 생각. 시작은 분노였지만 어쩌면 그도 세상을 좋게 바꾸고 싶어 하는 걸지도 모른다.

'아니야, 그럴 리가 없어. 이건 분명 뭔가 음모가 있어.'

동해는 금방 자신이 한 생각을 떨쳐냈다. 그것은 위험한 생각이었다. 아직 이렇다 할 확정된 사안은 없었다. 저렇게 나왔다가 언제 뒤통수를 칠지도 모를 일이었다. 동해는 계속 진광이라는 남자를 예의 주시하기로 했다.

진광의 등장에 동해는 왠지 모를 조바심을 느꼈다. 언론의 스포트라이트는 나이트 후드에서 그에게로 넘어간 지 오래였다. 조급함을 느낀 동해는 이젠 날을 거르지 않고 밤마다 나이트 후드로 활동했다.

보름달이 뜬 저녁.

동해는 그날도 나이트 후드로 변장해 고층 빌딩의 꼭대기로 올라갔다. 그곳에서 어두운 도시의 정수리를 내려다보며 무슨 일이 있나 주시했다.

그냥 바라보면 아름다운 풍경이었지만 기를 이용해 시각과 청각을 극대화시키면 그 틈새에 섞인 불순한 상황과 위험을 감지할 수 있었다. 저번 성주와의 대결 이후 기를 다루는 데에 더욱 능숙해진 나이트 후드였다.

"으음?"

화려한 네온사인 사이로 이질적인 빛이 끼어 있었다. 작위적인 빛이 아니라 실제 불에 의한 빛이었다. 4층짜리 건물에 난 화재였다. 불은 4층에서 번지고 있었다. 위치를 파악한 나이트 후드는 급히 밑으로 뛰어 내려갔다.

"나이트 후드다!"

현장에서 구경 중이던 사람들은 나이트 후드의 등장에 반색했다. 아직 119구조대는 도착하지 않은 모양이다. 나이트 후드는 인사를 뒤로 하고 건물의 4층을 향해 몸을 날렸다. 맨몸으로 유리창을 깨고는 안으로 들어갔다.

"쿨럭 쿨럭!"

창을 깨고 복도에 진입하기 무섭게 숨이 막혀왔다. 근처에 불은 없었지만 뜨거운 열기가 느껴졌고 연기가 심각할 정도로 퍼져 나오고 있었다. 마스크가 있다고는 하지만 무시할 정도는 아니었다. 나이트 후드는 급히 숨을 참고는 정신을 집중했다.

노래방이었다. 복도는 ㅁ 형태이며 복도를 따라 방이 13개. 양 끝에 화장실이 하나씩 있으며 생존자는 화장실에 두 명, 그리고 특정 룸에 한 명이었다.

'어쩌지?'

아무리 나이트 후드라 해도 세 명을 동시에 밖으로 옮기는 건 불가능했다. 그렇다면 방법은 하나. 이것저것 고민할 시간에 1초라도 빨리 움직이는 것이다. 우선은 화장실 안으로 들어갔다. 화장실 구석에는 어려 보이는 여성 둘이 서로 껴안고서 떨고 있었다.

나이트 후드는 말없이 그녀들을 양어깨에 짊어졌다. 양해를 구한다거나 걱정하지 말라거나 하는 말은 필요 없었다. 일단 어깨에 지고 빠르게 복도를 내달렸다.

"꺄악! 무슨 짓이에요!"

"살려 주세요!"

그녀들은 얼마나 당황했는지 자신들을 살리려는 나이트 후드를 무릎으로 차고 손으로 등을 때렸다.

"으윽! 살려 줄 테니까 가만히 좀 있어요!"

나이트 후드는 복도를 빠르게 내달렸다. 그리고 방금 자신이 깨고 들어온 창을 통해 몸을 날렸다. 바닥에 착지하자마자 바로 그녀들을 내려놓았다.

아직 한 명이 더 남아 있었다. 지체할 시간이 없었다. 사람들의 환호를 뒤로 하고 나이트 후드는 다시 창문을 향해 뛰었다. 바로 그 순간.

'어?'

절묘한 순간이었다. 나이트 후드가 창으로 몸을 던지는 사이, 누군가가 생존자를 엎고 다른 창에서 밑으로 뛰어내렸다. 그 찰나의 순간, 나이트 후드의 동공이 꿈틀거렸다.

'저 남자는!?'

또 다른 영웅, 임진광이었다. 아주 잠깐이었지만 두 사람은 허공에서 눈빛을 주고받았다. 그렇게 나이트 후드는 올라가고 진광은 밑으로 내려갔다. 나이트 후드는 건물 안으로 들어가기 무섭게 다시 밖으로 고개를 뺐다.

"이 친구야, 생존자는 내가 구했어. 그러니 그만 내려와."

생존자를 구출한 진광은 실실 웃으며 나이트 후드에게 말했다. 그것이 도발처럼 들렸는지 나이트 후드는 창틀에 기대 이를 갈았다.

'저 자식이!'

"어이, 나이트 후드. 빨리 내려오지 않으면 굉장히 위험할 거야."

진광의 말에 나이트 후드는 고개를 갸웃했다. 처음에는 그것이 무슨 말인지 이해하지 못했다. 조금 시간이 지나자 귓가에 기이한 소리가 들려왔다. 스으으으, 바람이 빠지는 것 같은 소리였다. 그 소리가 점차 빨라지는가 싶더니 이내 나이트 후드의 등 뒤에서 거대한 폭발이 일었다. 가스 폭발이었다.

콰과광!

"크잇!"

폭발의 충격에 나이트 후드는 몸으로 창틀을 부수며 바깥으로 튕겨져 나왔다. 진광은 기를 펼쳐 떨어지는 파편들로부터 사람들을 지켜냈다. 반면 나이트 후드는 그대로 날아가 바닥에 볼품없이 나동그라졌다.

사람들은 터져 오르는 불길에 놀라고, 진광이 파편을 막아주는 것에 두 번 놀랐다. 나이트 후드가 굴러 떨어지는 모습에 세 번 놀랐으며, 개중에는 나이트 후드의 초라한 모습에 피식 헛웃음을 터트리는 이조차 있었다.

"하."

나이트 후드는 허망한 눈빛으로 사람들을 바라보았다. 잠시 거리에는 기이한 적막이 흘렀다. 실제로 폭발의 굉음 탓에 나이트 후드의 귀에는 아무런 소리가 들리지 않았다. 삐이이 하는 이명만 울릴 뿐이었다.

"……"

나이트 후드는 이마의 땀을 닦았다. 멍하니 나이트 후드를 지켜보던 사람들 중 한 여성이 다가왔다. 그녀는 걱정스러운 눈초리로 말했다.

"괜찮으세요?"

나이트 후드는 얼굴이 달아오르는 걸 느꼈다. 나이트 후드를 바라보는 사람들의 표정은 대체로 무표정했다. 개중에는 이 여성처럼 걱정하는 이들도 있었다.

그러나 그 눈빛을 받아들이는 나이트 후드의 마음이 그러지 않았다. 마치 그들이 한 마음으로 자신을 비웃는 것만 같았다. 실제로 그러지 않더라도 나이트 후드의 마음이 그렇게 걸러서 보여 주었다.

'제길!'

나이트 후드는 여성의 손길을 뿌리치고는 어두운 골목으로 도망치듯 달아났다. 굉장히 부끄럽고 치욕적인 느낌이었다. 보이고 싶지 않은 알몸을 보인 것만 같은 기분이었다. 딱히 그럴 만한 이유는 없었다. 진광이 한 명을 구했다면 나이트 후드는 두 명을 구했다. 단지 운 없게 가스 폭발에 휘말렸을 뿐, 사람을 구했다는 사실은 변하지 않는다.

'그런데 왜 이렇게 짜증 나는 거지?'

나이트 후드는 가로등이 고장 나서 불빛이 없는 골목에 숨어들었다. 도저히 창피해서 견딜 수가 없었다. 잠시 어둠 속에서 분을 삭이고 싶었다.

"어디로 사라졌나 싶었는데 여기에 있었군."

어둠 속에서 누군가의 목소리가 들려왔다. 익숙하지는 않았지만 그것이 누구의 목소리인지는 뻔한 것이었다.

"당신."

임진광. 그였다.

모습은 보이지 않았지만 그 목소리는 선명하리만치 뚜렷하게 들렸다.

"어디야!"

"그 남자가 무슨 꿍꿍이인가 나도 궁금하기는 했어. 그런데 이런 재미난 작전을 세웠을 줄이야. 솔직히 나도 이렇게 반향이 클 줄은 몰랐어. 난 그냥 내 능력을 마음껏 휘두르고 싶었는데 생각해 보니 이게 더 재밌는 것 같아."

"재미?"

"그래, 재미."

"그런 일은 재미로 하는 게 아니야."

"오호. 어린 친구에게 충고를 듣다니 그것 또한 재밌는 일이군."

나이트 후드는 웅크리고 있던 몸을 쭉 폈다.

"대체 무슨 속셈이지?"

"속셈은 무슨. 그냥 힘 좀 써서 돈이나 벌고 인생 재미지게 살자는 거지. 이런 힘을 썩히는 건 아까운 일이잖아? 뭣 하러 정체를 감춰? 너도 나처럼 해 보는 건 어때? 엄청 재밌다고. 사람들이 좋아해 주고 돈도 생겨. 여자들도 꼬인다고. 벌써부터 스케줄이 빡빡하게 잡혀 있어. 이건 뭐랄까, 마치 연예인이 된 것만 같아."

"이익."

"이봐 친구. 우리 솔직해지자고. 자넨 그냥 부러울 뿐이야. 영웅 일은 자네가 먼저 시작했는데 자네보다 내가 더 인기가 많아지니까 그저 시기하고 질투가 날 뿐이라고. 마음속의 목소리를 부정하지 마. 너는 힘을 써서 세상을 바꾸고 싶었나? 아니야. 아닐 거야. 잘 한 번 생각해 보라고. 너는 그냥 신이 났을 뿐이야. 그냥 만화에 푹 빠진 몽상가라고."

"내 일은 내가 알아서 해."

"내 말을 허투루 듣지 마. 그래그래, 네 나이 때는 다 그렇지. 피 끓고 사회에 불만이 많고 세상을 바꾸고 싶어. 모든 게 마음에 안 들어. 하지만 자네가 뭘 할 수 있지? 그냥 깡패 몇 명, 범죄자 몇 명 잡아들이는 것 말고 뭘 할 수 있느냐고. 그런 일을 백날 해 보시지그래. 세상이 어디 바뀌는지 말이야."

"바꿀 수 있어. 한두 달로 안 되면 일 년이고 이 년이고 계속 할 거야. 그러다 보면 지금보다는 훨씬 나아져 있을 거야."

"정말 답답하군. 이 친구야, 그럼 자네는 뭐로 밥을 벌어먹고 살 거야? 세상은 쇼야, 퍼포먼스라고. 백날 그렇게 노력해 봐야 쌀 한 톨, 돈 한 푼 벌어들일 수 없다고."

나이트 후드는 이를 갈았다. 그의 이야기를 들으면 들을수록 기분이 나빠지는 것만 같았다. 그러면서도 왠지 모르게 가슴 한쪽이 쿡쿡 찔려 왔다.

"그렇게 노력하면 누가 알아주나? 세상은 돈이 최고야. 능력 있으면 뭐할 거야. 그걸 이용해서 일단은 먹고살아야지. 에휴, 됐어. 어디 자네 마음대로 해 보라고."

어둠 속에 몸을 감추고 있던 진광이 모습을 드러냈다. 그는 킬킬거리며 웃고 있었다. 나이트 후드는 급히 전투 자세를 취했지만 그는 딱히 싸우고 싶은 마음이 없어 보였다.

"열심히 한번 해 봐. 불쌍한 어린 양아."

진광은 나이트 후드를 비웃으며 다시 어둠 속으로 모습을 감췄다.

지직.

그가 사라지자 고장 났던 가로등이 거짓말처럼 불이 켜졌다. 노란 빛이 드리워지고, 나이트 후드는 마스크와 후드를 벗었다.

"후우."

*   *   *

동해는 꽤나 복잡한 심정이었다.

진광의 등장에 신경이 쓰이는 게 한두 가지가 아니었다. 아직까지 그의 등장이 나이트 후드에게 크게 영향을 끼친 것은 아니었다. 하지만 왠지 모르게 조만간 커다란 일이 터질지도 모른다는 불안감이 있었다. 그 요환이라는 자가 가만히 있을 리 없었으니까.

그와 동시에 벼리와의 연락이 잦아졌다. 나이트 후드와 동해가 서로 별개라 해도 정신을 이쪽으로 집중했다가 다시 저쪽으로 집중하는 건 여간 어려운 일이 아니었다. 동해가 이중

인격인 것도 아니고 말이다.

"무슨 생각해?"

"응?"

"너 딴생각했구나?"

"아니야, 아니야."

이곳은 어느 아이스크림 전문 매장.

동해와 벼리는 마주 앉아 같은 아이스크림을 먹고 있었다. 그녀는 전에 보았던 테가 큼직한 안경을 쓰고 있었다. 보통 연예인들은 밖에 돌아다닐 때 거기에 모자를 추가하지만 그녀는 그러지 않았다. 동해는 딱히 그 이유를 묻지 않았다. 함부로 물었다간 '난 어차피 무명 연예인이니까, 아무도 못 알아볼 거야'라며 자학을 할 게 불 보듯 뻔했기 때문이다.

동해와 벼리가 앉은 곳으로부터 몇 걸음 떨어진 테이블에는 거구의 매니저가 앉아 있었다. 동해는 그 거대한 뒷모습을 보며 속으로 생각했다.

'왠지 저 아저씨 때문에 더 눈에 띄어 보이는 건 착각일까.'

착각 아니다.

실제로 벼리를 알아본 사람들 중에 절반은 매니저를 먼저 알아본 다음 그녀를 알아본 경우였으니까. 그래도 명색이 매니저인지라 연예인과 떨어질 수는 없고, 그렇다고 옆에 딱 붙으면 그것도 그러니 이렇게 어정쩡하게 떨어져 있어야 했다. 아이스크림 전문점에 홀로 테이블을 두고 앉아 있는 뒷모습이 왠지 모르게 쓸쓸해 보이기는 했다.

"이거 맛있지?"

벼리는 눈을 빛내며 동해를 바라보았다. 동해는 아무 생각 없이 먹고 있던 아이스크림을 내려다보았다. 솔직한 심정으로는 그냥 '달고 아이스크림 맛' 정도였지만 일단은 굉장히 맛있다고 했다.

"이게 파르페라는 건데 나 되게 좋아하거든. 너도 이번 기회에 많이 사 먹고 그래."

"으응, 그래."

하지만 동해에게 있어 이런 비싼 아이스크림은 취향이 아니었다. 이런 걸 먹을 바에는 그냥 문구점에서 삼백 원, 오백 원짜리 슬러시를 사 먹는 게 낫다고 생각했으니까. 동해의 반응이 영 시원치 않자 벼리는 금세 시무룩한 표정을 지었다.

"동해는 파르페 별로 안 좋아하는구나. 하긴, 인기 없는 가수가 좋아하는 아이스크림 따위 누가 좋아하겠어. 나는 물론이고 내가 좋아하는 것조차 비주류구나. 그렇구나."

"아, 아니야! 정말 맛있어! 처음 먹어 봐서 그래!"

동해는 급히 아이스크림을 팍팍 퍼먹었다. 동해가 오버하자 다시 기분이 풀렸는지 벼리는 빙그레 미소 지었다.

"맞아. 너 어제 드라마 봤어? 불멸의 며느리. 아무리 여자가 과거에 룸살롱에서 일했다고 해도 어떻게 그럴 수가 있어? 나는 서로 사랑한다는데 그런 과거 같은 건 아무래도 없다고 생각해. 보면서 얼마나 답답하던지. 넌 어떻게 생각해?"

"으응?"

동해는 머리를 긁적였다.

드라마를 보지 않는지라 뭐라고 말을 해 줄 수가 없었다. 더구나 불멸이라니. 불멸의 이순신과 섞인 걸까. 동해가 더듬 더듬 말을 못 하자 벼리는 또 우울해져서는 축 처졌다. 당황한 동해는 얼른 말을 이었다.

"무슨 내용인데?"

"자기 아들이랑 결혼할 여자가 과거에 룸살롱 접대 일을 했었다고 막 구박하면서 결혼을 못 하게 하는 거야. 그거 보면서 되게 답답했거든. 사람 일이라는 게 깨끗한 일만 하면서 살아왔을 수는 없잖아. 동해 너는 거기에 대해서 어떻게 생각하니?"

"내 생각도 같아. 서로 사랑한다면 그걸로 된 거 아닐까? 드라마야 극단적인 전개를 위해서 좀 과장한 게 있겠지."

"역시 너도 그렇게 생각하지?"

그렇게 말을 하는 벼리의 표정은 부쩍 기분이 좋아보였다. 동해가 말했다.

"근데 벼리야. 너 이 시간에 이래도 되는 거야?"

"뭐가?"

"너 막 바쁘거나 그러지 않아?"

"아니야. 오늘이랑 내일까지는 스케줄 없어. 자유의 몸이라구.”

“다행이네. 그런데 난 연예인이라고 막 쉴 틈도 없이 막 부려 먹을 줄 알았는데 그러지는 않나 봐.”

“다행히 난 발라드 가수라서 안무 연습 같은 건 따로 할 필요 없거든. 주로 보컬 트레이닝 위주로 하는데 지금은 그 기간이 아니야. 보컬 연습 함부로 했다가 목 상하면 라이브를 못 하거든. 그런데 너 혹시 내 노래 들어 봤니?”

동해는 손가락을 튕기며 경쾌하게 답했다. 아까까지는 자신이 관심 없는 분야였지만 그녀의 노래라면 이야기가 다르다.

“당연하지! 벌써 다운도 받아 놨다고.”

벼리는 은근한 눈빛으로 물었다.

“정식으로?”

“당연하지. 난 불법다운 같은 거 안 해. 어차피 싱글이라 한 곡인데 그거 뭐 얼마나 된다고 돈을 아끼겠어. 노래 좋던데? 왜 크게 반응이 없을까. 여름이라 그런가.”

“그런가 봐. 기획사에서는 측면 전략이라고 ‘남들이 우르르 한쪽으로 갈 때 다른 길로 가겠다!’라고 했는데 결국 실패한 모양이야. 그래서 급히 빠른 템포 노래들로 부랴부랴 미니 앨범 만들고 있으니까, 어떻게든 되겠지. 어떻게든 될 거야. 반드시 그래야 해.”

그리 말하며 벼리는 눈을 활활 빛냈다. 그녀가 이렇게 의욕에 차 있는 이유는 다른 게 아니었다.

"더군다나 이번에 내 자작곡이 들어가거든."

"자작곡?"

동해는 깜짝 놀라 눈을 크게 떴다. 벼리의 나이는 이제 열일곱 살이었다. 동해와 동갑이다. 그런데 벌써부터 노래를 만들다니. 믿을 수 없을 만큼 놀라운 사실이었다. 동해는 기대에 차서 이것저것 물어보았다.

"어떤 노래인데? 가사는? 노래 이미 나온 거야?"

동해의 부응에 벼리는 신이 나서는 자신의 MP3를 꺼냈다.

"아직 다 완성된 건 아니고 샘플곡이야."

"어디."

그녀가 건네주는 이어폰을 귀에 꽂으며 동해는 눈을 감았다.

—쑵뚜와리 리멤버 요루시꾸네~.

"픕!"

갑작스런 외계어의 등장에 동해는 순간적으로 웃음이 폭발했다. 기습적인 느낌이었기에 어떻게 웃음을 참을 수가 없었다. 동해가 웃자 벼리는 얼굴이 빨개져서는 두 손을 휘저었다.

"아, 아직 미완성이니까! 가사가 없으니까 대충 운율 맞춰서 아무렇게나 부른 거야! 그, 그렇게 웃지 마! 본래 샘플이랑 가이드는 이런 식으로 한단 말이야!"

"미안해. 끅끅끅, 이런 거 처음 들어 봐서."

동해는 억지로 웃음을 참으며 다시 노래에 집중했다. 아무 말이나 즉석으로 가져다 붙인 가사의 이질감이 상당했지만 노래는 제법 괜찮았다.

발라드였는데 현재 부르고 있는 노래가 각종 현악기를 동원해 웅장한 느낌을 자아냈다면 이번 곡은 어쿠스틱한 노래였다. 동해는 한쪽 이어폰을 빼고서 벼리가 하는 말을 동시에 들었다.

"여름 앨범인데 모두 댄스곡만 넣을 수는 없어서 중간에 발라드 하나 넣기로 했거든. 기획사에서 생각한 콘셉트가 어리지만 실력파여서 작곡 공부도 했어. 이게 첫 작품이야."

"처음 만든 것치고는 되게 좋은데? 대단하다, 진짜."

"이힛, 고마워."

"근데 노래 되게 쓸쓸하다. 우울해지는걸?"

동해의 말에 벼리는 열심히 설명했다. 어차피 조만간 가을이 올 테니 미리미리 가을에 어울리는 곡을 썼다고. 그리고 그녀는 전자음을 쓰지 않으면서 쓸쓸한, 슬픈 곡이 취향이라고 했다.

"벼리야, 시간 됐다."

구석에 혼자 있던 매니저는 시간을 보더니 그녀에게 말했다.

"벌써요?"

"응. 이제 들어가 봐야 해. 오늘도 스케줄 있대."

"예? 오늘이랑 내일은 없다고 했잖아요."

"방금 사장님한테 연락 왔는데 급하게 하나 잡혔나 봐. 어서 가자. 동해 군도 다음에 또 봐요."

동해는 웃으며 두 사람과 인사했다.

"동해야, 그럼 다음에 보자."

"그래 벼리야, 일 열심히 해."

매니저가 벼리를 차에 태우고 향한 곳은 기획사 사무실이었다. 벼리가 물었다.

"왜 사무실로 왔죠?"

"나도 모르겠네. 사장님의 호출이라서 말이야. 뭔가 일이 있으니까 부른 거겠지? 앨범에 관한 거라거나."

"히익! 설마 미니 앨범 취소라거나 그런 건 아니겠죠?"

벼리의 걱정에 매니저는 손을 저었다.

"절대 그럴 리가 있나. 넌 우리 회사의 중심이야. 절대로 그냥 포기하지 않을 거야. 두고 봐. 몇 달 뒤엔 CF까지 따낼 테니까. 나도 어디서 주워들은 이야기인데 지금 어디선가 이야기가 진행되고 있나 봐."

"헤헤. 저도 그랬으면 좋겠어요."

문을 열고 들어가자 사장이 두 사람을 반겼다. 환한 미소가 특징적인 중년 남성이었다. 이제 사십 대 중후반쯤 돼 보이는 것치고는 말쑥하게 생겼다.

"어서 오렴."

사장실의 한편에는 소파가 있었는데 그곳에 누군가가 앉아 있었다. 기획사 사장과 비슷한 또래로 보이는 중년이었다. 사장보다는 좀 더 투실한 몸매를 자랑하는 남자였다. 벼리가 물었다.

"이분은 누구시죠?"

"아아, 이분으로 말씀드릴 것 같으면 말이야."

사장은 웃으며 그를 소개했다.

Battle 08

별이 지다

　벼리와의 만남은 동해에게 있어 특별한 일이었다. 이나가 유학을 떠난 이후 빈자리를 차곡차곡 메워 주었다.

　벼리에게도 동해는 휴식 같은 친구였다. 중학교에 올라오면서 친했던 이들은 서로 학교가 갈려 연락하지 못했다. 그리고 고등학교에서도 딱히 친구를 만들지 못했다.

　그나마 같이 오디션을 보러 갔던 친구와는 사이가 틀어져 버렸다. 동해에게 그 친구와 아직도 친하게 지낸다고 했던 건 거짓말이었다. 얼떨결에 연예인으로 데뷔는 했지만 제대로 된 인기도 없고 친구마저 없다. 그녀는 현재 무척이나 외로운 시간을 보내고 있었다.

그런 그녀에게 있어 동해의 존재는 무척이나 컸다. 좋은 추억을 가지고 있는 동창, 유일한 친구, 그리고 그 이상의 어떤 존재였다. 한 가지 슬픈 사실이라면……. 연예인은 친분 관계라든지 이성 관계에 대해 자율적이지 못하다는 것이다. 매니저는 벼리가 동해에게 일정 이상 다가가지 못하도록 몇 번이고 충고를 했다.

"벼리야, 잘 들어. 아직 수면 위로 올라가지도 못했는데 벌써부터 남자 문제로 얽히면 복잡해져. 그러니까 친하게는 지내되 이상한 말이 생기지 않도록 조심해. 알았지?"

"누가 좋아한데요!? 매니저 오빠도 참 웃겨."

"사람 감정이라는 게 알다가도 모를 일이니까 말이야. 마음을 뺏기지 않도록 조심하라는 이야기야."

"모, 몰라요."

"녀석."

"그럼 부탁이 있어요."

"무슨 부탁?"

벼리는 매니저에게 귀를 가까이 달라고 손짓했다. 두 사람 사이에는 머리가 두 개 이상 키 차이가 났기 때문에 매니저는 허리를 숙여야 했다. 벼리가 그 귓가에 속닥속닥거리자 매니저는 깜짝 놀라 손사래를 쳤다.

"그건 안 돼!"

"왜 안 돼요!?"

"일단 사장님이랑 회의를 좀 해 봐야 할 거 같구나."

"싫어요! 무조건이에요! 무조건! 안 되면 나 행사 안 뛸 거예요. 아아아, 나도 몰라요. 이건 진심이에요!"

벼리의 억지에 매니저는 곤란하다는 표정을 지었다. 왜냐하면 그녀가 말한 것은……

*   *   *

일출 고등학교의 쉬는 시간.

동해는 화장실에 가기 위해 자리에서 일어났다. 교실을 나와 복도를 걷는데 다른 학생들이 잡담을 나누는 소리가 들려왔다.

"야, 이야기 들었어? 오늘 우리 학교에 방송 온대."

"방송이 온다니, 그게 무슨 말이야?"

"나도 자세히는 모르고 암튼 방송하러 온대."

"골든벨 같은 건가? 근데 그건 미리 준비를 해야 하는 거 잖아? 그런 이야기 같은 건 없었는데."

"그럼 골든벨이 아닌가 보지. 암튼 빨리 세수라도 해야겠다. 혹시 아냐, 이번 기회에 방송 타서 연예 기획사에서 픽업이라도 올지."

"웃기고 있네."

동해는 그러려니 하며 화장실로 들어갔다. 가만히 볼일을 보는데 어째 복도가 시끄럽다. 웅성웅성 하더니 별안간 닫혀 있던 화장실 문이 열렸다. 어차피 화장실의 특성상 다른 학생들도 볼일을 보러 오기에 동해는 별 생각을 하지 않았다. 그런데 들이닥친 일은 동해의 상상을 초월하는 일이었다.

"아앗!"

화장실 문을 밀고 들어온 사람은 마이크를 든 여성과 카메라맨이었다. 동해가 놀라며 몸을 움츠리는 동안 마이크를 든 여성은 열심히 떠들었다.

"바로 여기에 있군요! 한별 양이 찾던 바로 그 소문의 남학생!"

"으, 으아악! 문 닫아요! 무슨 짓이에요! 카메라 치워요!"

동해는 너무 놀라서 소변기에 몸을 바싹 붙였다. 카메라맨의 뒤에는 다른 학생들, 특히 여학생들도 많이 몰려 있었기 때문에 동해의 당황은 이루 말 할 수 없었다.

잠시 후.

어찌어찌 볼일을 끝마친 동해는 잔뜩 풀이 죽은 모습을 하고서 복도에 섰다. 그 주변으로는 다른 학생들이 몰려들었으며 여성 리포터가 웃으며 질문을 던졌다.

"한별 양과는 어떤 사이인가요?"

"그, 으."

동해는 쭈뼛쭈뼛 제대로 말을 하지 못했다. 그냥 물어보는 것도 아니고 카메라를 코앞에 대고 있으니 평소처럼 자연스럽게 말할 수가 없었다.

'TV는 사랑을 배달하고'라는 이름의 프로그램이었다. 연예인이 출연하여 과거 자신과 인연이 깊은 사람을 찾아 다시 만나는 취지다. 동해는 그런 TV 프로그램은 본 적이 없었다. 분명 공중파가 아니라 케이블 방송이리라. 동해의 집 TV는 케이블 방송이 나오지 않으니까.

동해는 여성 리포터의 속사포처럼 이어지는 말에 더듬더듬 대답했다. 몇 번의 질문이 있은 후 동해의 인터뷰는 거기서 끝이 났다. 그들은 동해의 촬영이 끝나고 주변 사람들을 인터뷰했다.

"동해요? 아주 멋진 녀석이죠."

맨 처음 타자는 철광이었다. 철광은 급히 세수를 하고 친구에게 왁스를 빌려 머리에 힘을 준 상태였다. 철광은 약간 경직된 미소와 함께 국어책 읽는 억양으로 인터뷰에 임했다.

"뭐라고 해야 할까. 후후. 동해는 겉보기와 달리 속이 꽉 찬 친구랍니다. 정말 강하죠. 녀석은 제 인생을 변화시켰어요."

철광의 말이 미처 끝나기도 전에 여성 리포터와 카메라맨은 다음 사람을 찾았다.

"그, 아직 제 말 안 끝났는데요."

"호호, 저희가 시간이 부족해서요."

다음 인터뷰 대상은 뜬금없게도 태수였다. 따지고 보면 동해와 크게 친하지 않았던지라 태수는 뭐라고 말해야 할지 고민이었다. 뭐라고 웅얼웅얼대다가 무슨 생각이 들었는지 태수는 딴소리를 하기 시작했다.

"이 기회를 빌어 꼭 하고 싶은 말이 있습니다. 이나야, 보고 있냐? 나 아직도 너 좋아한다. 그러니까 공부 열심히 하고 멋진 모습으로 다시 만나자."

"이나 양은 누구죠?"

"제 첫사랑입니다."

"그렇군요. 부디 그 첫사랑이 꼭 이루어지기를 빌겠습니다."

라고 사무적으로 말하며 여성 리포터는 카메라맨에게 손으로 목을 긋는 시늉을 했다. 편집이라는 의미였다.

다음은 아현이었다. 아현도 철광처럼 잔뜩 굳어서는 다 기어 들어가는 목소리로 말했다.

"동해요? 굉장히 착해요. 예, 헤헤. 착해요."

"오~ 그렇군요. 다음 사람."

더듬더듬 말하는 게 기다리기 지루했는지 MC는 바로 다음 사람을 찾았다. 마지막으로 동해의 반 담임교사였다. 그는 동해에게 평소 잘 하지도 않던 어깨동무를 하며 허허 웃었다. 머리에는 어디서 동백기름이라도 가져다 발랐는데 바딱바딱한 느낌으로 굳어 있었다.

"우리 동해는 무척 예의가 바른 학생이지요. 선생님들 말도 잘 듣고 얼마나 착하고 순한지 몰라요. 허허허."

본의 아니게 교사에게 어깨동무를 '당한' 동해는 뚱한 표정으로 카메라 말고 다른 곳을 쳐다보았다. 아는 척도 안 하던 양반이 갑자기 이렇게 행동하니 뿔이 난 모양이다.

촬영을 모두 끝마친 여성 리포터가 말했다.

"예, 좋습니다. 동해 학생에게는 조만간 다시 연락이 갈 거예요."

"무슨 연락이죠?"

"스튜디오 촬영 일로 저희가 연락드릴 거예요."

동해의 표정에 경악으로 물들었다.

"스튜디오 촬영이요!?"

"예. 이제 스튜디오에서 한별 양하고 같이 촬영할 거예요. 혹시 촬영에 무슨 문제라도 있는 건가요? 하기 싫다거나?"

도리도리, 동해는 고개를 저었다.

"아니요. 싫다는 게 아니라 방송 같은 거 처음이라서요. 그게 긴장되네요."

"후후, 긴장할 필요 없어요. 모든 준비는 방송사 측에서 알아서 할 테니 동해 군은 그냥 몸만 오면 돼요. 그리고 혹시나 친구 분들 중에 구경 오고 싶어 하는 사람 있으면 데려와도 좋아요."

"그렇군요."

시큰둥하게 넘기는 동해의 어깨에 누군가가 손을 얹었다. 동해의 뒤로 수많은 학생들이 훈훈한 미소를 짓고 있었다. 그중에는 심지어 담임교사까지 끼어 있었다. 모두 입은 웃고 있었지만 눈은 자신을 데려가 달라고 애원하고 있었다. 동해는 어색하게 웃으며 식은땀을 삐질 흘렸다.

방송 날은 금방 찾아왔다.

학교에서 얼떨떨하게 촬영한지 며칠 지난 것 같지도 않은데 벌써 오늘이 스튜디오 촬영 날이었다. 스튜디오에 함께 구경 가기로 한 멤버는 철광, 태수, 아현, 그리고 민철이었다. 태수의 경우 철광이 같이 데리고 가자고 제안했다.

"흥, 딱히 가고 싶진 않지만 정 그렇게 같이 가주길 원한다면 그렇게 해 주겠어."

그렇게 말하며 태수는 동해에게 눈을 부라렸다.

민철 같은 경우는 그의 밑에서 지금까지 배운 게 있으므로 나름 감사의 의미였다. 때마침 민철도 방송국 구경이라는 게 썩 나쁘지 않다는 반응이었다. 오히려 옷도 빼입고 거기에 선글라스까지 끼고 나왔다. 아현은 유일하게 민철과 안면이 없는 사이인지라 동해가 소개했다.

"저번에 포장마차에서 본 적 있지? 예전에 나 가르쳤던 태권도장 사부님이셔."

"안녕하세요."

"오호, 오랜만이구나."

민철은 아현의 머리를 쓰다듬으며 호탕하게 웃었다. 철광이 동해에게 물었다.

"전부터 궁금했던 건데 언제 사부님 도장에 다닌 거야?"

"사, 살이 찐 거 같아서 말이야. 그래서 운동 겸 다니게 됐어."

진실을 말할 수가 없어서 적당히 거짓말을 둘러댔다. 민철은 동해를 힐끔 바라보며 킬킬거렸다. 이 중에서 동해의 비밀을 알고 있는 유일한 사람이었으니까.

옆에 있던 태수가 입술을 비죽 내밀며 툴툴거렸다.

"저 녀석 분명 태권도 배워서 우릴 엿 먹이려던 속셈이었을 거야. 어쩌다가 운이 좋아서 아무 일도 없었지만 분명 덤벼들었을 거라고."

태수의 불만 가득한 모습에 동해는 그저 훈훈하게 웃어주었다.

"설마 내가 그럴 리가."

태수와 동해가 미묘한 눈빛을 주고받자 철광이 제지했다.

"자자, 이렇게 좋은 날 서로 눈치 싸움하지 맙시다. 태수인마, 너 그러는 거 아니야. 동해 덕에 방송사 구경 가게 생겼는데 이러기냐. 이런 배은망덕한 녀석."

"쳇."

다섯 사람은 방송국이 있는 장소로 향했다.

다섯 명 모두 방송국 출입은 처음인지라 긴장한 기색이 역력했다. 특히 민철은 괜히 주변을 두리번거리며 옷매무새에 신경 썼다. 잠시 입구에서 출입 절차를 밟은 뒤 다섯 사람은 목걸이 형식의 출입 허가증을 받았다.

"오오, 두근거린다."

철광은 잔뜩 상기된 얼굴을 하고서 숨을 몰아쉬었다. 옆에 있던 태수가 투덜거렸다.

"콧김 씩씩거리지 마라. 뜨겁다."

"뭐?"

"촌티 내지 말라고."

그렇게 말하는 태수의 목에는 디지털 카메라가 덩그러니 걸려 있었다. 철광은 고개를 저으며 그런 태수를 무시했다. 수많은 사람이 오가며 이용하는 곳이라 그런지 내부는 굉장히 넓었다. 넓기도 넓었고 복잡하기까지 했다. 거기다가 스태프로 보이는 사람들이 바삐 오고 가니 더욱 정신이 없었다. 다행히 프로그램을 제작하는 PD가 가이드로 붙은 덕에 길을 헤매지 않았다.

동해 일행은 PD의 뒤를 졸졸졸 따라갔다. 그는 신기함에 눈을 동그랗게 뜨며 주변을 살피는 일행에게 친절하게 이것저것 설명해 주었다.

"저기는 쇼 음악여행을 진행하는 곳입니다. 한 번 구경하시겠어요?"

동해 일행은 눈을 반짝이며 고개를 끄덕였다. 매일 TV로만 보던 무대에 직접 와 보니 감회가 새로웠다. 텅 비어 있는 객석, 가수가 없는 무대, 묵묵히 자기 일을 하고 있는 스태프들. 쓸쓸함과 웅장함이 동시에 느껴졌다. 음악을 들려주는 무대라 그런지 작은 목소리도 크게 울렸다.

"저기 봐, 씨이유다!"

"어디?"

태수의 외침이었다.

씨이유는 요즘 최고로 잘나가는 여자 솔로 가수였다. 어린 나이에 데뷔해 지금은 성인이 되었지만 여전히 인기를 구가하고 있다. 그녀는 스태프들과 대화를 주고받고는 노래를 시작했다. 방송국 PD가 말했다.

"리허설입니다. 방송 들어가기 전에 무대 세팅과 가수의 컨디션을 체크하는 거지요."

동해 일행은 빈 객석에 앉아 그녀의 무대를 감상했다. 본 무대가 아닌지라 노래하다가 음향을 확인한다던지 조명을 확인하는 등 그리 집중된 무대는 아니었다. 그래도 동해 일행은 그것만으로 만족했다. 이렇게 코앞에서 직접 연예인을 볼 수 있다는 것만으로도 신기하고 행복했다.

'생각해 보니 난 이미 연예인을 만난 적이 있잖아?'

동해는 벼리를 떠올리며 이마를 때렸다.

씨이유의 리허설을 본 뒤 동해는 일행들과 헤어졌다. 동해는 방송 준비를 해야 했고 나머지 민철과 아현, 태수, 철광은 미리 대기 중인 방청객들과 함께 기다렸다. 출연자 대기실에는 벼리도 미리 와 있었다.

"동해야, 어서 와."

"안녕."

동해는 어색하게 인사를 나눴다. 어릴 적 동창을 이렇게 방송국에서 만나니 묘한 기분이 들었다. 그녀는 거울 앞에 앉아 있었고 한 여성이 그녀의 얼굴에 화장을 해 주고 있었다. 코디인가 보다. 동해도 시키는 대로 거울 앞에 앉았다. 다른 여성이 다가와 동해의 얼굴에 화장을 해 주었다.

"으으."

얼굴에 분칠을 해 보는 게 이번이 처음인지라 동해는 기묘한 느낌을 받았다. 성 정체성에 위배되는 기분이었다. 그 옆에 앉아 있던 벼리는 그 모습을 보며 쿡쿡 웃었다.

"동해야, 너 그러니까 되게 귀엽다."

"그래? 하하."

"그런데 혹시, 그거 받았니?"

"그거라니? 뭐가?"

"아, 아무것도 아니야."

대략적인 색조 화장을 마치고 동해의 앞에 대본이 왔다. 동해가 무슨 대답을 해야 할지 일일이 나와 있지는 않았다. 그보다는 사회자의 멘트와 벼리의 멘트 위주로 나와 있었다. 결국 정해진 대사는 없고 그때그때 알아서 처신하라는 의미였다. 동해는 대본을 읽으며 어떤 식으로 진행될지를 생각했다.

"출연자 분들 대기해 주세요. 곧 촬영 들어갑니다."

스튜디오에는 소파가 총 두 개가 놓여 있었다. 중앙에는 프로그램의 사회자가 앉고 좌측은 벼리와 동해가 앉을 자리였다. 두 사람은 아직 출연 차례가 아니었다.

"큐."

녹화가 시작되자 방청석에서 박수와 환호가 쏟아졌다. 제일 앞줄에는 민철과 아현, 태수와 철광이 앉아 있었다. 사회자가 카메라를 보며 말했다.

"안녕하세요. TV는 사랑을 배달하고의 신동철입니다. 오늘은 매우 특별한 손님을 모셨습니다. 당찬 십 대, 아직 미성년이지만 굉장한 실력파 가수 벼리 양을 모셨습니다. 박수로 맞이해 주세요!"

사회자의 말이 끝나기 무섭게 방청객들은 환호와 박수를 보냈다. 민철 일행도 얼떨결에 똑같이 따라했다. 스튜디오의 뒷문이 열리며 벼리가 등장했다. 그녀는 능숙한 표정과 동작으로 사람들에게 감사의 뜻을 전했다.

그녀는 소파에 앉아 사회자와 이런저런 대화를 나누었다. 가수를 하게 된 계기, 현재의 마음가짐, 노래 소개와 댄스 타임 등등. 10분 정도 지났을까. 민철은 지루하다는 듯 하품을 했다. 하품의 눈물을 닦으며 옆에 있는 철광에게 물었다.

"요즘 시대가 어느 땐데 댄스 타임이냐. 동해는 언제 나오는 거야?"

"그러게요. 어쨌든 있다가 나오겠죠?"

"빨리 나왔으면 좋겠다. 동해 녀석 잔뜩 긴장해서 얼어붙은 모습이 보고 싶어."

순간 사회자가 민철과 철광을 바라보았다. 뭘 보냐는 듯 민철이 어깨를 으쓱하자 어디선가 '컷' 하는 소리가 들려왔다. PD였다.

"저기요, 방송 도중에 잡담을 나누시면 어떻게 합니까?"

"하핫, 죄송합니다."

민철은 민망한지 너털웃음으로 무마하려 했다. 녹화가 다시 시작되었다. 벼리에 대한 소개가 끝난 뒤 본격적인 방송이 시작되었다.

"한별 양, 꼭 한 번 만나 보고 싶다는 그 사람은 대체 누구인가요?"

벼리는 수줍어하며 작은 목소리로 말했다.

"으음. 제 첫사랑이요."

"첫사랑이요?"

그녀의 대답에 방청객이 술렁술렁거렸다. 민철 일행들도 술렁였다.

"뭐야, 이거. 설마 방송을 통해 고백하려는 건가?"

"에이 설마요. 이제 갓 데뷔한 신인인데 그러지는 않겠죠."

민철과 철광이 대화를 나누는 사이 태수는 이유는 모르겠지만 회심의 미소를 지었다.

그의 생각은 다음과 같았다. 동해가 벼리와 이어지고 자신
은 이나를 갖는 것이다. 그렇게 하면 모두가 행복한 결과를
맞이하리라 꿈에 부풀어 있었다.

사회자는 기대된다는 표정으로 말했다.

"그렇군요. 우리 신인 가수 한별 양의 첫사랑이라. 그 상대
가 과연 누굴지 VCR을 한 번 보시죠."

후면의 커다란 화면에서 영상이 흘렀다. 저번에 일출고에서
찍었던 영상이었다.

"이곳에 십 대 가수 한별양의 첫사랑이 있다는데, 과연 소
문의 남학생은 과연 어떤 모습을 하고 있을까요?"

얼마 전에 학교에 촬영해 간 그 영상이었다. 각 학생들과
교사들의 인터뷰가 필요한 부분만을 편집해서 이어졌다.

"동해요? 아주 멋진 녀석이죠."

"굉장히 착해요. 예, 헤헤. 착해요."

"우리 동해는 무척 예의가 바른 학생이지요. 선생님들 말
도 잘 듣고 얼마나 착하고 순한지 몰라요. 허허허."

각각 철광과 아현, 담임교사 순의 인터뷰였다. 철광은 자

신의 인터뷰가 일부 잘렸다는 사실에 아쉽다는 입맛을 다셨
다. 통 편집을 당한 태수는 가슴으로 울음을 삼켰다.

'왜 내 것만 편집한 거야! 말도 안 돼!'

VCR은 계속 되었다.

"동해 군은 지금 어디에 있나요?"

"글쎄요. 저기가 동해 있는 반이에요."

"오호, 그렇군요! 자, 그럼 동해 학생을 찾아가 볼까요?"

허나 교실에는 동해가 없었다.

"저런, 동해 군은 지금 어디로 갔을까요? 아아~."

진행자와 카메라맨은 열심히 학교를 탐색했다. 복도를 돌
던 중 한 남학생이 화장실 문을 열었고, 그로 인해 카메라에
화장실 안쪽이 우연히 들어왔다. 방송 '설정' 상 우연이었지
만 동해는 그것이 우연이 아님을 알고 있었다. 알고 있으면서
우연인 척 일부러 저렇게 연출한 것이다. 스튜디오 뒤편에서
대기 중이던 동해는 손으로 눈을 가렸다.

"바로 여기에 있군요! 한별 양이 찾던 바로 그 소문의 남학
생!"

"으, 으아액! 문 닫아요! 무슨 짓이에요! 카메라 치워요!"

불행인지 다행인지 동해의 하체 쪽은 크게 모자이크를 잡아 놓았다. 하지만 그것이 동해의 마음에 위안이 되지는 않았다. 소파에 앉아 VCR을 보던 벼리는 슬금 얼굴을 붉혔다. 방청객들도 우스꽝스럽게 동해가 등장하자 박장대소했다. 민철 일행도 일단은 그들을 따라 웃으며 박수를 쳤다.

딱 그 부분에서 VCR이 끝이 났다.

"저 학생이군요. 어떻게 하다가 당시에 좋아하게 됐을까요?"

"초등학생 때의 일이에요. 어떤 남자애가 저를 괴롭히는 걸 동해가 구해 줬어요. 그때 좋은 감정을 느꼈어요."

"혹시 지금도 좋아하는 건가요?"

"모, 몰라요."

그녀가 쑥스러워하자 방청객들이 웃었다.

"좋습니다. 그럼 과연 그 소년이 이 자리에 나왔을까요? 한별 양은 어떻게 생각하세요?"

"글쎄요. 나오지 않았을까요? 그랬으면 좋겠어요."

"알겠습니다. 그럼 한 번 확인해 보자고요."

진행자와 벼리가 자리에서 일어났다.

"이름을 불러 주세요."

사회자의 말에 벼리는 수줍게 말했다.

"동해야."

"더 크게 불러주세요!"

"동해야!"

무대 뒤에서 대기 중이던 동해는 벼리의 부름에 잔뜩 긴장했다. 옆에 있던 진행자가 사인을 주자 침을 꿀꺽 삼켰다. 이제 나가야 할 때이다.

쟌쟌쟌~

동해가 등장함과 동시에 애수 깊은 느낌의 음악이 흘렀다. 이 부분이 바로 'TV는 사랑을 배달하고'의 하이라이트였다. 그토록 만나고 싶어 했던 사람이 직접 등장하면서 음악이 깔린다. 그렇게 시청자의 감동이 배가 되는 것이다.

반면 민철은 웃겨 죽겠다는 듯 입을 막고서 킥킥거렸다. 배가 째져서 죽을 것만 같다는 표정이었다. 음악이 흐르고, 스태프의 사인을 받은 동해는 어색한 걸음걸이로 스튜디오 안으로 걸어갔다.

"벼리야."

동해는 초보 연기자처럼 그녀의 이름을 부르며 인사했다. 일단 입은 웃고 있는데 오글거리기도 하고 어색해서 죽을 맛이었다.

그 이후로는 시간이 어떻게 흘렀는지 기억도 나지 않았다. 동해는 사회자의 물음에 이등병 같은 포즈로 떠듬떠듬 대답했으며 자주 뒤통수를 긁었다. 녹화는 두 시간 정도 진행된 거 같은데 체감상으로는 눈 감았다 뜨니 모두 끝나 있는 것처럼 느껴질 정도였다. 그렇게 어찌어찌 녹화를 끝내고 동해 일행과 벼리는 방송국 밖으로 나왔다.

"고마워. 이렇게 같이 촬영해 줘서."

벼리는 동해에게 감사의 뜻을 전했다. 동해는 또 뒤통수를 긁었다.

"그게 뭐 대단한 부탁이라고. 나야 방송국도 구경 오고 재밌었어."

"그래도 좀 당황스러웠을 거야. 멋대로 이렇게 출연하게 만들어서."

민철은 팔짱을 끼고서 두 사람을 가만히 관찰했다. 그의 눈에는 둘 사이에 흐르는 미묘한 기운이 보였다. 그것은 봄에 돋아나는 새싹과도 같았고 기분 좋은 향기와도 같았다. 상큼하고 풋풋한 오렌지의 느낌과도 같았다.

"자자. 한별 양, 혹시 이후에 스케줄이 있어요?"

"아니요. 없어요."

"잘됐군요. 그럼 우리 2차 가지요. 이렇게 동해 녀석하고 만난 것도 인연이니 오늘 하루는 맘껏 놉시다."

민철은 일행들을 식당에 데리고 갔다. 그곳에서 밥을 먹은 뒤 극장에 갔다. 벼리의 한마디 때문이었다.

"요즘 영화 재밌는 거 뭐 해? 도가니였나? 그거 되게 재미있다는데. 엄청 감동적이래."

가수 데뷔를 한 뒤 극장에 가 본 적이 없다는 말에 민철은 곧장 모두를 극장에 데리고 갔다. 벼리뿐만이 아니라 이곳에 모인 다섯 명 모두 극장엔 오랜만이었던지라 다들 두근두근한 표정이었다. 액션 영화를 좋아하는 철광과 태수도 이번만큼은 거부감 없이 영화를 보았다. 다행히도 영화가 대부분이 만족할 만큼 재밌고 완성도가 높았다.

"진짜 슬펐어. 엄청 아름다운 이야기야."

영화를 다 본 벼리의 눈가가 퉁퉁 부어 있었다. 영화의 감동이 꽤 컸나 보다. 아니면 그녀의 감수성이 컸던지.

다음으로 향한 곳은 노래방이었다. 명색이 가수가 껴 있는데 노래방을 빼놓으면 섭섭했다.

'노래방…….'

노래에 관해 안 좋은 추억이 있는 동해는 본능적으로 긴장했다. 두 번의 굴욕 이후 되도록이면 노래는 안 하고 싶었지만 상황은 자꾸 동해가 노래를 부르게끔 했다. 하늘은 그의 편이 아니었다.

"동해야, 나 네 노래 들어 보고 싶어."

"응? 딱히 노래를 잘하는 건 아닌데."

"그래도 들어 보고 싶어. 응? 응?"

"알았어……."

그 다음의 스토리는 그전과 똑같았다. 동해는 근성을 부려 '어떤 노래'를 선곡했고, 보기 좋게 또 실패했다.

"끼야악!"

각각 돌아가며 노래를 불렀고 벼리의 차례가 되었다. 동해의 청에 의해 그녀는 자신의 데뷔곡을 불렀다. 노래가 시작되었고 모두들 그녀의 노래에 빠져들었다.

아무리 미성년자고 이제 데뷔했고 뭐고를 떠나서, 확실히 일반인과 가수의 차이가 뭔지 느낄 수 있었다. 벼리의 노래는 가을바람처럼 스산하게 시작되다가 이내 바람에 몰아치는 낙엽처럼 휘몰아쳤다.

보통 노래방에서 노래를 부르면 간주를 건너뛰는데 그녀의 노래는 차마 그럴 수가 없었다. 목소리 크기부터가 남달랐다. 노래방의 복도를 지나는 다른 손님들도 한 번씩 룸 안을 힐끔거릴 정도였다.

노래가 끝나자 다들 박수칠 생각도 하지 못하고 멍하니 있었다. 한 5초 정도 그렇게 침묵하다가 천천히 박수를 쳤다.

짝짝짝.

"진짜 대단하다. 우와, 놀랐어."

동해는 아예 일어나서 박수를 칠 정도였다. 벼리는 창피한지 혀를 비죽 내밀었다.

방송국과 식당, 극장, 노래방을 돌고 나니 벌써 어둑해져 있었다. 이제는 헤어져야 할 시간이었다.

"오늘 즐거웠어, 동해야. 정말정말 고마워."

"내가 더 고맙지 뭐. 덕분에 재밌는 경험했어."

두 사람은 인사를 나눴다.

벼리는 매니저가 몰고 온 차를 타고서 숙소로 향했다. 동해 일행도 함께 돌아갔다. 민철이 말했다.

"저번에 그 여자애 유학 갔다더니 바로 바람이냐? 짜식."

"바람이라뇨. 저랑 벼리는 그런 게 아니에요."

집으로 돌아가며 동해는 가슴이 두근거리는 것을 느꼈다. 어둠의 존재들이 수면 위로 떠올랐지만 벼리는 그 불길함을 상쇄시켜 주었다. 언제 무슨 일이 터질지 모르는 상황에서도 그녀를 떠올리면 안정감이 들었다. 어쩐지 좋은 일이 생길 것만 같은 저녁이었다.

*   *   *

사람이라면 누구나 죽을 고비를 넘기면 새로 태어난다. 그 전까지의 마음가짐은 죽고서 새롭게 다시 태어나는 것이다. 한송이가 그랬다. 그녀는 불운한 일을 겪은 후 스스로 목숨을 저버리려 했다. 그런 그녀를 구원해 준 이가 바로 성주였다.

인터넷을 통해 알 만한 사람은 다 알만큼 얼굴이 팔리게 되었다. 무척이나 치욕스런 일로 말이다. 성주는 방법을 찾다가 그녀를 위해 자신이 지닌 기의 절반을 나눠 주었다. 그리고 기를 통해 인식을 바꾸는 술법을 알려 주었다. 쉽지 않았지만 그녀는 최선을 다했다. 그녀는 피를 깎는 수련으로 겨우 안면 인식을 바꾸는 방법을 터득했다. 인식 장해술을 깨우친 그녀는 아르바이트 전선에 뛰어들었다. 혼자서 살아야 했기에 어떻게든 돈을 마련해야 했다.

"이거 얼마예요?"

"이천 원."

그녀가 일하는 곳은 조그마한 편의점이었다.

하지만 제대로 된 일을 해 본 적이 없는 그녀에게는 편의점 일조차 그리 녹록하지가 않았다. 늘 웃고 존대를 써야 하며 친절하게 사람을 대하는 게 어려웠다. 지금도 가격을 물어보는 손님을 죽일 듯이 노려보며 반말까지 했다. 그럼에도 손님은 실죽거리며 바보처럼 웃었다.

잠깐 다른 이야기를 하자면 이 편의점의 점장은 한숨이 끊이지 않던 사람이었다. 가게가 너무 외진 곳에 위치한 탓에 매상이 그리 좋지 않았다. 그러던 중 갑자기 아르바이트생 하나가 연락을 끊고 자취를 감추었다. 결국 그 빈자리는 점장 본인이 채워야 했다. 하필 새벽 시간인지라 피곤함과 고충은 이루 말할 수가 없었다. 점장은 생각했다.

'그래. 지금까지 내가 잘못 생각해 왔던 거구나. 이렇게 힘든 일이었는데 내가 애들을 너무 막 부린 거였어.'

는 개뿔.

점장은 그 도망간 녀석을 붙잡으면 다리몽둥이를 분지르리라 마음먹었다. 하루하루를 버티는 심정으로 야간 아르바이트를 대타 뛰던 중 송이가 그 자리에 들어왔다. 보통 야간에는 남자를 쓰지만 상황이 긴박했으므로 점장은 일단 그녀를 고용했다.

점장은 그녀가 마음에 들지 않았다.

날카로운 고양이 같은 눈빛하며 붙임성 없는 말투, 건조한 목소리까지 아르바이트의 기본이 안 돼 있었다. 마음 같아서는 당장에 그녀를 잘라 버리고 싶었지만 새로운 아르바이트생이 구해지지 않았기에 별수 없었다. 당분간은 그녀를 계속 기용해야 했다.

한 달 정도가 지났을까. 기이할 정도로 아르바이트생이 구해지지 않았다. 한송이는 아무리 충고를 해 줘도 자기 방식대로 일처리를 했다. 단답형에 불친절하고 손님을 노려보고, 냉동식품을 렌지에 돌려 주지도 않았다. 가게의 규칙은 직원이 직접 해 주는 것이었지만 그녀는 손님들에게 시켰다. 그녀는 변함없이 일관적이었다.

그런데 이상하게도 매출은 오르고 있었다. 특히 새벽 시간의 매상이 오전이나 오후보다 압도적으로 높았다. 의아하게 느낀 점장은 CCTV를 통해 야간의 편의점을 살펴보았다. 거의 90퍼센트가 남자 손님이었다. 그들은 오면 송이와 이런저런 대화를 했고 가게 안에 오래 남아 있었다.

"이름이 뭐냐?"

그녀는 자신의 왼쪽 가슴을 가리켰다. 그곳에는 명찰이 붙어 있었다.

"아아, 한소희. 예쁜 이름이네. 성격도 나긋나긋하면 얼마나 좋을까. 나이는 어떻게 돼?"

"물건 사면 알려 줄게."

"알았어. 음료수 하나 사지 뭐. 애인은 있어?"

"물건 사면 알려 줄게."

"끄응. 좋아. 어디 누가 이기나 한번 해 보자고."

CCTV를 확인한 점장은 눈을 또릿또릿하게 빛냈다. 그는 마른침을 삼키며 생각했다. 내가 하마터면 보석을 놓칠 뻔했구나! 이런 깨물어주고 싶은 귀염둥이 같으니라고! 점장은 앞으로 그녀에게 지적을 하지 않기로 정했다.

"흐음."

혼자 있는 걸 좋아하며 자신의 영역에 타인이 들어오는 걸 용납지 않던 그녀였다. 하나 한 달 이상 밤중에 홀로 있으려니 문득 외롭다는 기분을 느꼈다.

고독이 자신의 정체성이라 믿었건만, 진정한 고독이 다가오자 감당할 수가 없었다. 남자 손님들이 자주 귀찮게 했지만 그것도 새벽 5시부터는 뜸했다. 특히 그 시간대가 송이에게는 몸서리치게 외로웠다.

"문자나 해 볼까."

카운터에 앉아 멍하니 있던 송이는 휴대폰을 꺼내 만지작
거렸다. 저장돼 있는 번호들을 확인한다. 물론 그녀의 폰에
저장돼 있는 사람은 신성주뿐이었지만.

그녀는 성주에게 문자나 보내 볼까 하며 30분가량 고민했
다. 여자가 먼저 연락을 하면 좀 가벼워 보이지는 않을까, 더
군다나 지금은 새벽 4시 반이다. 문자 해 봤자 보지도 못할
것이다.

"으음."

그녀는 계속 안절부절 못 하며 죄 없는 휴대폰을 주물럭거
렸다. 한참을 끙끙거리다가 결국 참지 못하고 문자를 보내려
했다.

[뭐하냐.]

전송 버튼을 누르기 직전, 편의점의 문이 열렸다. 송이는 늘
그래왔듯이 쳐다보지도 않고 인사도 하지 않았다.

"뭐하냐."

문을 열고 들어온 건 성주였다. 송이는 성주를 보자마자
당황했다. 그러다 그만 전송 버튼을 누르고야 말았다.

"윽."

"뭘 놀라고 그래. 깽판 안 치고 일 잘 하고 있나 보러 왔어.
음? 문자가?"

성주는 주머니에서 휴대폰을 꺼냈다. 문자를 확인한 뒤 송

이를 바라보았다. 송이는 문자 한 통 보낸 게 무슨 대역죄라도 된다는 듯이 고개를 숙이고서 창피해했다. 성주는 한쪽 입꼬리를 올리며 물었다.

"나 보고 싶었어?"

성주의 물음에 얼굴이 빨개진 송이는 폭발하듯 외쳤다.

"개소리 마, 개새끼야!"

성주는 카운터 옆에 의자를 두고 앉았다. 보통 아르바이트생과 친분이 있는 사람이라도 카운터 안에 들이는 건 안 되지만 송이가 그런 것 따위 신경 쓸 리 없었다. CCTV가 빤히 돌아가고 있는데 카운터에 앉아 술을 마시기도 하는 게 바로 그녀였으니까.

성주가 말했다.

"그렇게 심심하면 TV라도 보지 그랬어. 아니면 라디오를 듣는다거나."

"편의점에 TV가 어딨냐? 라디오는 또 어디서 구하고."

"휴대폰으로 보면 되잖아."

"응?"

그전까지 송이에게는 휴대폰이 없었다. 최근에야 성주의 도움으로 최신형 스마트폰을 장만하긴 했다. 하지만 그전까지 구형 휴대폰도 제대로 못 만져 본 그녀가 스마트폰의 기능을 전부 알고 있을 리 만무했다.

"너 스마트폰 쓸 줄 몰라?"

"모를 수도 있지! 그래, 너 잘났다 이 새끼야!"

"내가 알려 줄게."

"그, 그래."

그녀의 교대 시간은 아침 9시였다. 성주는 아침 아르바이트 생이 교대하러 올 때까지 함께 있어 주었다. 안 그래도 다크서 클이 진한 그녀였다. 밤을 새니 눈 밑의 까만 부분이 더욱 진해져 있었다. 그대로 쇄골까지 내려올 기세였다. 송이의 얼굴을 보며 성주가 피식 웃었다.

"송이야, 너 그러니까 꼭 판다 같다."

"비웃지 마. 죽여 버린다."

송이는 집까지 걸어가면서 계속 휴대폰을 만지작거렸다. 조금 전에 성주가 알려 줬던 휴대폰으로 TV보는 법을 복습 중이었다. 잘 안 되는지 그녀는 떡 주무르듯 휴대폰을 비비며 주물럭거렸다.

"이씨, 어떻게 하더라?"

"줘 봐. 다시 알려 줄게."

성주는 휴대폰이 망가지기 전에 얼른 다시 알려 주었다. 그들이 지난 거리에는 전자매장이 있었다. 전에 동해와 벼리, 벼리의 매니저가 만났던 그 자리였다. 쇼윈도에 진열된 TV에서는 아침 뉴스가 나오고 있었다.

성주와 송이가 지나가고, 화면 속의 앵커는 한껏 고조된 목소리로 소식을 전했다.

　"연예 소식입니다. 오늘 새벽 5시 신인가수 한별 양이 긴급
히 병원으로 후송되었다고 합니다. 새벽 5시 경 한별 양의 숙
소에 들른 매니저 박모 씨가 처음 발견, 병원으로 후송 후 경
찰에 신고하였다고 합니다. 경찰에 따르면 그녀가 커튼을 목
에 감고 창틀에 묶은 채 밖으로 몸을 던진 것으로 추정한다
고 합니다. 다행이 목숨은 건졌으나 아직 의식을 찾지 못한
것으로 알려져 있습니다. 현재 경찰 측은 자살 동기에 대해
조사를 벌이고 있습니다."

　학교에 가기 위해 막 씻고 나온 동해는 그대로 TV 앞에서
굳어 버렸다. 들고 있던 수건은 이미 떨어트렸다. 동해는 당혹
스러움에 입을 다물지 못 하였다.
　분명 어제까지만 해도 그녀와 함께 촬영도 하고 즐거운 시
간을 보냈다. 벼리도 분명 함께 즐거웠으리라 생각했다. 그런
데 이 소식은 대체 뭐란 말인가. 머릿속이 하얘진 동해는 뭐부
터 해야 할지 감을 잡지 못했다. 그저 멍하니 TV만 바라보았
다. 이미 다음 소식으로 넘어가 있었지만 차마 TV에서 눈을
돌릴 수가 없었다.
　"……"
　교복을 입으려던 동해는 옷장 문을 열었다. 학교도 물론

중요했지만 지금은 그럴 때가 아니었다. 동해는 옷장 안에서 나이트 후드의 옷을 꺼내 들었다.

제일 먼저 향한 곳은 그녀가 입원했다는 병원이었다. 기껏 병원까지 찾아갔지만 동해는 벼리가 입원한 병실 안으로 들어갈 수 없었다. 소속사 직원들이 막았기 때문이다.

"저 벼리 친군데요. 얼마 전에 촬영도 같이했어요. 굉장히 친하다고요. 안으로 들어가게 해 주세요."

"안 됩니다. 나중에 오세요."

"그럼 벼리의 상태가 어떤지만이라도 알려 주세요. 괜찮은 건가요?"

"지금은 아무것도 대답해 드릴 수 없습니다."

결국 동해는 그녀의 얼굴도 보지 못하고 문전박대를 당해야 했다. 도저히 심장이 안절부절못하여 가만히 있을 수가 없었다.

동해는 곧장 벼리의 숙소로 찾아갔다. 아직 거리에는 벼리의 기운이 남아 있었다. 그녀의 흔적은 꼬리처럼 거리 곳곳에 남아 있었다. 그리하여 도착한 숙소는, 숙소라고 할 것도 없었다. 그냥 4층짜리 원룸이었다. 그 앞에 경찰들이 배치되어 있었지만 동해를 막을 수는 없었다. 동해는 그대로 뛰어올라 창문을 통해 벼리의 숙소 안으로 들어갔다.

거실을 제외하면 방이 하나짜리인 공간이었다. 내부는 마치 사람이 살고 있지 않은 것처럼 깔끔했다. 작은 책부터 시작해서 화장품까지 가지런히 정돈되어 있었다.

'벼리야. 대체 무슨 일이 있었던 거야.'

다시 생각해도 믿을 수가 없었다.

아니, 믿을 수 없는 문제가 아니라 지금 당장이라도 벼리가 웃으며 문을 열고 들어올 것만 같았다.

'어? 동해야, 네가 숙소엔 어쩐 일이야?'

그렇게 정답게 물어볼 것만 같았다. 동해는 잠시 후드와 마스크를 벗고서 자리에 주저앉았다. 울음이 날 것만 같았다. 그렇게 밝고 착했던 앤데. 도대체 무엇이 그녀를 자살 시도를 하게끔 내몬 걸까.

충동적으로 그녀의 숙소까지 불법 침입했지만 마땅한 방법이 떠오르지 않았다. 이런 거라면 차라리 경찰들이 잘 조사해 줄 것이다. 나이트 후드가 할 수 있는 일은 아무것도 없었다. 무의미하다는 소리다. 동해가 혼란스러움에 멍하니 있을 때였다. 어디선가 목소리가 들려왔다.

"여~ 역시 나이트 후드. 사건의 현장에 발 빠르게 찾아오네."

요환이었다.

그는 벽 쪽의 소파에 다리를 꼬고 앉아 있었다. 분명 처음에 안으로 들어왔을 때 그 자리에는 아무도 없었다. 언제, 어떻게 동해 모르게 그곳에 가서 앉았던 걸까. 동해는 급히 후드와 마스크를 썼다.

"무슨 수작이지?"

"수작이라니. 말이 너무 심하네. 내가 뭘 했다고?"

나이트 후드는 요환을 죽일 듯이 노려보았다. 그에 요환은 킬킬거리며 웃었다.

"그 눈빛은 뭐야? 설마 그 아가씨가 자살을 기도한 일에 내가 연관돼 있을 거라고 생각하는 거야? 걱정하지 말라고. 난 아무 짓도 하지 않았으니까. 난 그저 널 걱정해 주러 온 거야."

"네가 나의 뭘 걱정한다는 거지?"

"친구의 자살 시도에 눈이 회까닥 돌아간 영웅이 사고를 치진 않을까 하는 걱정. 괜한 걱정인가?"

"……."

"너는 여기에 대체 왜 있는 거지? 내가 여기 있는 것보다 네가 여기에 있는 게 더 위험하다고. 잘 한번 생각해 봐. 그냥 사는 게 힘들어서 자살 시도를 했어. 근데 그게 뭐? 자살 시도 까짓 거 할 수도 있는 거잖아. 물론 거기에 약간의 영향을 준 사람이 있기는 하겠지. 기획사 사장이 쉴 틈 없이 행사를 돌렸다거나, 아니면 매니저와 감정싸움이 있었다거나, 그것도 아니라면 악플을 단 사람들, 또 그것도 아니라면 가수 생활을 그만두길 바라는 부모들과의 갈등이라거나. 경우의 수는 얼마든지 있어. 그럼 너는 어떻게 할 거지? 그들을 두들겨 패서 병신을 만들어 줄 건가? 물론 너라면 그럴 수도 있겠지.

네가 할 수 있는 영웅놀이의 한계잖아? 안 그래? 사람 잡아다가 패는 거. 그게 너의 철학이잖아."

"입 다물어. 너부터 죽여 버리기 전에."

요환은 예의 죽 찢어진 미소를 지었다.

"나는 널 걱정해서 이러는 거야. 네 생각 따라 그 여자애의 일에 뭔가가 있을 수도 있어. 겉으로 드러난 사실보다 잔인한 진실이 숨겨져 있을 수도 있겠지. 하지만 조심해야 할 거야. 세상엔 네가 감당할 수 없는 무거운 진실들이 많거든. 살다 보면 입 다물고 눈 감고 귀를 막아야 할 때가 있는 법이야. 넌 그걸 알아야 해."

"닥쳐. 닥치라고!"

"그럼 열심히 해 봐. 발바닥에 땀 나도록 열심히 뛰어서 친구의 넋을 달래 보라고. 건투를 빌게."

요환은 안개가 되어 허공으로 흩어졌다. 요환이 사라진 후, 동해는 이를 갈며 벼리의 방을 샅샅이 살폈다. 그의 말이 신경 쓰이기는 했지만 그렇다고 해서 가만히 두 손 놓고 있을 수도 없었다. 뭐라도 해야만 했다. 그렇지 않으면 마음이 편치 않았다.

일기장 같은 것도 없었고 컴퓨터는 하드가 사라져서 확인할 수가 없었다. 결과적으로 건진 것은 아무것도 없었다. 동해는 허탈한 기분이 되어 집으로 돌아갔다. 학교를 가야 했지만 별로 가고 싶지 않았다. 동해는 그냥 방구석에 쪼그려 앉아 멍하니 시간을 보냈다.

'오늘 즐거웠어, 동해야. 정말정말 고마워.'

죄책감이 들었다.

그렇게 영웅이 되고 싶다고 발악을 했으면서 가장 가까이에 있는 사람이 자살하도록 내버려 두다니. 짜증이 났다. 주변 사람 하나 지키지 못하는 게 무슨 영웅이란 말인가. 무엇보다 슬픈 건, 감정적으로 크게 슬프지 않다는 사실이었다. 슬프다기보다는 그냥 멍하니 현실감이 없었다.

이렇게 대뜸 자살을 시도했다는 소식을 접하니 오히려 감정의 동요가 일지 않았다. 그 사실이 동해를 더욱 슬프고 죄책감 들게 했다. 울먹였지만 동해는 끝내 울지 않았다. 살짝 고이기만 할 뿐, 눈물은 나지 않았다. 그게 또 동해를 슬프게 했다. 그렇게 방구석에 처박혀 얼마나 있었을까. 현관문이 열리는 소리가 들렸다.

동해의 아버지였다. 동해 아버지는 신발이 있는 것을 확인하고는 동해의 방으로 들어왔다.

"아빠."

동해 아버지는 힐끔 동해를 살폈다. 동해의 표정은 누가 봐도 죽을상이었고 두 눈은 시뻘겋게 충혈돼 있었다. 왜 학교에 안 갔냐고 물어보려던 그는 말없이 동해의 앞에 뭔가를 내려놓았다.

"다음부터는 학교 빼먹지 마라."

그는 무덤덤하게 한마디 하고는 방문을 닫았다. 동해는 자기 앞에 놓인 고지서 같은 종이를 확인했다. 그것은 편지였다. 벼리에게서 온 편지. 보낸 이의 이름에 한벼리란 이름을 보는 순간 동해는 또 울컥했다. 동해는 떨리는 손으로 편지를 뜯어 보았다.

동해에게.

동해야, 나 한벼리야. 전에 만나서 인사했는데 이렇게 편지 쓰려니까 쑥스럽다. 무슨 내용부터 말해야 할지 모르겠어. 그래도 요즘엔 이메일이다 카톡이다 뭐다 해서 편지 잘 안 쓰잖아. 나는 이렇게 편지 주고받는 거 좋아해서 말이야. 동해 너랑 이렇게 편지 주고받았으면 좋겠어. 물론 부담되면 안 해도 돼. 편지 주고받는 건 여자애들끼리나 하는 건데, 부담스러우면 싫다고 말해 줘(진짜로 싫다고 하진 않을 거지? 그럼 많이 섭섭할 거야. ㅠㅠ).

사실 그때 널 만나서 되게 기뻤어. 전에 말했던 그 친구 있지? 같이 오디션 보러 갔던 친구. 아직도 연락한다고 했잖아. 사실 거짓말한 거야. 그때 이후로 그 애하고는 사이가 틀어졌어. 어쩌면 당연한 걸지도 몰

라. 내가 지금 인기 없는 건 그때 잘못 선택해서 그런 걸까? 많이 혼란스러워.

그 이후로 바로 연습생으로 들어가고 앨범 준비하고, 또 활동하느라 사람을 만날 시간이 없었어. 그런 의미에서 널 만난 건 정말 행운인 거 같아. 동해, 너마저 나 미워하면 안 돼. 알았지? 그럼 나 진짜 슬퍼질 거야. ㅜㅜ

아 참. 조만간 너네 학교로 방송국 취재진이 널 인터뷰하러 찾아갈 거야. 그러니까 너무 당황하지 마. 너무 부감 갖지도 말고. 그냥 편하게 생각해. 요즘 방송은 방송 팀이 알아서 다 진행하니까. 그냥 넌 묻는 거에만 대답하면 돼.

아~. 나도 얼른 인기 가수가 됐으면 좋겠다. 인지도 없는 연예인 생활은 너무 서러워. 나도 어서 빨리 말 한마디에 막 기사가 나고 그랬으면 좋겠다. 악플이라도 많이 달리면 엄청 좋을 텐데 말이야. 지금은 너무 찔끔찔끔 있어.

그래도 계속 노력하면 언젠가 성공할 날이 오겠지? 꼭 그랬으면 좋겠다. 헤헤. 근데 그렇게 되면 지금처럼 너랑 편하게 만나지 못 하려나? 매니저 오빠가 너 되게 신경 쓰더라고. 하핫! 누가 보면 내가 널 좋아하는 줄 알겠네! =_=);;;

이런 이런, 벌써 편지지가 다 끝나 가고 있어. 그럼 이만 줄일게. 편지 다 읽으면 너도 답장 꼭 줘야 해, 알았지? 네가 답장 써 주면 정말 많은 힘이 될 거야. 그럼 부탁해~.

편지를 다 읽은 동해는 그때서야 눈물이 터졌다. 떨어지는 폭포처럼 동해는 꺼이꺼이 울음을 흘렸다. 눈물이 동해의 뺨을 타고 턱에 맺혔다. 턱에 맺힌 눈물이 편지지 위로 떨어졌다. 편지지 위로 떨어진 눈물에 의해 검은색 잉크가 뭉그렇게 번졌다.

편지를 가슴에 묻은 동해는 그렇게 한참을 오열했다. 아직 죽은 건 아니라고 생각해 보아도 울음이 멈추지 않았다. 속으로 그녀에게 몇 번이고 미안하다고 되뇌었다.

*   *   *

다음 날에도 벼리는 깨어나지 못했다. 아직 숨은 붙어 있었지만 그렇다고 해서 그것이 살아 있는 상태라는 건 아니었다. 목이 졸린 채로 너무 오래 있었기 때문에 뇌에 산소 공급이 오래 끊겨 치명적이었다.

그날은 학교를 쉬었지만 다음 날부터는 동해도 어쩔 수 없이 교복을 입었다. 책가방을 멨고 학교로 향했다. 학교에 들어가자 아현과 철광이 걱정스러운 표정으로 동해를 맞이했다. 언제나 동해를 눈꼴시게 보던 태수마저도 동해를 기분 나쁜 눈빛으로 쳐다보지 않았다.

그들뿐만이 아니었다. 학교의 대부분의 학생들은 촬영을 통해 동해가 그녀와 인연이 있다는 사실을 알고 있었다. 다들 동해가 보이거나 지나갈 때면 측은하다는 눈빛으로 바라보았다. 그만큼 동해의 모습은 폐인 그 자체였다.

동해는 그나마 고생하는 아버지를 생각해서 학교에 나온 것이었다. 마음 같아서는 나이트 후드고 학교고 뭐고 다 때려 치고 싶었다. 걸어도 걷는 게 아니고, 웃어도 웃는 게 아니었다. 말을 해도 말하는 게 아니었다. 숨을 쉬어도 살아 있는 게 아니었다.

일주일 뒤,

경찰 수사의 발표가 났다. 그녀가 자살을 시도한 이유는 연예계 생활에 버거움을 느껴서 그랬다는 것. 너무나도 당연하다 싶은 결과였다. 동해는 소파에 앉아 멍하니 TV를 보았다. 차마 끝까지 보지 못하고 동해는 고개를 두 무릎 사이에 파묻었다.

그것이 결론이었다. 특별할 것 없는 평범한 이야기였다. 사는 게 힘들어서 죽고 싶었다는 이야기. 우리 주변에 돌멩이처럼 널려 있는 흔해 빠진 이야기. 용기가 없는 자들의 뻔한 변명. 그저 그런 이야기.

그리고 다시 일주일 뒤.

이 모든 사실을 뒤집는 충격적인 방송이 터졌다. 그녀의 매니저가 감춰져 있던 진실을 폭로한 것이다. 그는 모 시사고발 프로그램에 출연하여 자신이 알고 있는 비밀을 털어놓았다.

"처음엔 저도 모르고 있었어요. 제가 별이와 하루 종일 붙어 있는 건 아니잖아요. 가끔 저도 잘 모르는 스케줄이 몇 번 잡혔었는데 그게 하필 그런 것이었을 줄은……"

기자는 '그것'이 무엇인지 물었다.

"한별 양에게 무슨 일이 있었던 거죠?"

"일종의 스폰서예요. 소속사 사장이 별이 양을 거물급 인사들에게 소개를 시켜 준 거죠."

"소개를 시켜 줬다는 말은?"

"성 접대죠. 한마디로 말해 돈 있고 힘 있는 양반들이 자신의 위치를 이용해 그 어린애를 유린한 겁니다. 소속사는 그 아이를 그냥 돈벌이 수단으로 이용했을 뿐이고요."

"그렇게 말하는 증거가 있습니까?"

매니저는 씩씩거리며 수첩을 꺼냈다.

"이건 별이 양의 일기장입니다. 약속을 정리한다거나 개인적인 일을 적어 놓지요. 그전에 미리 택배로 제게 보냈어요. 자신이 만약 죽더라도 이 일이 세상에 알려지기를 원한 거죠."

매니저는 울컥 눈물을 쏟아내며 인터뷰를 끝냈다.

"별이 양의 죽음에 관한 진실은 밝혀져야 합니다. 검찰 측은 이 분명한 진실을 거짓 없이 밝혀내야 할 겁니다. 이 나라에 아직 정의가 살아 있다면 반드시."

해당 방송 홈페이지를 통해 일기장의 전문을 공개한다는 자막과 함께 방송이 끝났다. 동해는 그 즉시 발등에 불이 떨어진 것처럼 방으로 들어갔다. 당장 컴퓨터를 켜고 해당 홈페이지에 들어갔다. 일기장의 내용은 다음과 같았다.

XX월 XX일.
사장님께서 어떤 분을 소개시켜 줬다.
A 잡지사의 사장이라고 한다. 인터뷰 건에 대해 이야기하기 위해 소속사 사장님과 잡지사 사장이라는 자와 함께 술집으로 갔다. 미성년자가 어떻게 술집에 가냐고 물으니 어릴 때 눈치껏 한 번쯤은 가 보고 그런 거라고 말했다. 술집에 간다고 했을 때부터 이상한 낌새를 눈치채기는 했다.

내 예상은 틀리지 않았다. 그들은 내게 술을 따르게 했고, 술을 마시게 했다. 그 뒤로는 정말 기억하기 싫다. 잡지사 사장은 내게 이런 말을 했다.

어차피 이 바닥이 다 그런 거라고. 이왕 발을 들인 거 독한 마음먹고 버티는 게 좋은 거 아니냐고 말이다. 요즘 잘나간다는 연예인들은 어지간한 중소기업 저리 가라 할 정도로 돈을 긁어모으는데, 그렇게 살아 보고 싶지 않냐고. CF 하나만 따내도 몇 억, 몇십 억이라고.

내가 미쳤지. 나는 결국 그 악마 같은 자식에게 영혼을 팔았다.

XX월 XX일.

벌써 몇 번째인지도 모르겠다.

사장님이 새 옷을 사다 주었다. 그가 내게 옷을 사다 준다는 건, 오늘도 접대가 있다는 의미다. 아직 무명 가수인 내게 협찬 따위가 있을 리 없었다. 그리고 회사에 아직 크게 보탬이 되지 않는 내게, 그 인간이 새 옷을 사다 줄 이유는 없다. 오늘도 나는 그들의 술잔에 술을 따른다. 옷을 벗는다. 더럽다.

XX월 XX일.

솔직히 말하자면 흥미롭기도 했다. 대중들은 나를 모르는데, 그런 거물급 인사들은 대체 나를 어떻게 알고 그렇게 연락을 해 오는 걸까? 정말로 성공한 여자 연예인들은 다 나처럼 몸을 팔았던 걸까? 임신한 것도 아닌데 내가 너무 과민 반응하는 걸까? 세상은 원래 그렇게 더럽고 차가운 건데, 내가 예민하게 반응하는 걸까?

아니다.

절대로 아니다.

세상은 분명 어긋났고 미쳐 돌아가고 있다. 한 번은 더 이상 이런 짓을 못 하겠다고 하니 소속사 사장이 나를 협박했다. 그런 식으로 나온다면 계약 위반으로 날 고소할 거라고 했다. 그때서야 뒤늦게 깨달았다. 이미 이건 나와 소속사 사이의 문제가 아니라, 그 위로 수많은 사람들이 거미줄처럼 얽혀 있다는 것을 말이다.

나 혼자서는 저항할 수 없다. 내가 소속사를 맘대로 나와 경찰을 찾고, 언론을 찾아가 하소연한다고 해도 그리 바뀌는 것은 없을 것이다. 소속사 사장뿐만이 아니라 나와 잤던 인간들이 가만 놔두지 않을 것이다. 너무 막막하다는 생각이 든다. 난 도대체 언제까지 그런 배불뚝이 남자들에게 몸을 대주면서 살아야 하는 걸까.

오늘따라 동해가 보고 싶다.

XX월 XX일.

이젠 더 이상 버틸 힘이 없다. 아무것도 모르는 매니저 오빠

의 표정을 볼 때마다 괴로워서 죽을 것만 같다. 이런 더러운 몸
인데 나는 친구들 앞에서 웃음 짓고 노래를 불렀다. 견딜 수가
없다. 죽고만 싶다. 누군가가 날 도와줬으면 좋겠는데. 대체 누
가 날 도와줄 수 있는 거지? 하느님, 제발 저를 그 미친 짐승들
로부터 구원해 주세요……

　　그녀의 일기를 다 읽은 동해는 자리에서 벌떡 일어났다. 거
칠게 일어나자 의자가 뒤로 쓰러졌다. 동해는 어금니를 깨물
며 거칠게 호흡을 내뱉었다. 두 손으로 마른세수를 했다.
　'나쁜 새끼들!'
　동해는 끓어오르는 감정을 참을 수가 없었다. 당장 소속
사부터 찾아가 사장인지 뭔지 하는 인간을 밟아 버리고 싶었
다. 시작은 그 인간이다.
　'그 다음에는 연관된 나머지 인간들. 다 가만 안 두겠어.'
　동해는 깊게 고민하지 않았다.
　아무것도 신경 쓰지 않았다. 벼리를 벼랑 끝에 내 몬 소속
사 사장을 패 버리고 싶은 마음뿐이었다. 영웅? 그따위 거 지
금은 아무런 소용이 없었다. 지금은 그저 불같은 감정뿐이었
다. 지금 당장 움직이기로 마음먹었다. 인터넷 지도 검색을 통
해 소속사 사무실 위치를 알아낸 동해는 단숨에 그리로 향했
다.

* * *

크리스털 엔터테인먼트의 사장인 김천식은 매우 계산적인 남자였다. 아무리 규모가 작더라도 엔터테인먼트 회사를 꾸리며 조율하는 입장이다. 그의 계산 능력은 보통 사람들보다 훨씬 더 뛰어났으며 그 점은 어려서부터 돋보였다.

반에서 힘이 세거나 목소리가 큰 친구가 있으면 어떻게든 돈을 마련해 먹을 것을 사 주었다. 달콤한 혀로 아부했으며, 그러다가 세력의 판도가 바뀌면 다시 또 그쪽에 붙는 것을 반복했다.

사자와 호랑이가 싸워서 누가 이기건 그건 아무래도 좋은 일이었다. 그들의 털에 달라붙어서 피를 빨아먹는 이에게는 둘 중 누가 이기거나 말거나 아무 상관없었다. 요컨대 그만의 생존법이었다.

주력으로 밀던 소속 가수가 자살 시도를 했다. 그렇지만 그는 약간의 동요 외에는 별다른 반응을 보이지 않았다. 그는 오늘도 중화요리를 배달해 먹었으며 컴퓨터로 고스톱 게임을 했다. 자판기에서 커피를 뽑아 마셨으며 마지막으로 각종 언론들의 인터뷰 요청에 교과서적인 몇 마디를 했다.

"저희로서도 굉장히 충격적이고 슬픔에 차 있습니다. 저희 크리스털 엔터테인먼트 직원 일동 모두 조의를 표하는 바입니다."

인터뷰 스케줄을 마치고 그는 자신의 개인 사무실로 돌아왔다.

"어디 보자."

그의 표정에서는 조금의 당혹감이나 서글픔 따윈 찾아볼 수 없었다. 태평하니 의자에 앉고서 책상에 두 다리를 올렸다. 그의 손에는 서류 한 장이 들려 있었다.

—한별 1집 앨범 발매안.

"흐음. 아주 좋아."

발매 예정되었던 미니 앨범은 이번 사태로 인해 동결될 사안이었다. 하지만 김천식의 생각은 달랐다. 앨범을 예정보다 더욱 빨리 내고 미니 앨범이 아니라 정규 1집으로 프로젝트를 바꾼다. 거의 다 녹음돼 있던 여름풍의 신 나는 노래들은 전부 제외. 그녀가 작곡 공부를 하며 만들었던 샘플곡 위주로 채워 넣는다. 개중에는 완성된 노래라고 하기에는 처참할 정도의 완성도를 지닌 노래들도 많았다.

'뭐, 그런 점은 작곡가들을 기용해서 대충 편곡하면 그만이니까.'

그렇게 작곡가들의 손을 거쳐 편곡을 마친 발라드 위주로 앨범을 채운다. 당연히 작사 작곡, 편곡은 모두 한별의 이름으로 나갈 것이다.

'앨범 수익금은 모두 그녀의 가족들에게 돌아간다'라고 말은 할 테지만 당연히 실제로 그렇게 하지는 않는다. 일부는 떼서 가족들에게 주되 70퍼센트는 회사가 챙길 심산이었다. 어차피 누군가가 나서서 직접 계산을 해 보지 않을 테니까.

"완벽한 계획이야."

죽어 가는 사람을 이용한 마케팅은 그 말고도 많았다. 뒤이어 그녀가 연습생이었던 시절, 그리고 가수 생활을 하며 있었던 에피소드들을 묶어 책으로 발간할 생각이었다. 그리고 또 다른 신인가수도 대기 중이었다. 과거 한별을 데리고 오디션을 보았던 소녀. 그 소녀가 현재 회사의 연습생으로 들어와 있었다. 실제로는 아니지만 그녀와 '절친했던' 추억을 이용해 홍보할 생각이었다.

모두 완벽했지만 한 가지 거슬리는 점이 있었다. 한별의 전 매니저였다. 그가 어디서 났는지 벼리의 다이어리를 들고서 진실을 고발한 것이다. 그래도 아주 약간 거슬리는 정도였지 계획을 완전히 망가트릴 정도의 일은 아니었다.

어차피 그의 뒤에는, 옆에는, 위에는 힘을 가진 사람들이 많았다. 그리고 대부분이 벼리를 중심에 두고 서로 얽히고설킨 관계였다. 진실이 드러나고 그것이 '기정사실화'되면 피 보는 건 김천식뿐만이 아니었다. 그렇게 되도록 그들이 가만히 있지 않을 것이다.

이대로 한벼리가 혼수상태에서 깨어나지 못하고 숨을 거둔다면 말 그대로 완벽한 결과가 될 것이다. 이렇듯 그에게 있어 소속 가수의 죽음은 눈 하나 깜짝 할 일이 아니었다.

"괘씸한 자식. 깡패 짓 하던 놈 기껏 데려다가 매니저 시켜 줬더니 이렇게 뒤통수를 때려? 언젠가 한번 손을 봐 주겠어."

그때였다.

"아니, 그보다 내가 널 먼저 손봐 줄 거야."

의자에 앉아 있는 천식의 뒤에서 의문의 목소리가 들려왔다.

"무슨······."

천식이 미처 뒤를 돌아보기도 전에 뒤에 서 있던 나이트 후드가 그의 머리를 붙잡았다. 그리고 그대로 책상에 내리찍었다.

쾅!

얼마나 세게 내리쳤는지 충격으로 머리가 다시 튕겨져 오를 정도였다. 이마를 세게 찧은 천식은 비명을 질렀다.

"크악! 누, 누구야!"

"나이트 후드다."

나이트 후드는 붙잡은 그의 머리를 놓아 주지 않았다. 그 상태로 대화를 이어 나갔다.

"왜 그랬냐."

"뭐가! 뭘!"

나이트 후드는 다시금 힘껏 그의 머리를 책상에 찍었다. 쿵!

"끄윽! 왜 이래! 어디서 나타난 거야! 이런, 젠장!"

"대체 왜 그랬냐."

"뭘 말이야, 이 새끼야! 이거 안 놔! 죽여 버리기 전에 이거 놔!"

쿵!

나무로 된 책상에 금이 갈 정도의 충격이었다. 연달아 머리를 찧자 천식의 이마에서는 붉은 피가 흘러나왔다. 고통에 아찔한 기분을 느낀 천식은 반말에서 존대로 말을 바꾸었다. .

"으아아. 대체 무엇 때문에 이러는 겁니까? 으으. 이러다가 사람 죽겠어요!"

다시 한 번 쿵!

네 번이나 머리를 찧자 책상이 완전히 못 쓸 정도로 부서졌다. 천식의 이마에서 흐르는 피는 그의 목과 옷깃을 적셨다.

"단순히 돈만 많이 벌면 장땡이야? 고작 돈 몇 쪼가리 때문에 그 어린애 몸을 팔게 했어? 몸 파는 게 그리 좋으면 네가 직접 대주지 그랬어."

"크으으. 끄아아."

천식은 거의 정신줄을 놨는지 혀 꼬부라진 소리를 냈다. 나이트 후드는 잠시 그의 머리를 놓고 바닥에 흩어진 서류를 보았다. 거기에는 이후에 회사가 벌일 프로젝트에 관한 내용이 적혀 있었다. 내용을 확인한 나이트 후드의 미간이 구겨졌다.

"네가 사람이냐? 너희들이 사람이냐고. 사람 새끼가 아니라 개새끼라도 너희처럼 행동하지는 않아. 이 개보다 못한 새끼야."

쿵!

나이트 후드는 마지막으로 그의 머리를 책상에 내다 꽂았다. 그러자 이제는 책상이 완전히 부서져 박살이 났다.

"죄, 죄송합니다. 정말로 죄송합니다."

천식은 바닥에 엎어져서 다 죽어 가는 소리를 냈다.

"하지만 이 바닥이 원래 그래요."

"원래 그런 게 어디 있어."

"그으으. 전통 같은 겁니다. 제가 저항한다고 해서 될 일이 아니에요. 그 인간들은 자신들이 원하는 대로 안 해 주면 우리 같은 중소 회사는 그냥 가루로 만들어 버릴 수도 있다고요. 그렇게 하면 제 가족들은, 우리 회사 식구들은 어떻게 합니까. 진짜예요. 믿어 주세요. 흐으으."

천식은 고통 때문인지 서러움 때문인지 모를 울음을 터트렸다.

"사회적인 왕따 같은 거예요. 너희 소속사 여자애 예쁘더라, 나 오늘 하루만 빌려 줘라. 우습지만 그게 그들 세계에서는 당연시되는 거예요. 돈 있는 놈들이 가진 힘은 당신이 생각하는 수준을 초월합니다. 그리고 서로 얽혀 있죠. 거부하면 큰일 나요. 매장당한다고요."

"개자식아, 그래서 네 딸뻘 되는 애를 팔아먹었냐."

"용서해 주세요. 정말로 죄송합니다. 흐으윽. 진짜 죄송합

니다. 살려 주세요. 자수하겠습니다. 자수할게요. 저도 더 이
상 이런 짓 못 해 먹겠어요. 그으흑."

그가 나이트 후드의 발목에 매달리며 울부짖었다.

"제가 개새낍니다! 제가 정말 죽일 놈입니다! 저는 당신처럼
용기가 없어서 이렇게 개같이 살아왔어요! 하지만 저도 억울
합니다. 저 하나 저항한다고 세상은 바뀌지 않는다고요!"

천식은 미친놈처럼 울부짖었다. 그것이 듣기 싫기도 한 한
편, 왠지 모르게 서글프게 들렸다. 동해는 '이 세상에 불가능
이란 없다'는 말을 신봉하지만 애석하게도 그것은 사실이 아
니다. 실제로 이 세상에는 할 수 없는 일들이 무척이나 많았
다. 그것은 이 사회가 필연적으로 피라미드식의 구조를 취하
기 때문이다. 피라미드의 밑으로 갈수록 선택권은 줄어들고,
윗세계 사람들의 장단에 놀아날 수밖에 없다. 그것이 세상이
고 현실이다.

"오늘 당장 경찰서에 가서 자수해라. 네가 개새끼가 아니라
사람 새끼라면 반드시 그래야 할 거다. 왜냐하면 안 그러면
내가 널 죽일 테니까. 정말로 죽여 버릴 테니까. 똑똑히 기억해
둬."

"알겠습니다. 죄송합니다. 정말 죄송합니다."

나이트 후드는 창문을 열었다. 그리곤 말없이 창문 밖으로
몸을 던졌다. 사뿐히 착지한 나이트 후드는 빠른 걸음으로
골목을 걸어갔다. 가다가 분을 참지 못하고 옆에 있는 전신

주를 주먹으로 때렸다.

깡!

나이트 후드의 주먹에 맞은 전신주가 찌그러지며 옆으로
쓰러졌다.

그날 저녁 동해는 침대에 걸터앉아 잠시 멍하니 있었다. 마
치 앉아서 그대로 죽은 사람인 것만 같았다. 그렇게 얼마 동
안 있었을까. 동해의 등 뒤에 있는 창문을 통해 아침의 햇살
이 쏟아졌다. 그 상태 그대로 밤을 새 버린 것이다.

벼리가 걱정이 돼서 차마 잠을 잘 수가 없었다. 누구는 지
금 사경을 헤매는데 편하게 잠을 자려니 마음이 편치 않았다.
동해는 피곤한 눈을 비비며 시계를 확인했다.

아침 여섯 시였다.

동해는 비틀거리며 거실로 들어갔다. 소파에 앉아 리모컨으
로 TV를 켰다. 아침 뉴스가 나오고 있었다.

"속보입니다. 얼마 전 안 좋은 소식이 있었던 크리스털 엔
터테인먼트에 또다시 사건이 발생했습니다. 이번에는 폭력 사
건입니다. 어제 오후 9시 경, 자신의 사무실에 있던 소속사 대
표 김천식 씨가 긴급히 병원으로 실려 들어갔다고 합니다. 영
상을 한 번 보시죠."

동해는 피곤해서 흐리멍텅했던 눈을 부릅떴다. 천식의 개인 사무실 구석에는 누구도 발견하지 못하도록 교묘하게 CCTV가 설치되어 있었다. TV화면에서는 어제 나이트 후드가 벌인 일이 재현되고 있었다. 어이없는 건 무음인지라 두 사람이 나눴던 대사는 전혀 드러나지 않았다는 것이다.

병원에 입원한 천식의 인터뷰가 나왔다. 어처구니없게도 침대에 누워 있는 그는 목과 팔, 그리고 다리에 깁스를 하고 있었다. 나이트 후드는 천식의 팔과 다리를 때린 적이 없었다. 누가 보면 교통사고라도 당한 거라 오해할지도 모르겠다. 천식의 인터뷰가 이어졌다.

"저도 잘 모르겠습니다. 갑자기 나타나서는 저를 마구 폭행했습니다. 저는 제발 살려 달라고 빌었죠. 하지만 그는 가차 없었습니다. 저는 정말 죽는 줄 알았죠. 아무리 생각해 봐도 이유를 알 수가 없습니다."

TV를 보던 동해는 불끈 주먹을 쥐었다. 뉴스 앵커가 말했다.

"갑작스레 등장해 한 연예 기획사의 대표를 폭행한 사람이 영웅으로 활동하던 나이트 후드라는 사실이 매우 충격입니다. 그는 어째서 이런 일을 벌인 걸까요. 다음 소식입니다. 얼마 전에 자살을 시도했던 한별 양의 매니저 박모 씨가 공개한 일기의 필체가 그녀의 필체와 맞지 않다는 국립과학수사대의 결과 발표가 나왔습니다. 검사 결과 교묘하게 위조된 필체라고 하는데, 점점 사건은 미궁 속으로 빠지고 있습니다."

〈다음 권에 계속〉

Night Walker
Emergency

coming soon—!